TOCHTER DES MEERES

Die Töchter der Elemente

Band I

von A.L. Knorr

Impresssum

Titel: Tochter des Meeres
Originaltitel: Born of Water
Autor: Abby L. Knorr
Verlag: VVM
ISBN: 978-3-948684-54-9
Cover: Damonza
Deutsche Erstveröffentlichung: Berlin 2020

Für meine Mimzy
und alle innig geliebten Mütter

Prolog

„Das sind die Besten der Welt“, sagte Antoni und übergab Martinius eine Mappe mit Dokumenten. „Obwohl ich mir immer noch nicht sicher bin, warum Sie sich im Ausland umsehen. Wir können auch hier in Polen ein solides Taucherteam zusammenstellen.“

Martinius öffnete die Aktenmappe auf seinem hölzernen Schreibtisch. Es war derselbe Schreibtisch, den schon sein Vater und sein Großvater vor ihm benutzt hatten. „Es ist ganz einfach“, antwortete er. „Das ist nicht irgendein Auftrag. Wir brauchen die besten, die es gibt, ob Polnisch oder nicht.“

„Ich denke nur, sobald die Geschichte durch die Presse geht, könnte es dem Ansehen der Firma schaden, wenn Sie ein ausländisches Tauchteam engagiert haben anstatt ein lokales. Als traditionsreiches Unternehmen sollten wir vielleicht eine gewisse Art von Patriotismus ausstrahlen.“

„In allen anderen Fällen ja, aber nicht in diesem. Und die Presse wird ohnehin nicht viel berichten. Die Welt hat die Sybella längst vergessen. Wen wir für die Bergung engagieren, wird niemanden interessieren.“ Martinius nahm eine Drahtbrille aus seiner Hemdtasche und setzte sie sich auf die Nasenspitze. Seine Augen waren immer noch scharf, jedenfalls für einen Mann Ende siebzig, ein wenig Hilfe beim Lesen war alles, was er brauchte. „Danke, Antoni“, sagte er, um ihn zu verabschieden.

Sein junger Assistent nickte und verließ den Raum.

Martinius begann die Seiten in der Mappe

durchzublättern. Eine heiße Tasse Darjeeling-Tee stand neben ihm. Das Sonnenlicht des frühen Morgens funkelte durch die Bäume und schwebte auf den Seiten. Als er seine dampfende Teetasse an die Lippen hob, fiel ihm ein Artikel mit einem Foto auf. Die Tasse erstarrte auf halbem Weg zu seinem Mund. Er setzte sie wieder ab, wobei er den Unterteller verfehlte und einen Wasserring auf dem antiken Holz hinterließ.

Martinius hielt die Seite hoch. „Das ist nicht möglich“, sagte er und betrachtete das Foto.

Kapitel 1

„Mom?“, nuschelte ich mit der Zahnbürste im Mund. Ich stand im Schlafanzug in unserem Wohnzimmer und schaute die Morgennachrichten. Neben dem stark geschminkten Gesicht der Reporterin wurde ein Foto von Filmstar Rachel Montgomery eingeblendet, die auf dem Deck einer Jacht feierte.

Ich hatte mich gerade für den letzten Tag des Schuljahres fertiggemacht, als die Worte „Sturm“, „Jacht“ und „Rettung“ aus dem Fernseher meine Aufmerksamkeit erregten.

Unter der Woche schalteten wir morgens immer die Nachrichten ein. Die meiste Zeit ignorierte ich sie, aber nicht, wenn so etwas berichtet wurde.

„Wir sind gleich zurück“, sagte die Reporterin, „mit mehr Einzelheiten über Miss Montgomerys aufsehenerregende Rettung direkt hier aus unserer Teufelsaugenbucht.“ Dann ging es zur Werbung über.

„Was ist los, Targa?“, hörte ich Mom durch die Fliegengittertür, da sie draußen in der Einfahrt ihren Arbeitswagen belud.

„Da ist ein Schiff gesunken!“ Bevor mir Zahnpastaschaum aus dem Mund tropfte, lief ich in die Küche, spuckte in die Spüle aus und schnappte mir ein Handtuch. Vom Wohnzimmer in unsere Küche waren es eigentlich nur zwei Schritte, denn die einzige Raumtrennung war eine kleine Kücheninsel. Wir lebten in einem renovierten Wohnwagen. Seit mein Vater gestorben war – damals war ich acht, das war nun fast neun Jahre her –, hatten wir nicht mehr viel Geld. Wir waren aus dem zweistöckigen Wohnhaus in der Vorstadt ausgezogen und hatten uns auf den Wohnwagenpark am Rande von Saltford, unserer kleinen Stadt an der kanadischen Ostküste, verkleinert.

Der Wohnwagenpark war hübsch, wie Wohnwagenparks eben so sind. Die Bewohner pflegten ihre Grundstücke und kleinen Gärten, als wären es italienische Villen. „Wohnwagen müssen nicht schäbig sein", lautete das inoffizielle Motto der Gemeinde. Wenn ich ganz ehrlich sein sollte, waren Mom und ich die schlimmsten Bewohner des Parks. Unser Zuhause war fast die Definition eines verwahrlosten Wohnwagens. Wir hatten keinen Garten oder auch nur eine Geranie in einem Blumentopf, und die Betonstufen, die zu unserer Haustür führten, einen bedenklichen Riss in der Mitte.

Nicht, dass wir komplett mittellos waren – meine Mutter rackerte sich ab, um sicherzustellen, dass ich alles hatte, was ich brauchte. Aber jeglicher Firlefanz darüber hinaus besaß für sie keine Priorität.

Während die Werbespots im Hintergrund liefen, spülte ich unsere Espressomaschine im Spülbecken aus. Ich hob den Deckel des überlaufenden Komposteimers unter der Spüle an, um den Müll zu entsorgen, als der Deckel aus den Scharnieren riss und der Eimer umkippte. Schleimige Zwiebelreste und verfaulende Orangenschalen stürzten auf den Boden, direkt auf meinen nackten Fuß. Ich seufzte und hielt den Atem an, als ich die Sauerei aufhob und den Eimer nach draußen brachte, um ihn zu entleeren.

Es war meine Aufgabe, alles zu notieren, was im Haushalt anfiel. Mom arbeitete zu viel, um sich auch noch darum zu kümmern. Ihr zufolge lebten wir wie

Könige, solange wir im Winter warm waren und Strom und fließendes Wasser hatten. Meine Mutter, Mira MacAuley, war das Gegenteil von materialistisch. Sie war so sehr das Gegenteil, dass sie Menschen nicht verstehen konnte, die ihr Geld, in Dekorationen für ihre Häuser, in elegante Kleider oder in ein schickes Auto investierten. Sie verurteilte andere nicht für ihre Lebensführung, sie langweilte sich nur zu Tode, wenn sie sich in Gesprächen wiederfand, die sich um diese Dinge drehten. Folglich fiel es ihr schwer, Freunde zu finden und auch zu behalten. Nicht, dass es ihr wichtig gewesen wäre. Manchmal dachte ich, ich sei der einzige Mensch auf der ganzen Welt, der ihr überhaupt etwas bedeutete. Sie sorgte sich um meine Freunde, aber nur, weil sie mir wichtig waren.

Ich brachte den leeren Eimer zurück, spülte ihn aus und stellte ihn wieder unter die Spüle, bevor ich unseren sechzig Jahre alten Gasherd mit einem Streichholz anzündete und den Espressokocher über die blaue Flamme stellte.

Ich schaute aus dem Fenster. Mom war gerade damit fertig geworden, ihre Tauchausrüstung in ihren Arbeitswagen zu laden. Die Kisten, die sie mit sich herumschleppte, waren nur ein Teil der vielen Gerätschaften, die sie brauchte – nicht um zu tauchen, sondern um die Illusion aufrechtzuerhalten. Das war der Fluch ihres Lebens.

Jede Kiste war mit der Aufschrift BLUE JACKET BERGUNGEN versehen. Dasselbe stand auch auf die Seite ihres Lastwagens geschrieben, den Simon, ihr Chef, ihr als Teil ihres neuen Arbeitsvertrags gegeben hatte. Das Fahrzeug war eine Vergünstigung, die kein anderer Angestellter hatte, und galt als ein Beweis für die besondere Wertschätzung, die sie genoss. Die Ironie dabei war, dass meine Mutter von allen Mitarbeitern der Blue Jackets den Lastwagen am wenigsten brauchte.

Ich lächelte, als sie die letzte Kiste nach hinten warf und der Lastwagen wackelte. Darin mussten die Tauchgewichte gewesen sein. Mom schlug die Luke zu und blickte mit ihren kristallblauen Augen auf und bemerkte, dass ich sie beobachtete. Sie schenkte mir ein schüchternes Grinsen. Ich schüttelte den Kopf.

Die Espressomaschine machte ein pfeifendes Geräusch, und als ich zurückging, um ihn einzuschenken, überkam mich eine plötzliche Woge der Traurigkeit. Das ging mir öfter so. Denn ich wusste, wie sehr meine Mutter diese Maskerade hasste, und ich wusste auch, dass sie es nur tat, weil sie mich liebte.

Meine Mutter lief die Auffahrt hinauf und sprang mit einem einzigen Satz die Betontreppe hoch. Die Tür hinter sich zog sie mit zu viel Kraft zu, und ich zuckte zusammen, als der Wohnwagen zitterte. Meine Mutter war stärker als jeder Mensch, den ich kannte, und sie ging mit unserem Besitz nicht behutsamer um als mit ihrer nutzlosen Tauchausrüstung.

„Wirklich, Mom?“, sagte ich, als ich ihr den Kaffee hinhielt. „Zehntausende von Dollar in Firmenausrüstung, die Simon dir anvertraut hat, und du behandelst sie wie Sperrmüll?“

„Und was war jetzt die Frage?“, erwiderte sie, bevor sie ihren Espresso wie Schnaps exte. Sie gab mir die leere Tasse zurück. „Hast du vorhin gemeint, dass ein Schiff gesunken sei?“

Ich wies mit dem Kinn in Richtung Fernseher. Eine

Melodie verkündete, dass die Werbung vorbei war. Wir sahen beide hin, ich von der Kücheninsel und Mom von unserem winzigen Eingangsbereich aus.

„Die Schauspielerin Rachel Montgomery und ihre Freunde segelten gestern mit einer Sportjacht vor der Küste, als sie von starken Winden und dreißig Fuß hohen Wellen erfasst wurden“, sagte die Nachrichtensprecherin. „Die Jacht schlug gegen Felsen und wurde in der Teufelsaugenbucht zerschmettert wie schon so viele Boote vor ihr.“ Die Nachrichtensprecherin sollte unparteiisch sein, aber sie war auch eine Einheimische und eindeutig der Meinung, dass Rachel Montgomery und ihre Freunde sich galaktisch dumm verhalten hatten.

Die Teufelsaugenbucht war zwar weniger als fünf Meilen vom Hauptstrand Saltfords entfernt, an den im Sommer alle Touristen strömten, aber umgeben von schroffen Felsen. Sie war berüchtigt für ihre starken Strömungen und hohen Wellen. Die Form der Bucht sah von oben wie ein zorniges Auge aus, was ihr ihren offiziellen Namen eingebracht hatte. Als ob Teufelsauge nicht schon unheimlich genug klingen würde, hatten die zahllosen in ihr gesunkenen Schiffe ihr auch den Spitznamen „Seefriedhof“ eingebracht. Natürlich nannten nur die Einheimischen sie so.

Es verging kein Sommer, in dem nicht ein unglücklicher Tourist dort in Schwierigkeiten geriet. Die raue Schönheit und die Privatsphäre des Ortes zogen sie an. Die Einheimischen wussten es besser, deshalb mieden sie den Ort. Aber selbst die Warnungen, mit denen die Stadt Saltford ihre Broschüren und Reiseführer gespickt hatte, konnten die Touristen nicht abhalten.

„Idioten", murmelte Mom vor sich hin. Während sie sich den Bericht ansah, strich sie sich ihr langes schwarzes Haar aus dem Gesicht und band es zu einem wirren Pferdeschwanz zusammen. Sie schnappte sich eine volle Flasche Wasser aus dem Multipack auf dem Boden und leerte sie in einem Zug. Meine Mutter trank mehr Wasser als ein Rennpferd.

„Niemand wurde verletzt", schloss die Sprecherin. „Aber die Jacht ist völlig zerstört und alles an Bord ging verloren. Die Behörden bitten weiterhin dringlich darum, sich von der Teufelsaugenbucht fernzuhalten."

Die Stimme der Sprecherin wurde übertönt, als Moms Handy klingelte. Sie klappte das alte Ding achtlos auf. Sie wollte ihr Telefon bis zu dem Tag, an dem es den Geist aufgab, nicht erneuern. Ich war beeindruckt, wie lange es schon hielt, wenn man den Missbrauch bedachte, dem es ausgesetzt war.

„Mira hier."

Ich hörte dem Gespräch zu, während ich mein Mittagessen einpackte. Es war nicht schwer, die Lücken zu füllen – ich wusste, dass es Simon war. Er war der Unternehmer, der die Blue Jackets gegründet hatte, und meine Mutter war seine beste Taucherin, sein Aushängeschild. Genau wie der Rest des Teams hatte er allerdings keine Ahnung, was das wahre Geheimnis ihres Erfolgs war.

Ich ging zurück in mein Zimmer, um mich fertig anzuziehen und mir die Haare zu kämmen. Ich hielt meine Aufmerksamkeit auf das gerichtet, was sie sagte. In unserem winzigen Wohnwagen gab es wenig bis gar keine Privatsphäre, und der Klang ihrer Stimme drang leicht durch meine offene Tür:

„Ja, ich habe es gerade im Fernsehen gesehen. Sie haben schon angerufen? Das ging schnell. Muss wertvolles Zeug sein. Hm-mm. Ist Eric drauf angesetzt? Du weißt, dass er es nicht durchgehen lassen wird. Ja, okay. Ich bin in zehn Minuten da."

Ich runzelte die Stirn. Das Büro der Blue Jackets war unten am Hafen, etwa zwanzig Fahrminuten entfernt. Aber wenn sie sagte, sie würde es in zehn Minuten schaffen, dann würde sie das auch. Ich hatte es mittlerweile aufgegeben, zu versuchen, meiner Mutter das zu schnelle Fahren abzugewöhnen. Sie raste jedes Mal, wenn sie sich ans Steuer setzte, und wurde dementsprechend regelmäßig angehalten. Aber hatte sie jemals einen Strafzettel kassiert? Nein. Sie schaltete einfach ihre Sirenenstimme an und zauberte sich aus der Klemme. Männer, so hatte meine Mutter mich gelehrt, waren so einfach zu manipulieren.

Mein eigenes Telefon summte und ich nahm es aus der Vordertasche meines Rucksacks. Saxony hatte eine Sprachnachricht in unseren Gruppenchat geschickt. Der bestand aus meinen Freundinnen – Saxony Cagney, Georjayna Sutherland, Akiko Susumu und mir.

Ich drückte die Abspieltaste auf der Nachricht, und Saxonys Stimme ertönte aus meinem Telefon, temperamentvoll wie ihre rote Lockenmähne: „Letzter Taaaaaaag! Letzter Tag, letzter Tag, letzter Tag! Weg mit Büchern, Stiften und Papier ..." Hier endete ihre Nachricht.

Als ich gerade dabei war, eine Antwort aufzunehmen, zirpte mein Telefon wieder. Georjayna war mir zuvorgekommen: „... weg mit den notgeilen Blicken des

Sportlehrers auf mir!“

Mein Telefon klingelte wieder, und es kam eine Textnachricht von Akiko: *Ich glaube, ich habe eine Panikattacke.*

Sie scherzte natürlich. Akiko liebte die Schule und trauerte jedes Jahr, wenn die Sommerferien nahten, als ob sie ihre Heimat verlassen musste. Sie war allerdings auch die Letzte von uns, die jemals eine Panikattacke bekommen würde. Ich glaubte nicht, dass sich Akikos Herzschlag ändern konnte, nicht einmal zwischen Schlaf und einem Sprint. Sie war die sprichwörtliche Ruhe in Person.

Saxony schrieb blitzschnell zurück: Ist das wahr? Ich esse gerade einen Hot Dog und er ist köstlich.

Georjayna: Zum Frühstück? Ekelhaft.

Draußen in der Küche hörte ich, wie meine Mutter den Reißverschluss ihrer Tasche zu zog.

„Ich muss los, Sonnenschein!“, rief sie.

„Ja, ich hab’s gehört.“ Ich kam aus meinem Zimmer, in Jeans und meinem Lieblings-T-Shirt, schwarz und schulterfrei. Ich hatte es dieses Schuljahr gefühlt jeden zweiten Tag getragen, was immer noch nicht oft genug war. „Ich nehme an, du gehst heute Abend nach der Arbeit zum Seefriedhof?“

Das war das Geheimnis meiner Mutter und der Hauptgrund, warum sie so beschäftigt war. Tagsüber spielte sie die professionelle Rettungstaucherin, aber nachts erledigte sie die eigentliche Arbeit, ganz allein in dunklen und manchmal gefährlichen Gewässern.

Ihre Augen funkelten. „Mm-hm. Macht es dir was aus?“

„Nein. Wohinter bist du diesmal her?“ Ich setzte mich

auf den Rand unseres verblichenen pistazienfarbenen Sofas und kämmte die gewellten Enden meiner langen braunen Haare mit den Fingern durch.

„Vererbter Schmuck. Der Manager der Eigentümerin hat uns bereits angerufen, um nach Bergungsmöglichkeiten zu fragen“, antwortete sie und trat meine Laufschuhe zu mir rüber.

Ich zog meine Schuhe an, ohne die Schnürsenkel zu lösen. „Das ging schnell. Aber habe ich nicht zufällig gehört, wie du meintest, dass Eric die Teufelsaugenbucht für tabu erklärt hat?“

Eric Davis war der Analyst der Blue Jackets. Seine Aufgabe war es, Tauchplätze zu analysieren und zu entscheiden, ob ein Bergungsauftrag angenommen werden sollte oder nicht. Die Tauchplätze, die er für unsicher erklärte, waren die, die meine Mutter in ihrer Freizeit abtauchte. Natürlich ging die Bezahlung dann allein an sie. Manchmal fanden die Blue Jackets heraus, dass sie allein getaucht war, manchmal nicht. Wenn es herauskam, war das ganze Team wütend auf sie, vor allem Eric. Er sah es als persönliche Beleidigung an, auch wenn es nichts mit ihm zu tun hatte.

„Wann hat mich das jemals aufgehalten?“ Sie zog eine Augenbraue hoch. Wenn sie in ihrer Freizeit tauchte, brach sie damit keine Firmenregeln, aber jede Tauchschule der Welt hätte sie dafür verurteilt, allein zu tauchen. Sie hatte sich den Ruf erworben, töricht zu sein, aber nur, weil niemand ihr Geheimnis kannte.

Ich seufzte. „Jedes Mal, wenn du ein Schiffswrack abtauchst, das er für tabu erklärt hat, machst du es dir selbst schwerer. Er hat bereits ein Problem mit dir.“

Sie war wieder an der Haustür, ihre schlanke Hand am

Knauf. „Mir ist egal, was für Probleme er hat. Und was er nicht weiß, macht ihn nicht heiß."

Ihrer Unbekümmertheit gegenüber war ich machtlos. Also gab ich ihr einfach einen Kuss auf die Wange. „Sei vorsichtig, okay? Ich weiß, das ist deine Art von Spaß, aber denk dran, dass ich mir Sorgen um dich mache, wenn du im Seefriedhof herumschwimmst. Besonders nachts." Der Gedanke daran machte mich nervös.

Sie lachte, als sie sich eine weitere Flasche Wasser schnappte. „Hey, wer ist hier eigentlich die Mutter?"

Als ich nicht antwortete, wurde sie ernst, streichelte meine Wange und sagte leise: „Wenn du nur wüsstest, wie es ist. Du hättest nichts zu befürchten."

Das bekam ich öfter zu hören, aber es blieb schwer vorstellbar, und ich fühlte mich dadurch nicht wirklich besser.

Sie gab mir eine schnelle Umarmung und sagte: „Ich wünsche dir einen schönen letzten Schultag, Sonnenschein." Und weg war sie.

Während ich meine Sachen zusammensuchte, das Licht im Bad ausmachte und die Tür hinter mir abschloss, kämpfte ich mit dem vertrauten Anflug von Schuldgefühlen, die immer aufkamen, wenn ich daran dachte, dass meine Mutter meinetwegen hiergeblieben war. Und wenn Dad noch am Leben wäre – hätte sie dann weniger daran gelitten oder hätte sie sich im Gegenteil längst aus dem Staub gemacht, weil jemand da wäre, der sich um mich kümmern würde?

Meine Mutter war ein Geschöpf der Tiefe, eine Sirene, eine Meerjungfrau. Und weil ich, ihre Tochter, ihre Fähigkeiten nicht geerbt hatte, konnte sie nicht nach Hause zurück.

Kapitel 2

Nach dem letzten Läuten trafen meine Freundinnen und ich uns am Südeingang der Schule und gingen zu Flagg's Café. Der Tag war perfekt. Es gab keine einzige Wolke am Himmel, und die Luft war windstill genug, dass wir unsere Pullover in unsere Rucksäcke packen und in T-Shirts gehen konnten. An Kanadas Ostküste kann manchmal sogar der Sommer frostig sein.

Wir plauderten über Schultratsch und Gerüchte, während wir aufgeregten High-School-Kids auswichen. Der Bürgersteig war voller ausgelassener Teenager, die sich verhielten, als wären sie gerade aus dem Gefängnis entlassen worden.

„Hast du das von Rachel Montgomery gehört?", fragte ich Saxony. Ich wusste, dass sie die Schauspielerin mochte.

Sie schnappte nach Luft. „Ja, ist das nicht verrückt? Sie hätte sterben können. Ich liebe sie, aber in den Seefriedhof zu schippern, um dort zu feiern, war ziemlich bescheuert von ihr. Mann, was für eine Idiotin. Im Ernst."

„Das hat meine Mutter auch gesagt", grinste ich.

„In den Nachrichten heißt es, sie sei bereits nach Hause gefahren", fuhr Saxony fort, „aber ich wette, sie ist noch in der Stadt. Solche Sachen sagen sie immer, um einen auf die falsche Fährte zu locken. Vielleicht könnten wir herausfinden, wo sie sich aufhält, und ihr nachstellen." Sie wackelte mit den Augenbrauen.

Akiko schnaubte. „Viel Glück dabei."

Ich wand mich innerlich. Saxony würde ausflippen,

wenn sie erfuhr, dass Rachel tatsächlich noch in der Stadt war und meine Mutter dem Star persönlich etwas übergeben würde. Dieser Gedanke brachte mich auf eine Idee, und ich machte mir eine geistige Notiz, meine Mutter später am Abend um etwas zu bitten.

„Also, wann reist ihr beide nochmal ab?“, fragte Georjayna Akiko und Saxony. Beide Mädchen hatten vor, den Sommer im Ausland zu verbringen.

Saxony antwortete zuerst: „Mein Flug geht in sechs Tagen, und Akiko reist am Tag nach mir ab. Wir müssen uns davor ein letztes Mal zu viert treffen. Samstagabend?“

„Das passt mir gut“, sagte Akiko.

„Mir auch. Und dir, Targa?“ Georjayna hakte sich bei mir unter. Wie immer fühlte ich mich neben ihr wie ein Kind. Georjie war gut einen halben Meter größer als ich.

„Ja, hab sonst nichts vor. Ich denke darüber nach, mir einen Ferienjob zu suchen und mich für einen der Sommerkurse anzumelden“, sagte ich. „Damit könnte ich mir schon mal Leistungspunkte für wissenschaftliche Fächer im nächsten Jahr holen.“

„Das ist eine tolle Idee, Targa“, sagte Akiko mit leiser Stimme.

„Nein, das ist eine schreckliche Idee“, sagte Saxony, und ihre langen roten Locken hüpften vor Protest. „Warum solltest du dich absichtlich mehr von der Schule knechten lassen? Häng am Strand ab. Lach dir einen Freund an. Lies eins der tausend Bücher auf deiner Leseliste, wenn es sein muss, aber um Himmels Willen, geh nicht wieder zur Schule!“

Akiko lächelte über Saxonys Empörung. Sie war nie beleidigt, wenn Saxony anderer Meinung war als sie, denn so waren sie eben: Sie hatten in den meisten Dingen gegensätzliche Standpunkte. Manchmal verstand ich nicht, wie die beiden jemals beste Freundinnen hatten werden können.

Georjayna, Saxony und ich kannten einander seit der Vorschule. Wir waren zusammen aufgewachsen, auch wenn wir uns nicht immer so nah gestanden hatten wie jetzt. Manchmal brauchten Kinder ein paar Jahre, um herauszufinden, wen sie mochten und wen nicht, aber sobald wir in die Junior High gekommen waren, hatte uns drei nichts und niemand mehr trennen können.

Akiko lebte an der Grenze zwischen zwei Schulbezirken, deshalb war sie auf eine andere Grundschule und eine andere Mittelstufe gegangen als wir anderen. Sie und ich hatten uns erst Jahre später in der zweiten Hälfte der neunten Klasse angefreundet, als wir gemeinsamen Geschichts- und Matheunterricht gehabt hatten. Sie war eine Einzelgängerin, aber auch die klügste Schülerin in Mathe, und ich hatte sie um Hilfe gebeten. Wir fingen an, uns in der Bibliothek zu treffen, und sie gab mir für den Rest des Jahres Nachhilfe.

Als Georjayna zu ihrem vierzehnten Geburtstag eine Poolparty in ihrem Haus feierte, fragte ich sie, ob ich eine Freundin mitbringen dürfte. Als ich mit Akiko hereinkam, zerquetschten Saxony und Georjayna das zierliche Mädchen mit Umarmungen. Unerwartet waren Akiko und Saxony zusammengewachsen wie siamesische Zwillinge.

Wir kamen bei Flagg's Café an, und Akiko und Saxony schnappten sich einen der Tische auf der Terrasse, während Georjie und ich rein gingen, um zu bestellen. Drinnen herrschte reges Treiben, hauptsächlich wegen der Schüler, die die gleiche Idee gehabt hatten wie wir und den letzten Schultag bei Kaffee und Kuchen ausklingen lassen wollten. Geschlagene zehn Minuten lang standen wir in der Schlange, bevor wir an die Reihe kamen.

„Zwei Cappuccini, einen schwarzen Kaffee und einen Eiskaffee, bitte“, sagte Georjayna zu dem rothaarigen Jungen hinter der Kasse.

Ich erkannte ihn aus der Schule. Er war ein Jahr unter uns. Er blinzelte sie an wie eine Eule und stotterte dann unsere Bestellung nach, während er auf die Tasten der Kasse drückte. Georjayna schien es nicht zu bemerken, aber ich schon: Sein Gesicht wurde so rot wie seine Haare.

Georjie war langbeinig, blond und gebräunt wie ein Bikinimodell. Aber hinter ihrer einschüchternden Erscheinung war sie ein totaler Nerd. Computer, Kameras und überhaupt Technikkram waren ihr Ding. Sie hatte über fünftausend Follower in den sozialen Medien und machte sich einen Spaß daraus, ihre Reichweite auszubauen. Sie verdiente sogar etwas Geld damit, obwohl es mir ein völliges Rätsel war, wie das ging. Der Gedanke, mein Leben online offenzulegen, sodass jeder über mich Bescheid wusste, konnte mir nur einen Schauder über den Rücken jagen.

„Du musst ja von der Schule hierher gesprintet sein, um rechtzeitig zur Arbeit zu kommen“, bemerkte Georjayna zum Jungen hinter der Kasse.

„Wer, ich?“, krächzte er. Sein schockierter Blick darüber, dass diese Göttin sich mit ihm unterhielt, ließ mich ein Lächeln hinter meiner Hand verbergen. Die meisten Menschen nahmen an, dass die wunderschöne Georjayna ein Snob war. Wenn sie dann herausfanden, dass sie nett war und sich für andere interessierte, war das oft eine Überraschung. Ich hatte mehr als einmal erlebt, wie sie vor einem Obdachlosen auf der Straße anhielt und sich mit ihm aus reiner Neugier unterhielt. Ich war mir nicht sicher, wie sie so hatte werden können, denn ihre Mutter sah sicherlich keinen Grund, einen Plausch mit einem Obdachlosen zu führen.

„Natürlich du“, sagte Georjie freundlich. „Oh, Mandelmilch für den Eiskaffee, bitte. Entschuldigung, das hatte ich vergessen.“

„Schon ok“, sagte er, während er am Milchbehälter herumfummelte und die Vorderseite seiner Schürze bespritzte. Sie unterhielt sich munter weiter mit ihm, während er unsere Getränke zubereitete, und er wirkte so abgelenkt, dass ich bezweifelte, dass wir am Ende das bekommen würden, was wir bestellt hatten.

„Vielen Dank“, sagte Georjayna, als er fertig war, und schenkte ihm ein Lächeln mit Grübchen und perfekt weißen Zähnen.

Er ließ seinen schaumigen Löffel mit lautem Klappern in die Spüle fallen. „Gern geschehen“, murmelte er.

Akiko hatte sich einen Tisch im Schatten ausgesucht und wartete geduldig, während Saxony im Sonnenlicht stand und einen süßen Jungen bequatschte, den ich nicht kannte. Ich wusste nicht, worüber sie sprachen, aber sie lachte und hatte ihre Hand auf seinem Arm. Mit ihren Kurven und riesigen grünen Augen hatte auch sie keinen Mangel an Bewunderern.

Der Junge schaute zu uns herüber, als wir unsere Getränke zum Tisch trugen, und ich sah, wie er sichtlich zusammenschrumpfte, als Georjayna die Getränke absetzte. Er schob seinen offenen Rucksack von einer Schulter auf die andere, und ein Schulbuch fiel heraus. Saxony hob es auf und reichte es ihm. Er nahm es, sagte etwas zu ihr und rauschte davon, wobei er einen letzten verunsicherten, sehnsüchtigen Blick über seine Schulter warf.

Saxony setzte sich hin und schoss mir einen übertrieben mahnenden Blick zu. „Hättest du nicht noch ein paar Minuten länger drinnen bleiben können? Der war voll süß und du hast ihn verscheucht. Gut gemacht."

„Warum schaust du mich so an? Gib der 1,80 großen Blondine die Schuld, nicht der grauen Maus", sagte ich und zeigte auf Georjayna.

„Ich bin nicht 1,80!", sagte Georjie beleidigt. Seit ich sie kannte, reagierte sie empfindlich darauf, wenn man ihre Größe ansprach.

„Nur die Ruhe", sagte Akiko und zog ihren schwarzen Kaffee heran.

„Es liegt nicht an mir, sondern an dir", sagte Georjayna zu mir. „Hast du nicht bemerkt, dass jeder einzelne Junge, der uns auf dem Weg hierher nachgeschaut hat, an *dir* hängen geblieben ist, als wärst du ein Steak? Ich meine, ja, du bist hinreißend, aber meine Güte, etwas weniger auffällig könnten die schon sein." Sie verdrehte die Augen.

„Du bist so was von verblendet", sagte ich und schüttelte den Kopf. „Es gibt Medikamente für sowas, weißt du?"

„Dann solltest du dir die verschreiben lassen", sagte Saxony. „Du warst schon immer blind wie eine Fledermaus, wenn es um Männer geht."

„Was hackt ihr denn jetzt alle auf mir herum? Meine Sehkraft ist ausgezeichnet, vielen Dank.“

„*Männer*“, wiederholte Akiko sarkastisch, aber mehr zu sich selbst. Sie schaute nach unten und rührte ihren Kaffee um. Als sie den Becher anhob, um einen Schluck zu nehmen, bemerkte sie, dass der Rest von uns sie ansah. „Was? Diese Highschool-Jungs sind keine Männer, sie sind Kinder“, sagte sie und deutete auf die Welt um uns herum.

Akikos halb japanische, halb kaukasische Abstammung verlieh ihr ein ethnisch uneindeutiges Aussehen. Mit kaum fünfundvierzig Kilo war sie sehr zierlich, erweckte aber trotzdem den Eindruck, zäh zu sein. Vieles an ihr schien geheimnisvoll. Manchmal wirkte sie geradezu so, als wüsste sie Dinge, die sonst niemand wusste und als wartete sie nur geduldig ab, bis ... bis was, wusste ich nicht. Sie sprach nie über ihre Vergangenheit, und auch nur sehr wenig über ihre Zukunft. Meistens wussten wir nicht, was sie dachte, bis sie einen Plan fasste und auch gleich umsetzte.

Diesen Sommer würde Akiko nach Japan reisen, weil ihr Großvater organisiert hatte, dass sie Zeit mit Verwandten verbringen würde, die sie bisher nie getroffen hatte. Er wollte, dass sie mehr über die japanische Seite ihrer Familie erfuhr. Zumindest hatte sie uns das gesagt, aber es erschien mir ein bisschen seltsam, dass sie zwei Monate mit Menschen verbringen sollte, die sie nicht kannte, ob Verwandte oder nicht. Es war schwer zu sagen, was sie selbst davon hielt. Als sie uns vor einigen Monaten davon erzählt hatte, schien sie weder glücklich noch unglücklich darüber gewesen zu sein, sie hatte es einfach hingenommen.

„Du hast so Recht", seufzte Georjayna und brachte mich zurück in die Gegenwart. „Es sind nur Jungs."

Ich nahm einen Schluck von meinem Cappuccino. „Freust du dich auf Japan, Akiko?", fragte ich.

„In gewisser Weise." Dann lenkte sie ab, wie sie es immer tat: „Was ist mit dir, Saxony? Freust du dich auf Italien?"

Saxonys Augen leuchteten auf. „Machst du Witze? Ich kann's kaum erwarten. Der Kaffee, die Geschichte, die Kunst, die Pasta", seufzte sie und fügte dann mit Nachdruck hinzu: „Die italienischen Männer. Ich bin so glücklich."

„Meinst du nicht die Windeln, die Schnuller und die Kinderwagen?", bemerkte Georjayna.

Wir lachten, allen voran Saxony. Sie hatte sich um eine Au-pair-Stelle bei einer Familie in Venedig beworben und die Stelle auch bekommen. Die Familie wollte ein englischsprachiges, bei ihnen wohnhaftes Au-pair, das sich den Sommer über um die beiden Söhne kümmerte. Es fiel mir schwer, mir Saxony als Kindermädchen vorzustellen, aber sie bestand darauf, dass sie Kinder liebte, solange sie sie am Ende des Tages wieder abgeben konnte.

„Gott sei Dank sind sie nicht noch jünger", sagte sie. „Ich hätte mich nicht beworben, wenn es Kleinkinder gewesen wären. Mit sechs und neun Jahren müssten sie aus dem Gröbsten raus sein. Keine Windeln und Schnuller. Außerdem", erinnerte sie uns, „werde ich kostenlos mitessen und meine eigene Wohnung haben. Traumhaft!"

Wir waren uns alle einig, dass das traumhaft klang.

„Was ist mit dir, Georjie?", fragte Akiko. „Hast du

dich wegen Irland entschieden?“

Georjaynas Mutter Liz versuchte sie davon zu überzeugen, den Sommer über bei ihrer Beatnik-Tante Faith in Irland zu bleiben. Wir wussten, dass Liz nur versuchte, sie loszuwerden. Liz war sehr auf ihre Karriere fokussiert. Früher hatte Georjayna oft mit ihrer Mutter Irland besucht, aber seit Liz in ihrer Firma Partnerin geworden war, hatte sie dazu keine Zeit mehr, und es war schon ewig her, dass sie dort gewesen waren.

„Oh, das ist einfach“, sagte sie. „Solange Targa den Sommer über hier ist, bleibe ich auch. Wir werden am Strand abhängen, ins Kino gehen und alle neuen Fernsehserien schauen, nicht wahr, T-Nation?“, sagte sie und leuchtete mich mit ihren braunen Augen an.

Ich lächelte über die Verwendung meines alten Spitznamens. Sie hatte ihn mir vor Jahren gegeben, kurz nach dem Tod meines Vaters. Ich hatte mich emotional zurückgezogen und war nur noch in meiner eigenen kleinen Welt gewesen, in meiner „Nation von Targa.“ Dementsprechend hatte sie mich umgetauft, und der Spitzname war mir geblieben.

„Worauf du wetten kannst“, sagte ich zustimmend.

Georjaynas Haare waren in zwei lockere Zöpfe geflochten, und sie nahm einen in jede Hand und drückte sie im Gebet zusammen, sodass sie wie eine Milchmagd aussah. „So Gott will“, sagte sie mit starkem irischem Akzent, „denn wenn du weggehst, gehe auch ich, und letztes Mal redeten alle so komisch dort, dass ich kein einziges Wort verstand.“

Ich lachte. Georjie war schon immer eine talentierte Mimikerin gewesen. „Nun, das klingt doch nicht so schlimm“, antwortete ich. „Ich wünschte, ich könnte nach Irland reisen, oder sonst nach irgendwo in Europa."

Sie fuhr mit irischem Akzent fort: „Das liegt daran, dass du noch nie in Anacullough warst, der Kleinstadt, bei der meine Tante wohnt. Wenn man blinzelt, verpasst man sie. Da ist man nicht nur in Europa, sondern auch im Jahr 1800." Georjayna schielte und ließ ihre Zöpfe fallen.

„Du könntest mich jederzeit in Venedig besuchen, Targa", sagte Saxony und schlürfte ihren Eiskaffee leer. „Solange du nicht schnarchst, teile ich mein Bett mit dir, aber wenn du schnarchst, schubse ich dich in einen Kanal."

„Das wäre nur fair." Ich lächelte. „Ehrlich, ich weiß das Angebot zu schätzen. Aber ich habe kein Geld für einen Flug."

Wir unterhielten uns noch eine halbe Stunde lang, bevor wir anfingen, auf unsere Uhren und Telefone zu schauen. Wir vereinbarten, uns am nächsten Tag zum Mittagessen im Park zu treffen und auch am Samstagabend bei Georjayna zu Hause ein Abschiedsessen zu veranstalten.

„Deine Mutter wird dich heute abholen?", fragte ich Georijie, als wir unseren Müll in die entsprechenden Recyclingtonnen kippten. Ich war überrascht, weil Liz im Grunde genommen in ihrem Büro wohnte und Georjie sich selbst überließ.

„Ja, aber nur, weil sie einen Friseurtermin im Oasis hatte und gerade fertig geworden ist. Glücksfall", antwortete sie. Oasis war ein nobler Salon nur zwei Blocks vom Café entfernt. „Holt Mira dich ab?", fragte Georjie.

„Nein, ich gehe gern zu Fuß", sagte ich, um meine

Mutter zu decken. Sie konnte jetzt sogar schon in der Teufelsaugenbucht sein.

Ein missbilligender Ausdruck trat in Georjaynas Gesicht. Der Wohnwagenpark war mindestens eine Stunde zu Fuß vom Café entfernt. Ich wusste, was Georjie dachte. Wir hatten schon darüber gesprochen. Sie mochte die Mir-doch-egal-Haltung meiner Mutter, hielt sie aber auch für unverantwortlich, wenn es um mich ging. Georjie fand, dass Mira sich wie das Kind verhielt, und ich wie die Erwachsene. Damit hatte Georjie nicht ganz Unrecht.

Kapitel 3

Georjie fasste mich an der Hand, als ihre Mutter in ihrem weißen S.U.V. vor dem Café vorfuhr: „Komm schon, wir nehmen dich mit."

Georjie und ich hatten beide Mütter, die zu viel arbeiteten, und wir beide kämpften manchmal mit Gefühlen der Verlassenheit, aber ansonsten hätten unsere sozialen Verhältnisse nicht verschiedener sein können: Meine Mutter konnte gerade so unsere Rechnungen bezahlen, und Georjies Mutter wusste kaum wohin mit ihrem Geld. Sie war Firmenanwältin. Darum hatte Georjie alles, was man nur kaufen konnte, außer einen privaten Hubschrauber, und ich war sicher, dass sie sich auch den hätte leisten können. Sie wohnte in einer Villa mit Pool und Fitnessstudio, trug Designerkleidung und besaß immer die neuesten Geräte. Aber manchmal schien es, als würden die vielen Dinge nur umso deutlicher zeigen, wie einsam Georjie war. Und jetzt wollte Liz sie auch noch über den Sommer nach Irland abschieben.

„Hey, Targa. Wie geht es dir?", fragte Liz und schenkte mir ein professionelles Lächeln, als ich auf den Rücksitz stieg. Ihr Bluetooth-Kopfhörer steckte wie immer in ihrem Ohr, gut sichtbar unter dem perfekt frisierten blonden Haar. Obwohl sie aus Irland kam, hatte sie eher einen britischen Akzent. Georjayna hatte mir erzählt, dass ihre Mutter Akzentkorrekturkurse besucht hatte.

„Es geht mir gut, danke. Sie sehen hübsch aus. Wie geht es Ihnen?"

Liz antwortete nicht, sondern war wieder in ein Gespräch mit jemandem in ihrem Ohr über die ‚Akte Michaels' vertieft.

Georjayna sah mich vom Vordersitz aus an, verdrehte die Augen und formte mit ihren Lippen ein ‚Sorry'. Ich schüttelte den Kopf und lächelte. Ich kannte Liz und hatte nichts anderes erwartet.

„Ist deine Mutter noch bei der Arbeit?“, fragte Georjie. „Warum kommst du nicht mit uns nach Hause zum Abendessen?“

Ich wollte gerade zusagen, als ich bemerkte, wie Liz Georjayna streng ansah, obwohl sie immer noch mit der Person am anderen Ende der Leitung redete. Ich war nie sicher, ob Liz mich nicht mochte, weil ich „Wohnwagen-Abschaum“ war, oder ob sie schlichtweg keine von Georjaynas Freundinnen leiden konnte. Georjie hatte mir mal rundheraus erklärt, dass es nichts Persönliches sei. Ihre Mutter sei einfach gestresst und vielbeschäftigt, wodurch sie abweisend wirkte. Allerdings sagte Georjayna selten etwas Schlechtes über jemanden, darum traute ich ihr in der Sache nicht ganz. Ich hatte den Verdacht, dass Georjie etwas Bitterkeit gegen ihre Mutter hegte.

„Nein, das ist schon in Ordnung. Danke“, antwortete ich. „Auf mich wartet ein Abendessen.“ Das stimmte teilweise. Es gab Essen in unserem Kühlschrank.

Sie setzten mich zu Hause ab und ich drückte auf meinem Handy die automatische Wahltaste für Moms Büro, während ich hinein ging.

„Blue Jacket Bergungsteam“, antwortete eine energische Männerstimme.

„Hey Micah, ich bin's, Targa.“

„Targa! Wie geht's dir?" Micah war immer enthusiastisch, wenn er mit mir sprach. Das lag daran, dass er, wie die meisten Männer, etwas für meine Mutter übrig hatte.

„Mir geht's super, danke, Micah. Ist meine Mutter noch da?"

„Nein, sie ist schon los. Ich bin überrascht, dass sie nicht schon zu Hause ist. Soll ich sie über Funk aufspüren?"

„Nein, danke, ich ruf sie an. Ich dachte nur, ich versuche es zuerst im Büro." Und dann schob ich den wahren Grund für meinen Anruf hinterher: „Wird es eigentlich eine Bergung in der Teufelsaugenbucht für Rachel Montgomery geben?"

„Mann, Klatsch und Tratsch verbreiten sich schnell", staunte er.

„Na ja, es war heute Morgen überall in den Nachrichten."

„Ich schätze, das ist, was Promis für ein Unternehmen tun können. Den Bekanntheitsgrad erhöhen. Aber nein, wir haben die Anfrage abgelehnt. Eric meinte, es sei zu gefährlich, in der Teufelsaugenbucht zu tauchen."

„Wahrscheinlich ist es besser so. Sicherheit geht vor."

„Sicherheit geht vor. Aber wir haben heute einen Anruf von einem reichen Typen aus Polen bekommen, vielleicht klappt das ja."

„Oh wow, Polen. Das wäre cool." Das waren mal Neuigkeiten. Ich würde Mom danach fragen, wenn sie zurückkam. „Ok, ich muss los. Danke, Micah."

„Kein Problem. Pass auf dich auf, ja, Targa?", sagte er herzlich. Die Blue Jackets mochten oft Probleme mit meiner Mutter haben, aber zu mir waren die meisten von ihnen ziemlich nett.

„Danke.“ Ich legte auf, schaltete den Fernseher für Hintergrundgeräusche ein und suchte im Internet nach Ferienjobs, bis mein Magen anfing zu knurren. Ich machte mir ein Abendessen aus Reisnudeln mit Pesto, Brokkoli und ein paar Hühnerresten. Eine zweite Portion für Mom stellte ich in den Kühlschrank. Sie war immer am Verhungern, wenn sie vom Schwimmen nach Hause kam. Dann putzte ich die Küche und zappte eine Weile ziellos durch die einzigen drei Kanäle, die wir empfingen. Schließlich las ich ein Buch, bis ich auf der Couch in einen unruhigen Schlaf fiel.

Ich träumte von einer kalten Seeschlange, die an meinem Gesicht vorbeischwamm. Erschrocken kam ich zu mir. Mom zog eine Strähne nassen Haars über meine Wange.

„Du bist wieder da!“ Ich setzte mich auf und rieb mir die Augen. Die Uhr an der Küchenwand zeigte 02:05 Uhr morgens an. „Hast du die Sachen gefunden?“

„Natürlich habe ich sie gefunden. Die Teufelsaugenbucht ist ein Schrottplatz, der sich eine halbe Meile über den Meeresgrund erstreckt. Was für ein Chaos. Diese Kids hatten wirklich Glück, dass sie mit ihrem Leben davongekommen sind. Inzwischen sieht es mit all den Wracks da unten wirklich wie ein Friedhof für Schiffe aus.“

„Kann ich die Sachen sehen?“

Sie hielt mir ihre Fäuste hin. „Was willst du zuerst sehen?“

Ich klopfte auf ihre rechten Knöchel und sie enthüllte drei Ringe, jeder mit kostbaren Juwelen besetzt – einer mit Rubinen, einer mit Smaragden und einer mit einem großen Diamanten. Ich schnappte nach Luft. Sie waren wunderschön. Ich probierte sie an.

„Wie viel, glaubst du, sind sie wert?“, fragte ich.

„Ich weiß es nicht, aber Rachel Montgomerys Manager hat mir fünf Riesen für ihre Rückgabe angeboten. Also schätze ich, dass wir für deinen College-Fonds heute Abend alles gut gemacht haben.“ Sie küsste mich auf den Kopf. Ich brauchte nicht darauf hinzuweisen, dass sie mehr Geld verdienen würde, wenn sie sie selbst verhökern würde; das war nicht ihr Stil.

Moms Arbeit wurde gut bezahlt, aber nur auf Vertragsbasis. Hoch dotierte Bergungsjobs waren schwer zu bekommen und die Blue Jackets mussten sich gegen andere Firmen durchsetzen. Als Folge davon lebten wir eine Art Fest-/Hungerleben. Private, auf Belohnung basierende Jobs wie der für Rachel Montgomery waren noch seltener. Mom nahm sie jedes Mal an und schob den Gewinn auf die hohe Kante, um später damit die Unigebühren für mich zahlen zu können. Manchmal fand sie sogar zufällig einen Schatz auf dem Meeresgrund und verkaufte ihn an einen örtlichen Sammler. Aber reich wurde sie davon nicht.

„Was ist in der anderen Hand?“

Sie klappte sie auf, um ein Armband und eine Halskette zu enthüllen. Diese beiden Stücke passten zum Diamantring.

„Wie um alles in der Welt hast du sie gefunden? Es muss schwierig gewesen sein, sie zwischen all den Trümmern und Felsen und den Korallen zu sehen.“

Sie zuckte die Achseln. „Nein, es war einfach. Solche Dinge sind fast immer in einem Safe. Also suche ich einfach nach einer Metallkiste. Die war nicht schwer zu finden."

Ich erstarrte. „Sie waren in einem Safe?"

„Ja."

„Mom, wie willst du dem Manager von Rachel Montgomery erklären, dass sie nicht mehr in dem Safe sind?"

Meine Mutter hatte eine unersättliche Neugierde auf fast alles. Wenn ich es nicht besser wüsste, würde ich glauben, sie sei halb Katze und nicht halb Fisch. Sie interessierte sich vielleicht nicht so sehr für Menschen, aber draußen im Wasser wurde sie zur Forscherin. Eine geschlossene Metallkiste hätte sie da nie und nimmer ungeöffnet lassen können. Ich stellte mir vor, wie sie mit bloßen Händen einen Safe knackte und der kostbare Schmuck heraus schwebte.

„Und wenn Geldscheine drin gewesen wären?"

Sie zuckte die Achseln. „Es waren keine drin, und der Safe war sowieso nicht wasserdicht. Ich gebe Rachel Montgomery ihre Erbstücke zurück und sie wird glücklich sein, sie wieder zu haben. Wen kümmert es schon, was mit dem Safe passiert ist? Er könnte auf den Felsen zertrümmert sein, richtig?"

„Ich denke schon. Aber du hast immer gesagt, dass alles, was jemanden noch misstrauischer machen könnte, vermieden werden sollte."

„Heeeey", sagte sie und zog das Wort mit ihrer musikalischen Stimme in die Länge. „Ich würde nie etwas tun, was uns gefährden könnte, das weißt du." Sie zupfte sanft an einer Strähne meines Haares.

Manchmal schien es, als hätten wir irgendwann einen Rollentausch gehabt. Die vorsichtige Mutter aus meiner Kindheit hatte sich zu einem risikofreudigen Kind entwickelt und ich war so etwas wie der Schülerlotse unseres Lebens geworden. Vielleicht hatte sie es einfach satt gehabt, immer so vorsichtig sein zu müssen. Ich versuchte, nicht zu viel darüber nachzudenken, was mit ihr passieren würde, wenn man ihrer wahren Natur auf die Schliche kam.

Ich wärmte ihre Portion Nudeln auf und bat sie, ihr nächtliches Bergungsabenteuer in allen Details zu beschreiben. Und das tat sie. Über die Unterwasserwelt konnte sie mit solcher Hingabe reden, dass ich ihr noch zuhörte, als sie längst aufgegessen hatte und ich mir die Zähne putzte und mich bettfertig machte. Ich kroch unter die Decke, als sie ihre Geschichte beendete. Sie beugte sich vor und gab mir einen Gutenachtkuss. Kurz bevor sie meine Tür schloss, erinnerte ich mich an etwas. „Mom?"

Die Tür schwang wieder ein Stück auf. „Ja, Sonnenschein?"

„Micah sagte etwas über einen Polen, der heute im Büro angerufen hat. Was ist das für ein Auftrag?"

„Hmm, ich weiß von nichts. Vielleicht haben sie den Anruf bekommen, nachdem ich schon weg war. Ich bin mir sicher, dass ich morgen davon höre."

„Ok, sag mir Bescheid, was es damit auf sich hat."

„Schlaf jetzt."

Das tat ich. Ich schlief immer gut, wenn sie zu Hause war.

Kapitel 4

„Ich bin wirklich gespannt darauf, die Glasbläser zu sehen …“, sagte Saxony gerade, als wir quietschende Reifen hörten. Ich erkannte das Geräusch, bevor Moms Kleinlaster um die Ecke bretterte.

„… für die Murano berühmt ist“, beendete Saxony ihren Satz, aber wir dachten nicht mehr an ihre Pläne für Venedig. Vor uns kam der Firmenwagen der Blue Jackets zum Stehen, seine Stoßstange berührte beim schnellen Anhalten fast den Boden.

Wir hatten uns in einem Park mit Blick auf den Strand zu einem Picknick getroffen. Die Limonade hatte ich mitgebracht, Georjayna die Eiersalat-Sandwiches und Saxony selbstgemachte Brownies. Akiko hatte Gemüse-Sticks und Dips mitbringen sollen, aber in letzter Minute hatte sie geschrieben, dass sie eine Besorgung für ihren Großvater machen musste und es nicht schaffen würde.

„Alter, deine Mutter sollte die Bremsen schonen“, bemerkte Saxony. Sie hatte einen autoverrückten Bruder und dessen Zartgefühl für Fahrzeuge hatte auf sie abgefärbt.

Mom ließ den Motor laufen und die Tür hinter sich offen, als sie über den Rasen auf uns zu lief, ihr schwarzes Haar wehte von den Schultern zurück wie in einem Werbespot. Ich schnappte mir unseren Essensmüll und stopfte ihn in die Kühlbox, die Georjayna mitgebracht hatte.

„Ich glaube, ich muss mal los, Leute. Entschuldigt. Schreib euch später“, sagte ich, stand auf und schnappte mir die Thermoskanne, die ich mitgebracht hatte.

„Klar, Targa. Kein Problem“, sagte Georjayna. „Ich hoffe, dass alles in Ordnung ist.“

Saxony nickte nur, aber die beiden starrten meine Mutter an. „Sie ist so eine Rakete“, murmelte Saxony. Sie ließ immer irgendeine Bemerkung über das Aussehen meiner Mutter fallen. Saxony sagte stets, was sie dachte.

„Du bist schlimmer als alle Bauarbeiter dieser Welt zusammen.“ Ich packte sie liebevoll an den Schultern, dann ging ich zu meiner Mutter. Sie wartete darauf, dass ich zu ihr kam, und winkte meinen Freundinnen zu, die höflich zurückwinkten.

„Ist alles in Ordnung?“, fragte ich. Mom sah bei näherer Betrachtung nicht verärgert oder besorgt aus, was meinen Herzschlag schon mal etwas beruhigte.

Sie legte einen Arm um mich, als wir zum Wagen gingen. „Ich habe Neuigkeiten. Und will dir was vorschlagen.“

„Ach ja? Kann’s kaum erwarten.“ Ich kletterte auf den Beifahrersitz. Mom fuhr vom Bordstein runter. Als ich den Mädchen zum Abschied winkte, erinnerte ich mich plötzlich an die Sache mit Rachel Montgomery.

„Bevor du mich jetzt noch mehr überrumpelst, hast du Rachel Montgomerys Erbstücke schon zurückgegeben?“ Ich hatte mir vorgenommen, sie zu fragen, ob ich mitkommen und auch Saxony mitnehmen könnte. Ich hatte sie das schon letzte Nacht fragen wollen, es aber vergessen. Ich hoffte, es war noch nicht zu spät.

„Ja, heute Morgen“, antwortete sie.

„Verdammt!“, sagte ich und fühlte mich wie eine schlechte Freundin. Zumindest würde etwas, was Saxony nie erfuhr, sie auch nicht wütend auf mich machen.

„Warum, was ist los?“

„Ich hätte einfach nicht gedacht, dass du es so schnell erledigen würdest“, seufzte ich. „War sie glücklich? Wie war sie denn so?“ Ich war selbst neugierig, wie die regierende Teen-Queen von Hollywood in Person war.

„Was meinst du?“ Mom sah verwirrt aus. „Sie war ein gehender, sprechender Mensch mit einer Stimme und einer Nase, und natürlich war sie froh, ihre Sachen wiederzubekommen.“

„Hast du wenigstens ein Foto mit ihr gemacht? Sag mir, dass du ein Foto hast.“ Ich wusste schon, was die Antwort war.

„Warum sollte ich das tun?“ Sie sah mich an, als sei es die idiotischste Idee, die sie je gehört hatte.

Ich seufzte. „Keine Sorge, mein Fehler.“

„Was? Warum?“ Sie blinzelte mich völlig verwirrt an.

„Saxony ist ein Fan, und ich wollte dich fragen ... egal, vergiss es. Erzähl mir von deinen Neuigkeiten.“ Ich versuchte, nicht frustriert zu sein. Es käme ihr nie in den Sinn, einen Prominenten um ein Foto oder ein Autogramm zu bitten.

Mom merkte nicht einmal, dass ich missmutig war, für sie war das Thema Rachel Montgomery sofort vergessen. „Erinnerst du dich, dass du nach dem Polen gefragt hast, der im Büro angerufen hat?“

„Ja, was hat es damit auf sich? Hast du einen Auftrag in Polen bekommen?“ Die Aussicht stimmte mich beklommen. Ich wollte nicht, dass sie mich den Sommer über allein ließ. Aber irgendwie bekam ich das Gefühl, dass es um etwas anderes ging, denn sie wirkte nicht so mürrisch wie sonst, wenn die Blue Jackets einen Auftrag im Ausland annahmen.

„Der Typ, der angerufen hat, heißt Antoni Baranek“, sagte sie. „Er ist der persönliche Assistent eines gewissen Martinius Joseph Novak. Und stell dir vor, ihm gehört eine hundertfünfzig Jahre alte Schiffsbaufirma in Gdańsk.“

„Gdańsk?“, sagte ich und fühlte, wie das seltsame Wort wie ein Gummiball an meiner Kehle abprallte.

„Es ist eine Stadt in Polen, an der Ostsee. Früher hieß sie Danzig.“

„Ah ja, klar.“ Ich versuchte, nicht sarkastisch zu klingen; ihr fiel es aber ohnehin nicht auf.

„Sein Unternehmen hat lange nach einem Schiff aus ihrer Flotte gesucht, das vor rund hundert Jahren gesunken ist, und dank eines Tipps der britischen Marine haben sie es endlich gefunden.“

„Und sie wollen, dass die Blue Jackets es bergen“, schloss ich. „Warum wollen sie ein Team von so weit weg engagieren? Haben sie keine Rettungstaucher in Polen?“

„Novak Shipping hat sogar ein eigenes Tauchteam, aber das ist nicht auf historische Wracks spezialisiert. Martinius stieß auf unsere Website und war von unserer Erfolgsgeschichte beeindruckt. Simon hat ihm gesagt, dass es teuer wird, wenn wir den ganzen Weg dorthin kommen, dass wir Ausrüstung mieten und für Unterkunft und alles andere bezahlen müssen, aber der alte Kerl scheint seine Entscheidung schon getroffen zu haben.“

„Wow, wie schmeichelhaft.“ Gut für die Blue Jackets, Mist für mich.

„Antoni hat die Datenauswertung des Wracks an Eric

geschickt, der bereits erklärt hat, dass es keine Einschränkungen für den Tauchplatz gibt, also ist das Projekt bewilligt. Ich habe Eric noch nie so begeistert von einem Tauchplatz gesehen. Die Jungs sind ganz versessen darauf, diesen Auftrag anzunehmen."

„Aber?", fragte ich. Irgendwas war los, sonst wäre sie nicht gekommen, um mich von meinen Freundinnen wegzureißen.

„Martinius Novak bietet eine riesige Summe Geld. Er sagte auch, dass wir all seine Fahrzeuge verwenden können, ob in der Luft oder auf Wasser – was immer wir brauchen. Und er bringt uns für die Dauer des Projekts unter."

„Klingt nach einem Traumjob."

„Ist es auch. Bis auf ... Nun, Martinius hat scheinbar in der Presse über mich gelesen, und sein Auftrag ist an die Bedingung geknüpft, dass ich Teil des Teams bin." Mom bog in unsere Straße ein.

Ich konnte den Artikel, den Martinius gelesen haben musste, vor meinem geistigen Auge sehen: Mira MacAuley, die Meistertaucherin, die viel zum Erfolg und Ruhm der Blue Jackets beigetragen hat, vollbringt, was keine andere Taucherin zuvor je vollbracht hat.

„Simon war so begeistert vom Angebot, dass er sofort zustimmte", fuhr sie fort. „Ohne vorher mit mir darüber zu sprechen." Sie warf mir einen Blick zu, der zeigte, was sie davon hielt. „Ich habe ihm ausdrücklich gesagt, er soll mich erst fragen, ob ich Aufträge im Ausland annehmen kann, und nicht einfach davon ausgehen, dass ich immer mit an Bord hüpfe."

Mein Herz sank. „Heißt das, du bist über den Sommer weg?" Mein Telefon piepte und ich schaute nach unten.

Georjayna hatte eine Nachricht geschrieben: *Alles in Ordnung? Komm morgen früh vorbei und erzähl, was los ist?*

„Ich habe eine Bedingung gestellt." Mom fuhr den Wagen in die Einfahrt und stellte den Motor ab. Dann drehte sie sich um und sah mich an.

„Nämlich?" Ich legte mein Telefon weg.

„Dass ich meine Tochter mitbringen darf."

Mir klappte der Mund auf. Als ich endlich meine Stimme wiederfand, stammelte ich: „Und was meint Simon dazu?"

„Er hat versucht, es mir auszureden, aber ich weiß, wann ich bei ihm am längeren Hebel sitze, und, seien wir ehrlich, das ist meistens der Fall."

Ich lachte, noch immer geschockt.

„Also hat Simon Antoni zurückgerufen und gesagt, dass die Sommerferien beginnen und dass ich meine Tochter nicht allein zu Hause lassen will."

„Was hat Antoni gesagt?" In meiner Aufregung packte ich sie am Arm.

„Du würdest es nicht glauben, Targa. Du hättest Simons Gesicht sehen sollen. Als Martinius hörte, dass ich eine Tochter habe, soll er angeblich gesagt haben, er bestünde darauf, dass ich dich mitbringe. Ich kann es selbst nicht ganz glauben. Aber da hast du es." Sie sah mich erwartungsvoll an. „Also, willst du den Sommer über mit mir nach Gdańsk fahren?"

Mein Gesicht musste vor lauter Begeisterung wie eine Clownsmaske ausgesehen haben, denn sie milderte das Ganze schnell ab: „Ich bin mir nicht sicher, wie lange wir dort sein werden, es hängt davon ab, was wir vor Ort finden. Es werden wahrscheinlich sechs Wochen oder mehr sein. Aber auf jeden Fall sind wir zurück, bevor die zwölfte Klasse für dich losgeht. Was hältst du davon?"

Ich lehnte mich über die Konsole und in ihre Arme. „Ja! Ja! Ja! Ich weiß nicht mal, wo zum Teufel Gdańsk ist, aber ich bin so was von bereit zu gehen. Ich kann es nicht glauben!"

Sie drückte mich und wich dann zurück, Besorgnis in ihren leuchtend blauen Augen. „Du weißt aber, dass ich beschäftigt sein werde, ja? Es ist ein wichtiger Job und ich werde mich dreimal so sehr reinhängen, wie ich es normalerweise tue. Ich habe allerdings um freie Wochenenden gebeten, und das ist Simon recht, auch wenn der Rest des Teams samstags arbeiten muss. Also werden wir am Wochenende ein bisschen Zeit miteinander verbringen können. Ist das für dich in Ordnung?"

Ich wollte schon nach Europa reisen, seit ich wusste, dass es einen alten Kontinent gab. Wir hatten nur nie das Geld dazu gehabt. Polen stand zwar zugegebenermaßen nicht ganz oben auf meiner Liste und ich wusste praktisch nichts über das Land, aber es war Europa und es kostete uns nichts.

„Verdammt, ja, Mom!", rief ich aus und drückte sie wieder fest. „Machst du Witze? Lass uns nach Polen gehen!"

Kapitel 5

„Du gehst *wohin*?“, rief Georjie über den Lärm der Popcornmaschine hinweg, die heiße Luft und Maiskörner überallhin pustete, nur nicht in die Schüssel. Sie knipst die Maschine aus und starrte mich an.

Ich war ein paar Stunden vor Saxony und Akiko bei Georjayna vorbeigekommen. Das war etwas, was Georjie und ich oft taten. So sehr wir es genossen, zu viert zu sein, manchmal brauchten sie und ich Zeit nur für uns beide.

„Bitte sag mir, dass ich dich nicht richtig verstanden habe“, sagte sie. „Du meinst nicht ernsthaft, dass du im Sommer nach Polen fährst. Sag mir wenigstens, dass du nach Costa Rica oder an einen coolen Ort fährst, wenn du mich schon im Stich lassen willst.“ Sie beugte ihren langen Körper, hob ein verirrtes Maiskorn vom Dielenboden auf und warf es in die Spüle. „Und du *lässt* mich im Stich, nur, damit das klar ist.“

Ich hatte ihr gegenüber ein schlechtes Gewissen, aber ich wusste auch, dass sie sich für mich freute. Georjie konnte nicht lächeln, ohne vorher Grübchen zu bekommen. Zwei Krater erschienen immer in ihren Wangen, kurz bevor sie grinste. Auch jetzt sah ich, wie sie sich langsam entwickelten. Innerlich seufzte ich vor Erleichterung.

„Ich weiß, es tut mir leid, aber ich hatte keine Ahnung, dass das passieren würde“, erklärte ich, während ich ihr den Topf mit geschmolzener Butter reichte und zusah, wie sie sie über das Popcorn träufelte. „Wenn jemand vorbeikommt und dir eine kostenlose Reise nach Europa anbietet, sagst du nicht Nein. So eine Gelegenheit ergibt sich nicht alle Tage. Besonders nicht für mich."

Sie nickte, nahm einen Löffel und rührte das Popcorn um. „Ok, erklär mir noch mal den Teil mit dem polnischen Firmenboss. Ich hätte nicht gedacht, dass du so eine Bombe platzen lassen würdest, also habe ich nicht wirklich zugehört."

„Oh, danke." Ich schnipste ein Maiskorn auf sie.

Sie wich mit einem kleinen Lachen aus. Dann streute sie Meersalz über das Popcorn, rührte noch etwas und steckte den Löffel in die Spülmaschine, die vermutlich mehr gekostet hatte als die gesamte Küche bei mir zu Hause. Ich folgte ihr und dem Popcorn durch die Schiebetür, die sie mit ihren langen Zehen öffnete, in den Garten. Auf den handgefertigten Holzstühlen, die um die Feuerstelle standen, ließen wir uns nieder. Über jeder Stuhllehne lag eine gefaltete Decke. Sogar der Himmel über uns hatte einen herrlichen Pfirsichfarbton, der edler wirkte als je über meinem Wohnwagenheim. Georjaynas Haus befand sich in der wohlhabendsten Gegend von Saltford, Bella Vista, und der Name war Programm. Jedes Haus war riesig und hatte einen Meeresblick.

Ein Krug mit Eistee und ein paar Gläser waren bereits auf den kleinen Tisch gestellt worden. Wenn ich solche Dinge sah, fiel mir auf, wie sehr Georjies Leben sich von meinem unterschied.

Wir ließen uns nieder und mampften Popcorn, während ich ihr erzählte, was ich von meiner Mutter über Novak und sein Schiffsunternehmen wusste.

„Und womit willst du dich beschäftigen, während deine Mutter arbeitet?"

„Ich habe schon eine Liste gemacht." Ich schaltete mein Handy ein und zeigte ihr ein paar Fotos, die ich online von Gdańsk gefunden hatte. Ich erzählte ihr von einigen der historischen Attraktionen, die ich sehen wollte.

„Wow!", sagte sie, wirklich beeindruckt, als sie durch die Bilder von bunten alten Gebäuden wischte, die einen Kanal in der Innenstadt säumten. „Dieser Ort sieht aus wie aus Lebkuchen gemacht. Warum habe ich noch nie davon gehört?"

Ich zuckte die Achseln. „Vielleicht hat sich einfach noch nicht so herumgesprochen, wie schön es dort ist. Hoffentlich bedeutet das, dass es nicht vor Touristen wimmeln wird. Ich glaube, Saxony ist sich nicht bewusst, wie geschäftig Venedig im Juli und August sein wird." Ich schauderte. Ich hasste Menschenmassen.

„Nein, ich glaube nicht, dass sie darüber nachgedacht hat", sagte Georjayna. „Und um ehrlich zu sein, sie wird von Menschenmengen nicht so abgeschreckt sein wie du, besonders nicht von Menschenmengen aus italienischen Männern."

Ich lachte. „Jedem das Seine – das hat man doch im alten Rom so gesagt."

Ich erzählte ihr, dass Polen scheinbar sogar einige schöne Strände hatte. Sie waren nicht wie die weißen Sandstrände der Karibik, aber als Kanadier stellten wir keine hohen Ansprüche. „Ich habe auch eine lange Leseliste zu bewältigen", sagte ich und genoss den Gedanken, mit einem guten Buch am Strand zu liegen.

„Ich wette, dass du die hast. Aber ich wette auch, dass du so sehr mit Herumstreunen und Entdecken beschäftigt sein wirst, dass keine Zeit zum Lesen bleibt.

Hach, wie seltsam! Jetzt geht ihr alle diesen Sommer irgendwohin. Was soll ich machen?“

„Irland willst du dir nicht nochmal überlegen?“ Ich hatte ihre Zurückhaltung, was das betraf, immer noch nicht ganz verstanden. „Ich weiß noch, als du vom letzten Besuch zurückkamst, schienst du viel glücklicher zu sein. Ich dachte, Irland hätte dir gutgetan.“

„Ja, aber das ist schon lange her. Ich war nur ein Kind, das von seinem Vater verlassen wurde. Die Dinge sind jetzt anders. Ich bin nicht mehr dieses Kind. Ich habe Liz schon gesagt, dass du der Grund bist, warum ich bleibe. Jetzt, wo du gehst, habe ich keinen Grund mehr ...“ Sie zuckte mit den Schultern. „Also gehe ich wohl doch auf die grüne Insel.“

„Es wird dir gefallen“, ermutigte ich sie. „Ich hätte Irland sogar Polen vorgezogen, aber ich will mich echt nicht beschweren.“

„Ja, es ist hübsch dort. So grün und üppig“, sagte sie. „Es ist lange her, dass ich dort war. Das letzte Mal war vor dem Tod deines Vaters.“

„Fast drei Jahre vorher, Georjie. Du warst erst fünf Jahre alt.“ Georjie und ich waren schon lange befreundet, aber das Jahr, in dem ich meinen Vater verloren hatte, war das erste Jahr gewesen, in dem ich wirklich begriff, was Freundschaft bedeutete. Georjie und ich waren jung gewesen, aber schon damals hatte sie mir enormen Trost gespendet. Sie hatte eine solche Reife besessen, obwohl sie nur ein Kind war.

„Wo wir gerade von Vätern sprechen“, sagte ich, „ich nehme nicht an, dass du von deinem gehört hast?“ Ich beäugte Georjie, als ich die letzten Popcornkrümel vom Boden der Butterschüssel aufsammelte. Ich mochte die harten, knusprigen, die noch nicht ganz aufgegangen waren. Umso besser, wenn sie etwas angebrannt waren.

Sie schüttelte den Kopf: „Nein, das Letzte, was wir gehört haben, war, dass er immer noch in Edmonton mit seiner neuen Frau lebt. Ich glaube, das Vaterschiff ist für mich schon lange gesunken." Sie wischte sich das Salz von den Händen. „Und auch das Mutterschiff hat ein paar Lecks. Durstig?"

Ich nickte und sie schenkte mir etwas Eistee ein. Ich betrachtete ihr Gesicht, das etwas Verkniffenes um den Mund bekommen hatte. Wir waren beide vaterlos, nur ihrer war freiwillig von der Bildfläche verschwunden. In gewisser Weise war das schlimmer. Liz und Brent hatten sich scheiden lassen, als Georjayna erst fünf Jahre alt gewesen war, und darum hatte Liz den folgenden Sommer auch zum ersten Mal mit Georjie in Irland verbracht – um dem Chaos zu Hause zu entrinnen.

Ihr Vater hatte eine Weile das gemeinsame Sorgerecht gewollt, aber bald hatte er angefangen, ihre Treffen zu verpassen, und war sogar für einen Monat verschwunden, ohne jemandem zu sagen, wo er steckte. Schließlich war er komplett verschwunden, ohne mehr als eine Handynummer und eine E-Mail-Adresse zu hinterlassen. Er hatte die Worte ‚für Notfälle' neben die Nummer gekritzelt, was die Dinge ziemlich klar machte. Als ob Liz oder Georjie ihn anrufen wollen würden, nachdem sie eine solche Notiz gelesen hatten, Notfall hin oder her.

„Also, wann würdest du nach Irland gehen?", fragte ich.

„Ich weiß nicht. Bald wahrscheinlich, da du ja auch bald abreist ..."

„In einer Woche." Ich bekam jedes Mal einen kleinen Adrenalinschub, wenn ich daran dachte, ins Flugzeug zu steigen.

Sie nickte. „Ich werde dann Liz' Sekretärin bitten, mir einen Flug kurz nach deiner Abreise zu buchen." Alle organisatorischen Dinge in Georjaynas Leben wie Reisebuchungen und Zahnarztbesuche liefen über Liz' Sekretärin. Ich konnte mir nicht vorstellen, meine Mutter ‚Mira' zu nennen oder einen der Blue Jackets sich um meine persönlichen Belange kümmern zu lassen.

„Ich weiß, dass du noch nicht sagen kannst, wann du zurückkommst, aber halte mich auf dem Laufenden und ich werde versuchen, zur selben Zeit wiederzukommen. Vielleicht haben wir dann sogar noch ein paar Wochen vom Sommer zusammen."

Ich nickte. „Ich möchte aber, dass du dir eine schöne Zeit machst, Georjie. Du gehst nach Irland, nicht nach Winnipeg."

Sie lachte. „Ich weiß. Und ich mag meine Tante Faith, sie ist echt eine coole Hippie-Braut, weißt du. Ich habe auch einen Cousin, den ich noch nie getroffen habe." Georjayna nahm die Decke von der Stuhllehne und breitete sie über ihre Beine aus.

„Ich dachte, deine Tante ist Single und hat keine Kinder." Meine Erinnerung an Georjaynas Familie in Irland war bestenfalls verschwommen. Eine Brise kam auf und bereitete mir eine Gänsehaut. Auch ich bedeckte mich mit einer Decke.

„Sie ist alleinstehend", erklärte Georjayna. „Und mein Cousin ist zwei Jahre oder so älter als ich, glaube ich. Meine Tante hat ihn adoptiert, nachdem ich das letzte Mal dort war, also ist er kein Blutsverwandter. Liz hat mir nichts darüber erzählt, warum Tante Faith ihn adoptiert hat. Ich bin sicher, ich werde es herausfinden, wenn ich dort bin. Sein Name ist Jasher. Ist das nicht ein cooler Name?“

Ihre Füße guckten unter der Decke hervor und sie setzte sich auf und zog sie herunter, um sie wieder zu bedecken. Ich dachte daran, dass es nicht immer einfach war, so langbeinig zu sein.

„Supercool. Ist er süß?“ Nicht, dass es mir viel ausmachte, aber ein nettes Lächeln und ein paar breite Schultern würden Georjayna bestimmt den Sommer versüßen.

„Keine Ahnung, aber ich schicke dir heimlich ein Foto und du kannst das dann entscheiden“, versprach sie. Ihre Miene hellte auf, als ihr ein Gedanke kam: „Vielleicht triffst du einen süßen polnischen Jungen, der dir die Stadt zeigt.“

„Vielleicht“, gab ich zu.

Sie warf mir einen schrägen Blick zu. „Warum so zweiflerisch?“

Es war eine Weile her, dass wir ernsthaft über Jungs geredet hatten. Normalerweise versuchte ich es zu vermeiden, da ich mir nie sicher war, was ich sagen sollte. Immer wenn wir vier zusammen waren und das Thema Jungs aufkam, hatten Saxony und Georjayna klare Meinungen. Aber Akiko und ich hatten nie viel hinzuzufügen. Der Unterschied zwischen Akiko und mir war, dass sie Gefühle hatte, die sie in ein paar kurzen Worten deutlich machen konnte, aber ich hatte die meiste Zeit überhaupt keine Ahnung, was ich eigentlich von Jungs hielt und wollte.

„Ich bin nur ...“ Ich wusste auch jetzt nicht recht, was

ich sagen sollte. Georjayna wartete geduldig. „Ich fühle mich nicht so sehr zu Jungs hingezogen“, sagte ich schwach.

„Fühlst du dich zu Mädchen hingezogen?“, fragte sie schlicht, ohne auch nur eine Augenbraue zu heben. Es war die logische nächste Frage, und Georjie war großartig darin, mir das Gefühl zu geben, dass ich nichts Falsches sagen konnte. Sie war die am wenigsten verurteilende Person, die ich kannte. Unweigerlich musste ich daran denken, dass die Frage einen skeptischen Klang gehabt hätte, wäre sie von Saxony gekommen.

„Mindestens genauso wenig“, sagte ich. „Ich meine, ich bin voll und ganz in der Lage, eine attraktive Person zu erkennen, wenn sie vor mir steht. Es ist ja nicht so, als ob ich das nicht zu schätzen wüsste. Ich hatte nur noch nie diese Schmetterlinge, über die du und Saxony immer redet.“

„Aber du hattest schon Dates“, erinnerte Georjayna. „Mit Patrick in der neunten Klasse.“

„Da war auch noch der Basketballspieler, Scott.“

„Stimmt, der war nett. Aber Patrick war viel zu klein, selbst für dich.“

Ich lachte. „Nur du würdest das sagen.“ Patrick war mindestens zwei Zentimeter größer gewesen als ich, was für einen Neuntklässler nicht schlecht war.

Sie schnaubte. „Ich habe Recht.“

„Aber ich war nicht wirklich in Patrick oder Scott verknallt. Ich habe sie, um ehrlich zu sein, irgendwie nicht ganz ernst genommen. Sie haben mich gefragt, also bin ich mit ihnen ausgegangen. Das ist doch, was Mädchen in unserem Alter tun sollten, oder? Auf Dates gehen? Rummachen?“

„Ja, aber idealerweise mit jemandem, von dem du wirklich was willst. Du und Scott habt einander geküsst, richtig? Ich erinnere mich, wie ich danach versucht habe, dich auszuquetschen. Ich dachte, es hätte dir mit ihm gefallen. Hast du mir nicht gesagt, dass es dir gefallen hätte? Also, wie war es wirklich?“

Ich legte mir die Hand über den Mund und gähnte demonstrativ.

Georjayna zuckte zusammen. „So schlimm?“

„Nein … Der arme Kerl. Es war nicht seine Schuld. Ist es möglich, ohne Sexualtrieb geboren zu sein?“, fragte ich. Ich erinnerte mich, dass ich am Ende des Dates einfach nur weggewollt hatte. Ich war glücklicher zu Hause im Schlafanzug mit einem guten Buch.

„Vielleicht, keine Ahnung. Aber wenn das der Fall wäre, gäbe es dann nicht auch noch andere Symptome? Würde das nicht bedeuten, dass deine Hormone aus dem Gleichgewicht geraten sind? Irgendwas hätte sich doch dann während der Pubertät gezeigt? Ich meine, deine Pubertät war so ...“ Sie suchte nach dem richtigen Wort. „… friedlich. Du hattest keine Akne oder Krämpfe oder komischen Stimmungen. Ich hätte dich umbringen können. Mindestens einmal im Monat habe ich mich vor Schmerzen erbrochen, und meine Mutter wollte mir ständig die Pille einreden. Mein Gesicht war in der neunten Klasse ein einziges Schlachtfeld, erinnerst du dich?“

Ich blinzelte. Ich konnte mich nicht daran erinnern, dass Georjie je etwas anderes als einen perfekten Sonnenteint gehabt hätte.

Sie verdrehte die Augen über mein Unverständnis. „Ich

hätte fast dieses fiese Medikament gegen Akne genommen, wie heißt es nochmal? Das, was deine Knochen porös werden lässt, wenn du alt wirst."

„Keine Ahnung." Warum erinnerte ich mich nicht an diese Details – war ich Mom ähnlicher, als ich dachte?

„Na, jedenfalls, bei den ollen Jungs in dieser Stadt ist es kein Wunder, dass du dich noch nicht verliebt hast oder diesen Funken noch nicht gespürt hast. Wenn du die richtige Person triffst, wirst du sicher anders empfinden. Es wird passieren. Du wirst schon sehen", sagte Georjayna überzeugt.

Ich war mir nicht so sicher, aber ich protestierte nicht. Ich wusste sowieso nicht, woran ich glauben sollte, also hatte es keinen Sinn, zu streiten.

„Stell sicher, dass du dort W-LAN hast und wir uns schreiben können", sagte sie aus dem Blauen heraus.

Ich lachte. „Klar doch, Georjie."

Sie fing an, laut über die Dinge nachzudenken, die sie in Irland tun könnte, und es erleichterte mich, dass sie sich für die Idee erwärmte. Wir schmiedeten unsere jeweiligen Pläne für den Sommer, bis Saxony und Akiko kamen. Der Himmel war nun dunkel und die Sterne funkelten über uns. Wir machten ein Feuer, um Marshmallows zu rösten. Dann eröffnete ich Saxony und Akiko, dass ich nach Polen reisen würde.

„Das ist unglaublich, Targa." Akiko lächelte mich an und hielt meinen Blick einen Moment gefangen. Manchmal, wenn sie mich ansah, fühlte es sich fast so an, als könnte ich nicht wegschauen.

Saxony zappelte so sehr auf ihrem Stuhl, dass ihr Marshmallow fast in die Flammen fiel. „Das heißt, wir werden alle ins Ausland gehen! Wir müssen versprechen, dass wir in Kontakt bleiben, ok? Mir ist schon klar, dass wir beschäftigt sein werden, aber lasst uns schreiben, wann immer wir können.“

Georjayna und ich stimmten sofort zu, aber Akiko schaute drein, als hätte sie jetzt schon ein schlechtes Gewissen. „Ich werde es versuchen. Ich bin mir nur nicht sicher, wie gut das Signal sein wird. Von dem, was ich gehört habe, wohnen meine Verwandten ziemlich abgelegen, und sie sind womöglich auch nicht die technisch versiertesten Leute, die man sich vorstellen kann.“

„Ja, aber wer hat heutzutage denn kein W-Lan? Besonders in Japan“, fragte Georjayna. „Im Ernst, wo schickt dich dein Großvater hin, in eine Höhle im Berg?“

Akiko schenkte ihr das typische Halblächeln, das nur in einem ihrer Mundwinkel auftauchte. „Wer weiß. Seine Fähigkeit, Orte und Leute zu beschreiben, ist eher gering ausgeprägt.“

Akiko war eine Waise, die von ihrem Großvater großgezogen worden war. Sie behauptete, dass sie sich überhaupt nicht mehr an ihre Eltern erinnern konnte. Sie waren an einer Krankheit gestorben, die sich über mehrere Dörfer ausgebreitet und Hunderten von Menschen das Leben gekostet hatte. Ihr japanischer Großvater mütterlicherseits hatte sie danach nach Kanada gebracht, weil auch er vor der schrecklichen Vergangenheit hatte fliehen wollen.

„Wie kommt es eigentlich, dass dein Großvater nicht mitkommt?“, fragte ich. „Will er seine Verwandten zu Hause nicht besuchen?“

„Er ist zu alt für diese Art von Reisen“, antwortete sie.

Ich beobachtete sie, wie sie ins Feuer starrte. Ihr

Gesicht war so schwer zu lesen. War es nur meine Einbildung, oder war sie erfreut, dass ihr Großvater nicht mit ihr gehen würde? Wollte sie von ihm loskommen? Wie würde sie sich fühlen, wenn er einmal nicht mehr war? So wie es sich anhörte, hatte er nicht mehr allzu viele Jahre. Und er war alles, was sie hier in Kanada hatte. Würde sie zurück nach Japan gehen, wenn sie sich bei ihren Verwandten dort wohlfühlte? Das waren alles Fragen, von denen ich wusste, dass sie sie bestenfalls vage beantworten würde.

Georjie und ich tauschten einen Blick und wussten, dass wir dasselbe dachten. Wir beide fühlten, dass unter Akikos ruhiger Oberfläche mehr los war, als irgendeine von uns sich ausmalen konnte. Ich sah zu Saxony, aber sie nahm einen Schluck von ihrem Eistee und starrte ebenfalls abwesend ins Feuer. Sie war Akikos engste Freundin, aber manchmal schien es, als ob sie sie nicht wahrnahm. Ein anderer Gedanke kam mir in diesem Moment: Vielleicht mochte Akiko Saxony gerade deshalb, weil sie meistens zu beschäftigt mit sich selbst war, um anderen Löcher in den Bauch zu fragen.

Ich hatte Akikos Großvater nur einmal getroffen. Es war auf einem Wochenmarkt in Saltford gewesen, und er und Akiko hatten gerade Gemüse gekauft. Sie war mit Tüten beladen gewesen, und er hatte sich auf einen Gehstock gestützt. Sein seltsamer Hut war bis zu den Ohren heruntergezogen gewesen trotz des warmen Wetters, sodass fast nur ein krakeliger weißer Bart von ihm zu sehen gewesen war. Doch dieser winzige, gebrechliche Mann hatte dennoch Stärke und Kraft ausgestrahlt.

Akiko hatte uns stammelnd vorgestellt und den

Eindruck erweckt, als wäre sie lieber woanders gewesen. Sie hatte mir seinen Namen nicht genannt, sie hatte ihn nur als „mein Großvater“ vorgestellt. Ich hatte ihm die Hand hingestreckt, aber er hatte sie nicht genommen. Er hatte mir nur in die Augen geschaut und nichts gesagt. Der Moment war mir im Gedächtnis geblieben, denn eine unerklärliche Angst hatte mich gepackt … und eine Ahnung, dass dieser alte Mann mehr war als er zu sein schien.

Danach hatte ich Saxony und Georjayna gefragt, ob sie ihn jemals getroffen hätten, und beide hatten verneint. Besonders überraschte mich das bei Saxony. Doch sie hatte schlicht erklärt, dass Akiko ihr Leben zu Hause nicht mit ihrem Freundesalltag vermischen wollte. Wir seien ihre wahre Familie, hatte Saxony behauptet, aber in vielerlei Hinsicht blieb sie uns ein Rätsel, scheinbar sogar für Saxony. Vielleicht lag es daran, dass wir sie erst seit zwei Jahren kannten.

Wir verfielen in kameradschaftliches Schweigen und lauschten dem Knistern des Feuers und dem Zirpen der Grillen. Es waren Momente wie diese, in denen ich meine Freundinnen am meisten schätzte. Niemand hatte das Bedürfnis, die Innigkeit zwischen uns mit einem Gespräch zu füllen.

Saxony unterbrach schließlich die Stille: „Lasst uns alle zusammen übernachten, wenn jede von uns zurück ist.“

Wir stimmten alle zu. Von uns vieren war ausgerechnet Saxony der Leim, der unsere Gruppe zusammenhielt. Wenn das letzte gemeinsame Treffen mal zu lange zurücklag, war es immer sie, die das nächste organisierte. Georjayna und ich standen so oder so in engem Kontakt, aber bei vier Leuten konnte so vieles dazwischenkommen – Schule, Familie, der alltägliche Wahnsinn. Aber Saxony ließ nicht zu, dass uns das auseinandertrieb.

Saxony war die Einzige von uns, die ein ‚normales' Familienleben hatte. Ihre Eltern waren glücklich verheiratet und ihre zwei Brüder verhätschelten Saxony geradezu, da sie das einzige Mädchen zu Hause war. Kein Wunder, dass sie am witzigsten, am selbstbewusstesten und auch am rechthaberischsten war. Und geboren fürs Flirten, was sie sehr beliebt in der Schule machte. Aus diesem Grund polarisierte sie auch. Leute schienen sie entweder zu lieben oder zu hassen.

Dies würde der erste Sommer werden, den ich ohne meine Freundinnen verbringen würde. Das war sowohl traurig als auch aufregend. Ich hatte das Gefühl, dass dies meine Chance sein würde, mich selbst kennenzulernen – ohne den Einfluss meines Umfeldes. Vielleicht hatte ich mich schon zu lange in unserer kleinen Gruppe eingerichtet. Während wir das Feuer genossen und unsere letzten gemeinsamen Momente dahinschwanden, fragte ich mich, ob die anderen ähnlich dachten.

Kapitel 6

Ich war drei Jahre alt, als ich meine Mutter zum ersten Mal als Meerjungfrau sah. In einer schwülen Sommernacht hatte sie mich im Schutz der Dunkelheit an den Strand mitgenommen. Ich sah staunend zu, wie die bleichen Beine meiner Mutter im Mondlicht glitzerten und sich dann zu einem schillernden Schwanz verbanden. Für ein Kind, das nie etwas anderes gekannt hatte, waren ihre Flossen und Kiemen nur eine weitere wunderbare Eigenschaft von ihr, nicht mehr oder weniger besonders als ihre strahlend blauen Augen oder ihr tiefschwarzes Haar. Nichts liebte ich so sehr wie unsere nächtlichen Badeausflüge.

Sie verblüffte mich mit ihren akrobatischen Fähigkeiten im Wasser, zumindest so weit, wie man sie in der Dunkelheit sehen konnte. Aber ob im Dunklen oder nicht, mit einer Meerjungfrau als Begleiterin zu schwimmen, war unübertrefflich. Sie verschwand unter der Wasseroberfläche, sodass ich raten musste, wo sie als Nächstes auftauchen würde. Dann explodierte sie geradezu aus dem Wasser, drehte sich schnell in der Luft und rief: „Was bin ich?"

Schon verschwand sie wieder zwischen den Wellen, fast ohne einen Spritzer zu verursachen … nur, um gleich darauf direkt neben mir aufzutauchen und mich zu Tode zu erschrecken.

„Ein Delphin", sagte ich atemlos.

„Sehr gut", lobte sie und küsste meine Wange.

„Mach einen Wal, Mommy!", bat ich und tätschelte ihr Gesicht mit meinen kleinen, pummeligen Händen.

Sie verschwand wieder und ich beobachtete das Wasser und hielt den Atem an. Sie zeigte nur ihre Hüfte und bewegte sich sehr langsam, um die Form eines Walrückens nachzuahmen, der knapp durch die Oberfläche gleitet und dann wieder untertaucht.

„Aal!“, verlangte ich.

Sie flitzte lang und geschmeidig vorüber und machte schlangenförmige Bewegungen, wie kein Mensch es je könnte.

Ich streichelte ihren Schuppenschwanz und bewunderte den smaragdgrünen Schimmer im Mondlicht. Er war fest und glatt, wenn ich in eine Richtung über ihn strich, aber rau in die andere Richtung. Sie konnte sogar ihre Schuppen vom Körper wegheben und eine Welle über ihren Schwanz machen. Ihre Haut war blass und ebenmäßig und nahm einen perlmutternen Glanz an, wenn sie in ihrer Meerjungfrauengestalt war. Sie konnte ihr langes schwarzes Haar im Wasser spiralförmig winden und mir beim Auftauchen zeigen, dass es sich um sie gewickelt hatte wie ein Band um einen Maibaum. Sie war so bezaubernd. Kein Wunder, dass ich mit dem Gefühl aufwuchs, mit niemandem sei die Zeit so kostbar wie mit ihr.

„Es muss unser Geheimnis bleiben“, prägte sie mir mehr als einmal ein, und ich nickte immer feierlich.

„Daddy?“, fragte ich.

„Nicht einmal Daddy darf es wissen“, sagte sie, und ihre Stimme nahm einen hypnotischen, musikalischen Ton an.

„Warum?“, fragte ich. Sicherlich liebte Daddy sie genauso sehr wie ich und verdiente es, sie in ihrer vollen Pracht zu sehen.

„Die Welt glaubt nicht an Meerjungfrauen, Sonnenschein“, erklärte sie. „Es wäre gefährlich für mich, wenn die Leute davon wüssten, und es könnte auch für dich und deinen Vater gefährlich werden. Je weniger Menschen ein Geheimnis kennen, desto sicherer ist dieses Geheimnis. Verstehst du? Nur du darfst es wissen, denn du bist meine Tochter und wirst eine von uns sein.“

Der Singsang ihrer Stimme beruhigte meine Bedenken. Ich nickte inbrünstig.

Sie bat mich immer, mich zu konzentrieren, zu sehen, ob ich mich im Salzwasser anders fühlte, ob ich mich verwandeln könnte. Aber so sehr ich es auch wollte, ich bekam nie einen Fischschwanz wie sie. Ich schloss meine Augen, tauchte unter und stellte mir vor, wie meine Beine verschmelzen und Schuppen über meine Haut wachsen würden. Aber mein Körper weigerte sich einfach, sich zu verändern.

Ich wuchs heran wie ein normales Kind. Trotz der salzigen Tränen, die ich fast jede Nacht darüber vergoss, keine Meerjungfrau zu sein. Mein Vater war völlig ratlos über das viele Weinen. Der arme Kerl.

Irgendwann um meinen sechsten Geburtstag herum spürte ich eine Veränderung in meiner Mutter. Sie entfernte sich von Dad und mir. Ich wusste zu der Zeit nicht, dass sie mit einem starken Bedürfnis kämpfte, ins Meer zurückzukehren. Jetzt, da ich es verstand, war ich erstaunt, dass sie nicht verschwunden war. Sie musste wirklich absurde Willensstärke aufgebracht haben. Oft beobachtete ich, wie sie scheinbar gedankenlos ins Leere starrte. Sie verbrachte immer mehr Zeit außerhalb des Hauses, ohne uns zu sagen, wohin sie ging. Sie und mein

Vater fingen an, darüber zu streiten. Natürlich konnte er nicht verstehen, was das wirkliche Problem war, und hatte keine Möglichkeit, ihr zu helfen. Ich wusste, dass es mit unserem Geheimnis zu tun hatte, aber mein Versprechen hinderte mich daran, das Misstrauen meines Vaters zu zerstreuen. Und ich hatte auch keine Ahnung, wie ich ihr helfen konnte.

Als Georjaynas Eltern sich scheiden ließen und ihr Vater verschwand, begann auch ich mir Sorgen zu machen. Wenn ihr Vater einfach eines Morgens aufstehen und seine Familie verlassen konnte, wäre dann meine Mutter nicht auch dazu in der Lage? Ich fragte sie sofort, ob sie überlegte, mich zu verlassen. Sie antwortete nicht gleich, sondern küsste mich auf den Kopf. Vielleicht antwortete sie überhaupt nicht, und woran ich meinte, mich zu erinnern, war nur etwas, das ich mir im Nachhinein hinzugedichtet hatte: *Natürlich nicht, mein Sonnenschein. Ich liebe dich.*

Aber ich wusste, dass sie darüber nachdachte, zu gehen. An Land zu sein, machte sie unglücklich. Ich stellte sie mir im Wasser vor, frei und unbeschwert, und dann mit mir und meinem Vater gefangen zwischen Wänden und einem Dach, langsam und schwer auf Menschenfüßen. Es versetzte mich in Panik, wie deutlich das eine Leben dem anderen vorzuziehen war.

Ich hatte Alpträume, in denen ich aufwachte und in das Zimmer meiner Eltern lief, aber nur meinen Vater vorfand. Dann wachte ich wirklich in kalten Schweiß gebadet auf und lief bis an die Tür ihres Schlafzimmers, erleichtert, dass es nur ein Traum gewesen war. Aber selbst meine beiden Eltern friedlich nebeneinander zu sehen, konnte meine Angst nicht vertreiben, nicht wirklich. Sie folgte mir wie ein Schatten.

Ich begann jede Nacht leise aufzustehen und in ihr Zimmer zu spähen, nachdem sie eingeschlafen waren, nur um sicherzugehen, dass ich in der Dunkelheit zwei Umrisse zählen konnte. Manchmal war nur einer da, und ich wusste, dass sie wieder schwamm. Ich ging zurück in mein Zimmer, mein Herz schwer wie ein Stein. Ich saß im Dunklen auf dem Boden, bis sich die Haustür öffnete und schloss, so leise, dass ich mich anstrengen musste, um das Geräusch zu hören. Dann hielt ich durch den Spalt meiner Zimmertür nach ihr Ausschau. Erst wenn ich sie zurückschleichen sah, konnte auch ich ins Bett gehen. Und während ich die ganze Zeit darum bangte, dass meine Mutter uns verlassen würde, starb mein Vater und alles änderte sich.

Wir wussten nicht einmal, dass er ein Herzleiden gehabt hatte. Er war ein junger, starker Mann gewesen. Er spielte jeden Winter in einer Bierliga Hockey. Nach seinen Spielen kam er immer glücklich nach Hause. Ich gab mir Mühe, wach zu bleiben, weil ich wusste, dass er vor Mitternacht zu Hause sein würde. Er kam dann in mein Zimmer und gab mir einen Gutenachtkuss. Er hatte kalte Wangen und den süßen Geruch von Bier in seinem Atem. Manchmal warf ich meine Arme um seinen Hals und versuchte, ihn festzuhalten. Er lachte und kratzte mein Gesicht mit seinen Bartstoppeln.

Während eines seiner Hockeyspiele brach er zusammen. Der Arzt sagte uns, dass er wahrscheinlich schon tot gewesen war, bevor er auf das Eis aufschlug, und dass er keine Schmerzen gehabt hatte. Er war einfach weg. Ich fühlte mich, als wäre mir ein Körperteil abgerissen worden, aber für meine Mutter musste es noch schlimmer gewesen sein. Denn sie hatte nicht nur ihre Liebe verloren, sondern auch die Gewissheit, dass jemand sich um mich kümmern würde, wenn sie doch einmal beschloss, in ihre Heimat zurückzukehren. Sie war nun an eine Tochter gefesselt, die sich nicht verwandeln konnte. Sicher hätte sie ihren Schmerz über den Verlust am liebsten im Salzwasser ertränkt, aber dafür hätte sie ihr kleines Mädchen im Stich lassen müssen. Also blieb sie. Dem Ruf des Meeres zum Trotz. Wie sie das schaffte, würde ich nie begreifen. Jahre später scherzte sie einmal, dass sie die einzige Meerjungfrau sei, die wüsste, was die fünf Stadien der Trauer seien. Denn wer, der ins Meer fliehen und dort alles vergessen konnte, würde das nicht tun?

Wir bekamen etwas Geld von der Versicherung ausgezahlt, aber bei Weitem nicht genug, um davon zu leben, und so war sie gezwungen, sich Arbeit zu suchen. Sie hatte, bevor ich geboren worden war, in einem Restaurant namens *Sea Dog* gekellnert, aber auch dieses Gehalt reichte nicht aus, um ein Kind großzuziehen. Womit sollte eine Sirene also sonst ihren Lebensunterhalt verdienen? Meine Mutter hatte nicht einmal den mittleren Schulabschluss; sie war ins Meer gegangen, als ihre Mutter an Krebs gestorben war. Nicht einmal Meerjungfrauen waren sicher vor Krebs. Damals war meine Mutter erst elf Jahre alt gewesen. Sie verbrachte genau die Jahre im Meer, in denen die meisten jungen Menschen sich darauf konzentrierten, die Schule und eine Ausbildung abzuschließen. Der Beweis für Moms Brillanz war, dass sie schaffte, sich eine Karriere als Taucherin aufzubauen. Oft dachte ich an das Sprichwort, dass man den Wald vor lauter Bäumen nicht sah. Gerade weil Mom eine Taucherin wurde, verdächtigte niemand sie je, eine Meerjungfrau zu sein.

Mom kam auf die Idee, als sie eine Anzeige in der Zeitung sah, die eine Belohnung für denjenigen ausschrieb, der einige wertvolle Gegenstände zurückbrachte, die versunken waren – ausgerechnet in der Teufelsaugenbucht. In der Stadt kursierten bereits abergläubische Gerüchte, dass jeder, der versuchte, den Schatz zu bergen, sterben würde. Natürlich war es für Mom ein Leichtes, ihn zu beschaffen. Sie stellte sicher, dass die Medien davon erfuhren. Zu dieser Zeit hoffte sie wohl, neue Kunden anzulocken, die ebenfalls Güter auf See verloren hatten, damit wir von den Belohnungen leben konnten. Aber es dauerte nicht lange, bis die Geschichte Simon von den Blue Jackets zu Ohren kam, und er ihr eine Stelle bei sich anbot.

Sie musste lernen, Ausrüstung zu benutzen und sich bei Rettungstauchgängen richtig zu verhalten – das hieß, sich hundertmal unfähiger anstellen, als sie tatsächlich war. Das rein männliche Team machte es ihr nicht leicht. Die ersten paar Jahre waren ziemlich holprig, aber sie hielt durch. Meine Mutter war so zäh, dass sie fast schon gefühllos wirken konnte, und ich bezweifelte, dass es viele menschliche Frauen gab, die einen dermaßen harten Job zwischen lauter missgünstigen, neidvollen Kollegen behalten hätten. Ich wusste jedenfalls, dass ich es nicht geschafft hätte.

Es trieb sie fast in den Wahnsinn, im Wasser ein Mensch sein zu müssen, mit Beinen und Tauchausrüstung statt ihrer Kiemen und Flossen. Aber ihr Erfolg lag an dem, was sie in ihrer eigenen Zeit tat. Eine Nacht vor dem Einsatz, im Schutz der Dunkelheit, richtete sie die Tauchplätze so her, dass es einfach sein würde, die Güter zu bergen. Sie grub die Wertsachen aus und platzierte sie so, dass das Team sie finden konnte, ohne misstrauisch zu werden.

Es war so einfach für sie, dass ich sie einmal fragte, warum sie nicht ihre eigene Firma gründete. Sie erwiderte, dass die geschäftliche Seite davon sie umbringen würde. Sie hatte kein Interesse daran, eine Unternehmerin zu sein. Sie wollte nur genug Geld verdienen, um uns einigermaßen gut versorgt zu wissen, und sie wollte so viel Zeit wie möglich im Meer verbringen.

Doch jeder Tauchgang, den sie in voller Montur machen musste, strapazierte ihre Nerven. Früher hatte sie jeden Winter eine kleine Gnadenfrist, weil die Blue Jackets erst wieder Aufträge annehmen konnten, wenn der Schnee und das Eis verschwunden waren. Kaltes Wasser war für eine Meerjungfrau kein Problem, sodass der Winter schnell zu ihrer Lieblingsjahreszeit wurde. Aber mit dem wachsenden Erfolg der Blue Jackets zog Simon immer mehr ausländische Aufträge an Land und das Team musste Reisen in die Karibik und noch exotischere Orte antreten. Im Gegensatz zum Rest der Blue Jackets war meine Mutter nie unglücklicher, als wenn sie eine Arbeitsreise in die Tropen machen musste. Denn es bedeutete, dass sie viel Zeit in der verhassten Tauchausrüstung verbringen und weit weg von mir sein würde. Es bedeutete auch, dass sie den Männern in ihrem Team nicht entkommen konnte.

In mancherlei Hinsicht provozierte sie ihre Kollegen auch. Sie hätte sich nicht weniger dafür interessieren können, was die anderen empfanden oder was sie von ihr hielten. Wenn ich sie drängte, rücksichtsvoller mit ihnen umzugehen, sagte sie, dass sie nicht bezahlt wurde, um jemandes Freundin zu sein. Ihr sprödes Einzelgängertum gemischt mit ihrem Sirenenreiz sorgte für eine Menge verwirrter Emotionen in der Firma. Es half auch nicht gerade, dass Simon meiner Mutter für ihre vorbildliche Leistung Prämien ausstellte und die anderen anstachelte, ihr nachzueifern. Denn die Jungs hatten nicht die geringste Chance, mit ihr mitzuhalten.

Simon versuchte eine Weile, meine Mutter dazu zu bringen, ihre ‚Techniken' aufzuschlüsseln und ihren Teammitgliedern Workshops zu geben, damit sie alle lernten, so atemberaubend zu tauchen wie sie. Das war eine Katastrophe. Mom konnte ihnen ja kaum beibringen, eine Meerjungfrau zu sein. Dass sie sich zierte, weckte einigen Unmut. Zudem verstanden die Männer nicht, warum Mom für sie so verdammt attraktiv war. Sie nahmen es ihr übel, aber gleichzeitig wollten alle mit ihr zusammen sein. Früher kam ich Mom abends manchmal im Büro abholen und hatte Gelegenheit ihre Kollegen zu beobachten. Die Männer schwankten zwischen Verlangen und Groll. Groll, der nur eine Haaresbreite von Hass entfernt war.

Auf mein Drängen hin bat sie Simon schließlich, sie vor dem Team nicht mehr zu loben. Auf alle öffentlichen Auszeichnungen wollte sie verzichten. Angeblich versuchte Simon, die Presse von ihr fernzuhalten, aber oft war das unmöglich. Das Bergungstauchen hatte seine eigene Anhängerschaft, und die Presse wollte immer mit dem ‚Rockstar der Tiefe' sprechen. So nannten sie sie, obwohl die meisten ihrer Tauchgänge nicht einmal annähernd ‚tief' lagen, und mit Rockmusik hat meine

Mutter erst recht nichts zu tun. Vor ein paar Jahren gab es einen Fernsehproduzenten, der eine Reality-Serie über sie drehen wollte, und Simon sah Dollarzeichen. Mom drohte jedoch zu kündigen, wenn er nicht aufhörte, sie überreden zu wollen.

Inzwischen war sie eine Berühmtheit in der Tauchergemeinde und die Presse liebte sie, weil sie genau die Ecken und Kanten hatte, die für ein tolles Interview sorgten. Sie brachte die Leute zum Lachen, indem sie einfach nur unverblümt sie selbst war und aus Prinzip knappe, lakonische Antworten gab. Man merkte ihr an, dass sie sich nicht verbiegen würde, um irgendwem zu gefallen, und das machte ihre Anziehungskraft aus. Warum sollte sie sich auch um die Meinungen der Menschen scheren, wenn sie doch wusste, dass sie nicht zu ihnen gehörte?

Ich konnte mich nie dazu durchringen, ihr zu sagen, dass es für mich in Ordnung wäre, wenn sie eines Tages in ihre Heimat zurückkehren würde. Es war meine größte Angst, meine größte Selbstsucht. Auch wenn ich erwachsen war, würde ich sie brauchen und jeden Tag um mich haben wollen. Es schmerzte mich zu wissen, wie sehr sie ihre wahre Natur für mich verleugnete. Wenn ich nur in der Lage wäre, mich zu verwandeln, wie sie zu sein, dann wären die Dinge so anders. Ich spürte die Schuld auf mir, sie war ein ständiges Gewicht an meinem Herzen. Denn ich hatte meine Mutter enttäuscht, und gleichzeitig bat ich sie, mich niemals zu enttäuschen.

Mom hatte ihre Dämonen und ich hatte meine. Manchmal fühlte es sich so an, als ob das Leben nur ein Test war, um zu sehen, wer zuerst zusammenbrach.

Kapitel 7

Die Tage verflogen, wie nur Sommertage verfliegen können: Ich schlief lang, las Bücher, ohne auf die Zeit zu achten, kochte aufwendiger als sonst und hing bis in die tiefste Nacht an meinem Handy rum. Und plötzlich war der Abend vor unserer Abreise gekommen. Wir luden Kisten und Taschen mit Ausrüstung und Gepäck in den Truck, und das aufgeregte Kribbeln in mir steigerte sich fast unerträglich. Wir mussten um 4:30 Uhr morgens auf dem Flugplatz sein. Martinius, der Chef der polnischen Firma, hatte arrangiert, dass sein eigener Pilot uns mit seinem Privatjet abholte.

Es stand außer Frage, dass ich die ganze Nacht wach sein würde; ich war viel zu nervös, um zu schlafen. Ich war seit meiner Kindheit in keinem Flugzeug mehr gewesen. Und in einem Privatjet noch nie. Mom zwang mich dennoch dazu, früh ins Bett zu gehen, was seltsam war, weil sie das sonst nie tat. Sie ging auch früh ins Bett, einen ängstlichen Ausdruck im Gesicht. Auch das war für sie untypisch, aber ich kannte den Grund: Sie hasste es zu fliegen. Es machte sie krank. Sie war dazu bestimmt, in den Tiefen des Meeres zu schwimmen und nicht in einer metallenen Zigarrenröhre in 30.000 Fuß Höhe durch den Himmel zu rasen. Ich hasste es zu sehen, wie ihr Stresspegel vor einem Flug anstieg. Aber wenigstens würde ich diesmal bei ihr sein.

Ich hätte es nicht für möglich gehalten, aber irgendwann lange nach Mitternacht döste ich doch ein. Als mein Wecker um 3:30 Uhr losging, sprang ich hellwach aus dem Bett. Mom dagegen hatte Schatten unter den Augen. Ich beobachtete sie, wie sie langsam und mechanisch ihre Haferflocken frühstückte, ihre Augen auf Halbmast.

„Hast du gut geschlafen?“, fragte ich.

Sie schenkte mir ein fahles Lächeln. „Nur kurz. Ich ... freue mich, wenn das hier vorbei ist.“

„Ich passe auf dich auf, Mom“, sagte ich und gab ihr eine Umarmung.

„Gott sei Dank.“ Sie drückte mich zurück. „Solange du mich während des Fluges nicht vom Schlafen abhältst, bin ich glücklich.“

„Ich werde deinen Schlaf bewachen, komme, was wolle.“

Eine halbe Stunde vor dem Start erreichten wir den Flugplatz. Das Team der Blue Jackets war diesmal elf Mann stark, einschließlich Simon. Meine Mutter brachte die Mannschaft auf ein Dutzend. Ich schüttelte eine Menge Hände. Es gab Teammitglieder, die ich nicht kannte, und in meiner Aufregung merkte ich mir nicht einmal die Hälfte der Namen. Mom erklärte mir, dass einige der Männer auch für sie Fremde waren, die Simon eigens für diesen Auftrag engagiert hatte. Sie nannte sie die ‚Cowboys‘.

Auf dem kleinen Jet prangten die Worte NOVAK STOCZNIOWCÓW BRACIZ und ein Logo in marineblau und weiß, das ein stilisiertes Bild eines Segelschiffs mit drei Masten enthielt. Ich nahm an, das Bild des Schiffes sollte an die lange Tradition des Unternehmens erinnern, denn nach dem, was ich gehört hatte, war Novaks Reederei hochmodern. Ich wusste nichts über die Industrie, aber ich war mir ziemlich sicher, dass ihre Schiffe nicht wie das Schiff aus Peter

Pan aussahen.

Wir stiegen über eine Treppe in das Flugzeug. Das Innere war mit marineblauem Leder und cremefarbenen Paspeln verarbeitet. Der Pilot war ein schneidig aussehender Mann mit vielen Lachfalten. Sein Blick blieb an meiner Mutter hängen, als sie sich durch das Flugzeug schob, und er sah sie immer noch an, als er half, unser Gepäck in Schließfächern zu verstauen.

Mein Telefon zwitscherte. Ich nestelte es hervor und fragte mich, wer mir so früh am Morgen eine Nachricht schicken könnte. Natürlich Georjayna:

Bist du schon im Privatjet? Zeig!

Ich schickte ihr ein Foto.

Georjayna: OMG! Sieht aus wie so eine Luxuseisenbahn aus vergangenen Zeiten.

Ich: Sieht das Ding so alt aus? Mach mir keine Angst!

Georjayna: Quatsch, das ist nur der Look. So schön! Ich wünsche dir einen guten Flug, T-Nation. Gib Bescheid, sobald du gelandet bist! Muah!

Ich: Das werde ich. Du bist früh auf. Alles in Ordnung?

Georjayna: Ja. Konnte nicht schlafen. Ich habe ein bisschen Angst.

Ich: Du hast die richtige Entscheidung getroffen. Es wird toll!

Georjayna: Danke. Ich schätze, ich musste das nur nochmal von dir hören.

Ich: Schreib mir auch, wenn du in Irland ankommst, ok?

Georjayna: *Klarrrrro*!

Ich schaltete mein Handy aus, schälte mich aus meinem Pullover und beobachtete die Blue Jackets, die es sich auf den geräumigen Sitzen gemütlich machten. Vom Team kannte ich Micah, Jeff, Simon, Tyler und Eric. Ich mochte Micah, also hatte ich mich und Mom an den Tisch gegenüber seines Sitzes gelotst. Es war eine Vierer-Ecke. Der Fensterplatz neben ihm blieb leer.

„Wie schön, beide Damen in Flirtdistanz zu haben“, sagte Micah augenzwinkernd.

Mom runzelte die Stirn, und ich biss mir in die Wangen, um ein Lächeln zu unterdrücken. Ich ließ sie am Fenster sitzen, damit sie den Kopf anlehnen und schlafen konnte.

Und dann ging es los. Das Flugzeug nahm Fahrt auf, wurde immer schneller und hob schließlich mit einem Ruck vom Boden ab. Ich hätte vor Freude jauchzen können, aber dann bemerkte ich, wie meine Mutter die Armlehnen ihres Sitzes so stark umklammerte, dass ihre Knöchel weiß hervortraten. Ich legte eine Hand über ihre. Ich war nicht nur wegen ihrer Angst besorgt, auch wenn es ein höchst seltener Zustand für sie war – es wäre wirklich schlimm, wenn sie aus Versehen den Sitz kaputt gemacht hätte. Sie lächelte angespannt.

„Atme“, flüsterte ich ihr zu.

Sie nickte knapp, aber eher, um das Thema abzuwürgen als mir zuzustimmen.

Gelegentlich sprach der Pilot über die Sprechanlage mit uns und ließ uns wissen, wo wir waren. Er servierte uns Informationshäppchen darüber, was sich unter uns befand. Der Pilot hatte einen Akzent, den ich nicht zuordnen konnte; Mom sagte mir, er sei aus Weißrussland. Eine Stewardess kam mit Erfrischungen vorbei und erklärte uns, dass wir während des Fluges auch eine Mahlzeit bekommen würden und dass es wieder W-Lan auf den Tablets gäbe, die in die Tische integriert waren, sobald wir eine Flughöhe von über 10.000 Fuß erreicht hätten.

Ich hatte gedacht, dass wir in der Lage sein würden, den Atlantik unter uns zu sehen, aber die Wolken waren so dicht, dass ich nur ein Laken klumpiger Baumwolle erkennen konnte. Bei uns oben war der Himmel durchdringend blau und klar und wir schwebten scheinbar unbewegt über den glatten, seidigen Wolken. Mom gab zum Glück bald ein tiefes Seufzen von sich, ein Zeichen, dass sie eingeschlafen war, also zog ich das Fensterverdeck herunter und legte eine Decke über sie.

Ich zog ein Buch aus meinem Rucksack. Doch kaum hatte ich angefangen zu lesen, fühlte ich, wie Micah mich über den Tisch hinweg anschaute. Ich blickte auf und lächelte ihn an. Mit siebenundzwanzig Jahren war Micah das jüngste Mitglied des Teams und gerade am Anfang seiner Taucherkarriere. Er war die Art von Mann, in die sich Saxony verlieben würde. Er trug immer ein Käppi, aber darunter lugten blonde Locken hervor und ließen ihn wie einen Jungen wirken, trotz seiner muskulösen Figur.

Der Gedanke, wie es wohl sein mochte, ihn zu küssen, kam mir ungefragt in den Sinn, und ich zuckte unwillkürlich zusammen. Nein, ich war nicht interessiert – obwohl er attraktiv war.

„Willst du ein paar Bilder vom Wrack sehen?“, fragte er und hielt eine Mappe hoch, beschriftet mit den Worten SYBELLA, GDAŃSK. Er hatte seinen zweiten Kaffee bereits geleert und seine Augen leuchteten.

„Sicher“, antwortete ich und klappte mein Buch zu. Er schob mir die Mappe über den Tisch hin. Ich öffnete sie, um Seiten voller Diagramme und Texte vorzufinden.

„M-hm, ah ja, faszinierend“, dröhnte ich.

„Die Fotos sind ganz hinten“, lachte er.

Ich blätterte, bis ich Ausdrucke von einer trüben Unterwasserform fand. Einige von ihnen sahen aus wie Echolot-Bilder, die eigentlich nur Tintenkleckse waren. Auf den meisten Bildern war schwer zu erkennen, dass es überhaupt ein Schiff war, aber es gab eine Hand voll klarerer Aufnahmen.

„Diese wurden von einem Unterwasserroboter aufgenommen. Eigentlich ist noch niemand persönlich dort unten gewesen“, erklärte er und beugte sich über den Tisch, um sich die Bilder mit mir zusammen anzusehen. „Ziemlich cool, nicht wahr?“

Ich stimmte zu, um höflich zu sein, aber ich war nicht sonderlich beeindruckt. Ich blätterte weiter, bis ich auf eines stieß, das die Form von Masten erkennen ließ.

„Wie ist es so perfekt aufrecht gelandet? Sehen nicht die meisten Schiffswracks wie ein Schrottplatz auf dem Meeresgrund aus?“, fragte ich. Mom hatte das letzte Schiff so beschreiben.

„Erstaunlich, nicht wahr?“, antwortete Micah. „Die Sybella, so hieß das Schiff, ist das schönste Wrack, das ich je gesehen habe. Ich habe, zugegeben, noch nicht viele gesehen, aber selbst die alten Hasen sagen, dass etwas so perfekt Erhaltenes selten ist. Es zu erkunden, wird wie eine Zeitreise in die Vergangenheit sein.“

Auf dem Bild waren zwei Masten zu sehen, aber die Länge des Schiffes ließ darauf schließen, dass es einmal drei gegeben hatte. Mir fiel auf, dass die Kanten des Schiffes immer noch scharf umrissen waren und es kaum Anzeichen von Verfall gab. „Ist das wirklich das Schiff, nach dem so lange gesucht wurde? So alt sieht es gar nicht aus.“

„Es verschwand 1869, also ist es verdammt alt. Aber weil es in der Ostsee liegt und nicht in einem anderen Meer, hat das Wasser es nicht zerstört.“

„Wie das?“ Mom hatte nie mit mir über die Details des Bergungsauftrags gesprochen. Ich mochte es, von ihren Tauchabenteuern zu hören, wenn sie allein unterwegs war, aber die offiziellen Aufträge mit den Blue Jackets besprachen wir so gut wie nie. Das lag hauptsächlich daran, dass meine Mutter sich bei den Teamtauchgängen zu Tode langweilte, aber Micah war ganz klar in seinem Element. Er erzählte mir von dem Wrack und ihrer Bergungsstrategie mit der Leidenschaft eines Künstlers. Er holte sogar sein Telefon heraus und wischte durch einige Bilder, bis er die Aufnahme eines weiteren Schiffswracks fand. Er reichte mir sein Telefon und sagte: „Das hier ist ein altes britisches Schiff, das in der Karibik gefunden wurde. Es ist dreiundzwanzig Jahre älter als die Sybella. Erkennst du einen Unterschied?“

Ich sah mir das Bild an und es war offensichtlich, was er meinte. Das britische Schiff war viel verfallener, wirklich nur noch ein Gerippe. Es gab auch keine Masten mehr, und das gesamte Heck des Schiffes war völlig in sich zusammengebrochen.

„Warum ist dieses Schiff in so schlechtem Zustand? Wurde es angegriffen, bevor es gesunken ist?“, fragte ich.

„Das ist gut möglich“, antwortete er. „Es gibt viele Gründe, warum ein Wrack schneller oder langsamer zerfällt, aber der größte Faktor ist das Wasser. Die Ostsee ist brackig. Sie hat kaum Salz und keine

Schiffsbohrwürmer. Obwohl die Sybella also älter ist, ist das in der Karibik viel schneller zusammengebrochen. Das ist die Kraft des Salzwassers."

Micah erklärte, wie durch den Zu- und Abfluss von Süß- und Salzwasser das Salz in der Ostsee in Schichten festsaß. Das Wasser an der Oberfläche war oft so frisch, dass es fast trinkbar war. Je tiefer man ging, desto salziger wurde es. Der größte Teil des Salzes befand sich unterhalb einer Tiefe von hundertdreißig Fuß. Das Wrack war so gut erhalten, weil es in einer Tiefe von nur neunzig Fuß aufgekommen war.

Micah ließ mich auf seinem Handy noch die Bilder anderer Wracks durchsehen, bis mich mein Schlafmangel einholte und meine Augenlider immer schwerer wurden. Ich bedankte mich bei ihm, gab ihm sein Handy zurück, schlüpfte unter die Decke meiner Mutter und schlief an sie gekuschelt ein.

Ich wusste nicht, wie viele Stunden später ich in der dunklen Kabine voller schlafender Männer erwachte. Die Fensterverdecke waren heruntergezogen und Schnarchen hing über den Sitzen. Ich stand auf und ging auf die Toilette. Auf dem Weg dorthin konnte ich sehen, dass Eric und Jeff immer noch wach waren und sich leise unterhielten.

Ich streckte meine Beine und meinen Rücken noch ein wenig, dann ging ich zurück zu meinem Sitz und rollte mich ein, um etwas mehr zu schlafen. Aber als ich mit geschlossenen Augen dalag, kam ich nicht umhin, ein paar Schnipsel von Jeffs und Erics Unterhaltung mit anzuhören.

„... kann das nicht tun, Eric."

„... hat mich unter Druck gesetzt ..."

„… für dreihundertfünfunddreißig Dollar pro Pfund ...“

„… US-Dollar?“

Dann noch mehr gemurmelte Worte, die ich nicht verstehen konnte, bis: „Sei kein Weichei, Jeff.“

Worüber auch immer sie sprachen, es klang so, als ob Eric in finanziellen Schwierigkeiten steckte und versuchte, Jeff zu irgendeinem Auftrag zu überreden. Ich strengte meine Ohren an, um mehr zu erfahren.

„... die mir im Nacken sitzen.“

„... halbe, halbe ...“

Eine neue Stimme ließ mich zusammenfahren: „Was schmiedet ihr da für Pläne?“

Ich lugte unter meiner Decke hervor. Simon stand im Gang. „Ihr führt doch irgendwas im Schilde.“

Eric zwang sich zu einem Lachen. „Immer doch, Chef. Wir besprechen die Sybella. Ich freue mich darauf, diese Schönheit aus nächster Nähe zu sehen.“

Simon schien ihm sofort zu glauben, wahrscheinlich, weil er selbst so aufgeregt war, das Schiff zu sehen. Sein rundes Gesicht leuchtete auf und er begann, mit ihnen über das Wrack zu plaudern. Mom hatte mir erzählt, dass dieser Job für ihn ein wahrgewordener Traum war.

Das Gespräch war nicht mehr interessant genug, als dass ich hätte weiter lauschen wollen. Meine Gedanken wanderten zu Gdańsk und zu all den wunderbaren Dingen, die ich dort sehen und tun wollte. Schließlich schlief ich wieder ein und träumte von Kopfsteinpflasterstraßen und malerischen Kanälen.

Kapitel 8

Um kurz vor fünf Uhr nachmittags landeten wir am Flughafen Gdańsk Lech Walesa. Wir stiegen die Treppe vom Flugzeug hinunter und sogen die frische Meeresluft ein. Ich konnte buchstäblich sehen, wie mit jedem Atemzug die Farbe in die Wangen meiner Mutter zurückkehrte.

„Fühlst du dich besser?“, fragte ich sie, während sie sich streckte.

„Du kannst dir gar nicht vorstellen, wie viel besser!“

Ein hübscher junger Mann erwartete uns. Er stellte sich als Antoni Baranek vor und erklärte, er sei seit fast drei Jahren persönlicher Assistent von Martinius Novak. Er sprach mit einen starken polnischen Akzent, was den Charme seiner tiefen Stimme verdoppelte. Er war groß und breitschultrig, mit kurz geschnittenen, blonden Haaren und einem zahnigen Grinsen. Mir fiel auf, dass seine Lippen und seine Wangen rosig wirkten, so strotzend vor Gesundheit, dass er mich fast an eine Zeichentrickfigur erinnerte. Seine Augen waren haselnussbraun mit langen dunklen Wimpern. Er schüttelte allen die Hände, die aus dem Flugzeug stiegen, einschließlich mir.

Mir war bewusst, dass ich einem Mann gegenüberstand, den meine Freundinnen als sexy eingestuft hätten. Noch bewusster war mir, dass weder mein Herz noch mein Bauch so reagierte, wie Georjayna und Saxony es oft für so eine Situation beschrieben hatten. Für mich war er hübsch, aber ich hatte keinerlei Bedürfnis mit ihm zu flirten.

Trotzdem kam mir in den Sinn, ihn bei Gelegenheit heimlich zu fotografieren und das Foto meinen Freundinnen zu schicken. Die Kommentare, die ich zurückbekommen würde, wären das Risiko wert. In meinem Kopf stellte ich ihn mir sofort mit Georjayna liiert vor. Bei großen Typen machte ich das automatisch. Die beiden würden mit ihren langen Gliedmaßen und ihren perfekten Teints ein bizarr schönes Paar abgeben.

Antoni wurde von Männern begleitet, die uns halfen, unsere Ausrüstung in eine Karawane von schwarzen Fahrzeugen zu laden. Ich fühlte mich wie in einem Spionagefilm, als ich in unseren SUV stieg und durch getönte Scheiben die Welt vorbeiziehen sah.

Polen. Europa. Ich war wirklich hier!

Antoni hatte dafür gesorgt, dass Mom und ich mit Simon und Tyler im selben Fahrzeug wie er fuhren.

„Ich freue mich darauf, mein Englisch mit Muttersprachlern zu üben“, sagte er. „Bitte korrigierten Sie mich, wenn ich Fehler mache. Die Demütigung, korrigiert zu werden, ist bei Weitem nicht so groß wie die, mich unwissend falsch auszudrücken.“ Er legte seine Hände zusammen.

Wir lächelten. Ich bezweifelte, dass er irgendwelche Korrekturen brauchte, bis jetzt war sein Englisch tadellos. Wie alle Männer sah er meine Mutter immer etwas länger an als die anderen. Erst als es beinah unhöflich wurde, blinzelte er und schaute weg. Ich wunderte mich fast, dass er es geschafft hatte. Die meisten Männer versuchten nicht einmal, zu verbergen, auf welche Gedanken sie bei meiner Mutter kamen. Vermutlich konnten sie nichts dafür. Eine Sirene war dafür gemacht, jeden Mann anzulocken, den sie wollte.

Und leider auch die, die sie nicht wollte.

Meine Mutter war nicht nur schön, sie war bezaubernd, ganz gleich, was sie tat. Ich hatte mich schon oft gefragt, wie sie erst war, wenn sie tatsächlich jemanden anziehen wollte. Mein Vater hatte wohl nie eine Chance gehabt. Wäre es einfacher für ihn gewesen, wenn er gewusst hätte, was sie war? Oder hätte es ihn irgendwie gebrochen, so wie mich?

Novaks Anwesen befand sich eine vierzigminütige Fahrt von Gdańsk entfernt. Die Stadt war genauso schön, wie sie auf den Bildern online gewirkt hatte. Ich sah Kanäle, malerische Parks und farbenfrohe, alte Gebäude dicht an dicht, wie es sie in Kanada überhaupt nicht gab. Die Kirchen konnte ich gar nicht alle zählen, so viele streckten ihre Türme in den Himmel. Ich konnte es kaum erwarten, zu Fuß das Gewirr der Straßen zu erkunden.

Wir verließen die Stadt und kamen an entzückenden Küstendörfern vorbei. Ich erhaschte flüchtige Blicke auf niedliche Strände und glitzernd blaues, schaumgekröntes Wasser. Die Bäume waren üppig grün. Ich ließ die Fensterscheibe ein wenig herunter und roch die Luft. Sie besaß den frischen, salzigen Geruch des Meeres, bei dem ich mich sofort wie zu Hause fühlte.

Antoni warf einen Arm über den Sitz und schaute zu uns zurück. „So, das ist also die berühmte Meistertaucherin, von der man immer wieder in den Nachrichten hört." Er schenkte uns ein jungenhaftes Grinsen und es fiel mir auf, dass er direkt nach seinem Uniabschluss angefangen haben musste für Martinius zu arbeiten.

Der Mund meiner Mutter zuckte, aber ich konnte nicht sagen, ob sie genervt oder amüsiert war. Er hatte ihr keine Frage gestellt, also antwortete sie nicht. Es war ihr nicht wichtig, höfliche Konversation zu machen.

Nach einem Moment unbehaglichen Schweigens räusperte sich Antoni und fuhr fort: „Martinius gab mir die Anweisung, für heute Abend ein Willkommensessen zu arrangieren. Nachdem Sie alle sich ausgeruht haben, natürlich. Er freut sich darauf, das Team kennenzulernen, aber vor allem Sie, Mira.“

Ich nahm wahr, wie Tyler neben mir die Augen verdrehte. Tyler tauchte schon länger, als ich lebte. Ich war sicher, dass es ihn ärgerte, im Schatten meiner Mutter zu stehen, obwohl sie erst seit ein paar Jahren professionell tauchte. Ich wünschte mir wirklich, Antoni würde aufhören, meiner Mutter so viel Aufmerksamkeit zu schenken. Er konnte nicht ahnen, dass er das Verhältnis zwischen ihr und ihren Kollegen damit nur noch komplizierter machte.

Wir erreichten ein eisernes Tor, dessen Streben so geschmiedet waren, dass sie an aufgewühltes Wasser und hohe Wellen erinnerten. Darüber prangten zwei vergoldete Meerjungfrauenfiguren. Ihre Fischschwänze trafen sich in der Mitte und rollten in eleganten Kurven umeinander. Mom und ich sahen uns an und zwinkerten.

Sobald wir auf das Anwesen fuhren, warf ich alle Höflichkeit über Bord und gaffte ungeniert. Eine Villa aus rotem Backstein ragte am Ende eines langen Kieswegs auf, von Efeu überwuchert und gesäumt von Bäumen. Unser Konvoi fuhr in die halbkreisförmige Auffahrt und die Türen öffneten sich, Füße stießen auf Kies und Köpfe wurden zurückgelegt, um die Schönheit ringsum zu bestaunen. Während die Jungs ausluden, machte ich verstohlen ein paar Fotos vom Gelände.

Meine Freundinnen würden ausflippen, wenn sie das hier sahen. Trotz der langen Reise vibrierte in meinem Bauch eine aufgeregte, unerschöpfliche Energie.

Ein Mann und zwei Frauen in Marineuniformen kamen die breite Steintreppe herunter. Sie begannen, das Gepäck zu einem Eingang an der Seite der Villa zu bringen.

„Das kommt in die Muszla-Suite“, sagte Antoni zu den Angestellten und zeigte auf unser Gepäck. Wir folgten Antoni die Treppe hinauf und gingen durch eine der offenen Doppeltüren hinein. Ein mit Marmor ausgekleidetes Foyer mit einer riesigen geschwungenen Treppe war das Erste, was wir sahen. Wir stiegen nach oben, wo sich zwei Gänge eröffneten. Ich erhaschte einen flüchtigen Blick auf eine Fülle von Kunstwerken und Wandteppichen. Ein Gemälde, das über den Eingangstüren hing, stellte ein Meerespanorama mit einem Schiff in der Ferne dar. Im Vordergrund ragte ein Fels aus der schäumenden Gischt. Auf dem Felsen saß eine Meerjungfrau und blickte zum Schiff hinaus. Ihre Schultern neigten sich traurig nach unten. Ich stieß meine Mutter mit dem Ellbogen an und zeigte darauf.

„Hm“, machte sie nur.

Antoni wies den Gang hinunter und teilte den Teammitgliedern mit, welche Suiten für sie bestimmt waren. Zu Mom und mir sagte er: „Ich werde euch zu eurer Suite bringen. Sie befindet sich im dritten Stock.“

Als wir oben ankamen, fiel mein Blick auf eine Meerjungfrauen-Skulptur. Sie war aus Holz geschnitzt und sah sehr alt aus. Antoni blieb stehen, damit wir sie bewundern konnten.

„Langsam erkenne ich ein wiederkehrendes Motiv in

den Kunstwerken“, kommentierte ich.

„Die Novaks sind eine Familie von begeisterten Sammlern“, erklärte Antoni. „Die Sirene steht auf ihrem Familienwappen, also hatten die Novaks schon immer eine Vorliebe für entsprechende Kunstwerke. Angeblich bringt das Streicheln ihrer Brüste Glück.“

Die nackten Brüste der Sirene waren bereits glatt und glänzend von den Händen, die sie im Lauf der Zeit berührt hatten. Ich grinste Mom an und bedeutete ihr mit einer Geste, es zu versuchen, aber sie schlug mir lediglich auf den Hintern.

„Wohnen Sie auch hier?“, fragte ich Antoni, als wir weitergingen.

„Ich habe eine Suite, die ich manchmal benutze“, sagte er. „Aber mein Zuhause ist in Gdańsk. Das Haus hier ist auch der Firmensitz. Es ist schließlich ein Familienunternehmen.“

Wir erreichten eine Tür, über der ein Kupferschild angebracht war, auf dem die Worte *Muszla Suite* eingraviert waren. Muszla, so erklärte Antoni, bedeutete übersetzt Muschel. Wir traten ein und schauten uns mit offenen Mündern um.

Unsere Suite hatte zwei Schlafzimmer, jedes mit einem Bett ausgestattet, das wie ein Schiff aussah, und einem eigenen Badezimmer. Wir hatten auch einen Salon mit Blick auf den Garten. Wenn nicht all die Bäume gewesen wären, hätten wir das Meer sehen können.

Es klopfte an der Tür. Die drei Angestellten – der Herr und die beiden Frauen – lieferten unser Gepäck ab. Antoni sprach mit ihnen auf Polnisch und half ihnen, die Taschen hereinzubringen. Sie lachten über etwas und ich vermutete, dass sie Freunde waren.

„Ruhen Sie sich ein wenig aus“, sagte Antoni dann zu uns. „Um halb acht erwarte ich Sie im Foyer und führe Sie in den Speisesaal.“ Er verabschiedete sich und schloss die Tür leise beim Hinausgehen.

Kaum waren wir allein, breiteten wir uns auf einem der Betten aus. Ich konnte nicht anders, als breit zu grinsen, doch Mom wirkte einfach nur erschöpft.

„Jetlag?“, fragte ich.

„So ungefähr. Stundenlang hoch oben in der Luft zu sein, ist eine ganz spezifische Höllenqual. Es dauert immer eine Weile, bis ich mich erholt habe.“

Wir begannen unser Gepäck auszuräumen. Ich schlüpfte in einen Pyjama und zog die Vorhänge zu. Mom schloss sich in das andere Schlafzimmer ein. Ich versuchte zu schlafen, aber es ging nicht. Meine Augen wollten sich nicht entspannen, egal wie sehr ich es versuchte. Ich wälzte mich hin und her. Und dann bemerkte ich, dass die Lampe auf dem Nachttisch einen Meerjungfrauensockel hatte und zwischen den Meeresbewohnern, die an der Tapetenkante entlangschwammen, Sirenen waren.

Ich fragte mich wahrscheinlich zum millionsten Mal in meinem Leben, wie es wohl wäre, wenn ich mit dem Meerjungfrauen-Gen geboren worden wäre. Ich war mir sicher, dass meine Mutter eines Tages ins Meer verschwinden würde. Die Frage war bloß, wann … Das vertraute hohle Gefühl breitete sich in meinem Bauch aus, wie ein Nebel, der vom Meer aufsteigt und die Welt schluckt.

Das Meerjungfrauen-Gen wurde nur von Mutter zu Tochter weitergegeben. Wenn eine Sirene ein weibliches Kind zur Welt brachte, war das für sie der Inbegriff des

Glücks. Es bedeutete, dass sie ihre Tochter mit zurück ins Meer nehmen konnte. Die Geburt eines Sohnes war für eine Meerjungfrau dagegen ein bittersüßes Ereignis, denn das Kind würde immer nur ein Mensch sein. Und wie sehr sie ihr Kind auch lieben mochte, der Ruf des Meeres würde irgendwann übermächtig werden und sie dazu bringen, den Sohn und seinen Vater zu verlassen. Bei meiner Geburt muss meine Mutter unendlich erleichtert gewesen sein, dass ich ein Mädchen war. Aber sie hatte sich zu früh gefreut. Eigentlich sollte das Sirenen-Gen einem weiblichen Kind immer vererbt werden. Ich stellte eine Anomalie dar.

Wir hatten alles Denkbare getan, um das Gen zum Ausdruck zu bringen, aber es war nicht so, als hätten wir Leute fragen oder wissenschaftliche Bücher über die Biologie der Meerjungfrau lesen können. Ich hatte sogar einmal die Badewanne mit Salz gefüllt und darin gesessen, bis sich meine Haut kräuselte. Ich dachte, ich bräuchte einfach mehr Salz, als das Meer liefern konnte. Aber auch das schlug fehl, genau wie alles andere.

„Haben du und Dad nie daran gedacht, es nochmal mit einem zweiten Kind zu versuchen?“, hatte ich meine Mutter gefragt, Jahre, nachdem mein Vater gestorben war. Da hatten wir die Hoffnung für mich schon lange aufgegeben.

„Das konnten wir nicht“, hatte sie geantwortet. „Eine Sirene hat einen besonderen Zyklus. Sie verlässt das Meer, um ein Kind zu bekommen, aber für ein zweites muss sie zurück ins Meer und einige Zeit im Salzwasser verbringen, um wieder fruchtbar zu werden. Jede Sirene hat ihren eigenen Zyklus und nur sie weiß, wann sie bereit ist, aus dem Meer zu kommen. Der einzige Weg, wie eine Meerjungfrau zwei Kinder in einer Phase an Land bekommen kann, sind Zwillinge.“

Meine Mutter war nach mir nie wieder ins Meer zurückgekehrt, also war ihr natürlicher Zyklus zum Stillstand gekommen. Sie verbrachte über die Jahre Stunden damit, geduldig meine Fragen zu beantworten, sodass ich, obwohl ich das Gen nicht hatte, ziemlich gut verstand, wie es sein musste, eine Meerjungfrau zu sein. Und daher wusste ich auch, wie falsch die Märchen und Mythen meistens lagen.

Der Sirenenzyklus spielte sich in etwa so ab: Wenn die Zeit reif war, normalerweise kurz nach der Pubertät, verließ eine Meerjungfrau das Meer auf der Suche nach einem Partner. Der Drang, sich fortzupflanzen, wurde stärker als der Wunsch, im Meer zu bleiben, also gab sie ihr wässriges Zuhause auf, um sich zu verlieben und schließlich ein Kind zu zeugen. Um dies zu tun, nahm sie menschliche Gestalt und einen menschlichen Lebensstil an. Wie viele Meeresbewohner konnten auch Sirenen sehr alt werden. Sie waren wählerisch in Bezug auf ihre Gefährten, also blieben sie oft Jahre an Land, bis sie sich verliebten.

Da Meerjungfrauen immer an Land geboren wurden, waren sie in der Lage, eine Geburtsurkunde, eine Sozialversicherungsnummer, ein Bankkonto und alle anderen offiziellen Dokumente zu bekommen, die sie brauchten, um in der Gesellschaft zu funktionieren. Es waren die Jahre, die sie im Meer verbrachten, die Sirenen irgendwie vertuschen mussten. Das Land wieder zu verlassen, musste geplant sein und nicht aus einer Laune heraus geschehen, sonst würden sie womöglich als vermisst gemeldet oder schlimmer noch, für tot erklärt. Normalerweise sagten sie den Leuten, die sie kannten, dass sie irgendwo in die Ferne zogen. Sie konnten behaupten, auszuwandern, und eine ausländische Adresse angeben, damit es kein böses Steuererwachen gäbe, falls sie wiederkamen. Meistens aber ließen sie die Menschen, die in ihrem Leben waren, für immer zurück. Für eine Meerjungfrau waren die Beziehungen zu Menschen immer endlich.

Mom sagte immer, sie habe Glück gehabt. Ihre Mutter hatte ihr etwas Geld und die nötigen Papiere hinterlassen, damit sie als junge Frau an Land hatte gehen können. Sie hatte einen Job in einer Kneipe unten am Hafen von Saltford namens *The Sea Dog* angenommen. Ein paar Wochen später war Nathan, mein Vater, mit seinen Eishockeyfreunden in den Pub gekommen, um nach einem Spiel etwas zu trinken. In dem Moment, als sie seine Stimme gehört hatte, war sie sicher gewesen, dass er der Richtige war.

Einmal an Land, waren Sirenen in der Lage, ihren Fluchtinstinkt zu unterdrücken, der durch Salz verstärkt wurde, indem sie sich mit Süßwasser abspülten. In gewisser Weise ließ das Süßwasser sie ihr sirenenhaftes Selbst vergessen. In diesen Momenten konnten einige von ihnen sich fast vollständig menschlich fühlen und verspürten kein Bedürfnis mehr, zu schwimmen.

Wenn eine Meerjungfrau sich verliebte, hatte sie die feste Absicht, für immer bei ihrem Partner zu bleiben und den Rest ihres Lebens an Land zu leben. Wenn der Mann altmodisch war, wie mein Vater es war, heirateten sie. Einer Meerjungfrau selbst war die Vorstellung von Ehe fremd. Schließlich war sie ein Meereswesen und nicht an menschliche Bräuche gebunden, aber sie fügte sich normalerweise Traditionen, um ihren Liebsten glücklich zu machen. War sie schwanger, durchlief sie dieselben Phasen von Nestbau, Vorfreude und Morgenübelkeit, die eine menschliche Frau durchlief.

Aber nach der Geburt eines Kindes begannen sich die Dinge langsam zu verändern. Wenn das Kind eine Tochter war, brachte ihre Mutter sie im Schutz der Dunkelheit ans Meer. Der Kontakt mit dem Salzwasser sollte bewirken, dass die Beine des Mädchens sich in ihre wahre Form verwandelten, einen mächtigen Schwanz. In gewisser Weise war es eine zweite Geburt. Wenn Meerjungfrauen über ihre Geburt sprachen, meinten sie immer ihre Salzgeburt – den Moment, in dem sie zum ersten Mal die Form einer Sirene annahmen.

Mutter und Tochter konnten mit diesem Geheimnis eine Weile an Land leben, bis das Kind stark genug war, um im Meer zu überleben. Diese Übergangsphase war emotional sehr schwierig. Die Bindung der Sirene an ihren Gefährten war stark, aber der Ruf des Meeres würde am Ende immer siegen.

Wenn das Kind ein Junge war, gestaltete sich das Unausweichliche viel schmerzhafter. Im Allgemeinen würde sie lange genug durchhalten, um ihren Sohn zu entwöhnen, aber letztendlich würde sie ihn verlassen. Als ich zwölf oder dreizehn Jahre alt war, durchlief ich eine Phase, in der ich wie besessen von Vermisstenmeldungen war. Ich suchte nach Hinweisen, ob es sich bei den Vermissten um Sirenen gehandelt hatte. Die Fälle, in denen eine Mutter mit ihrer Tochter verschwand, recherchierte ich ausgiebig und sammelte alle Informationen, die ich kriegen konnte. Ich wollte irgendwie abschätzen, wie viele Meerjungfrauen es da draußen gab. Basierend auf dem, was ich fand, konnten es nicht viele sein, oder aber sie waren sehr geschickt darin, nicht aufzufallen.

Mom erklärte mir, dass das Gemüt einer Meerjungfrau sehr stark davon abhing, ob sie Salz- oder Süßwasser ausgesetzt war. Süßwasser ließ sie eher wie ein Mensch funktionieren, während Salz den Sireneninstinkt verstärkte. Es war für eine Sirene durchaus möglich, ihre frühere Familie zu vergessen, wenn sie viele Jahre im Salzwasser verbrachte. Das Salz löschte ihre Erinnerungen aus. Es konnte sein, dass sie eines Tages zurückkehrte und ihren eigenen Sohn oder Ehemann nicht wiedererkannte.

Ich seufzte bei dem Gedanken. Ich würde eines Tages ausziehen, studieren oder eine Arbeit ergreifen und vielleicht selbst eine Familie gründen. Ich würde meiner Natur nachgeben, und warum sollte meine Mutter dann nicht endlich auch ihrer nachgeben? Würde sie jemals zurückkommen? Würde sie ihre Enkelkinder je kennenlernen?

Eine Schreckensvision überkam mich, in der ich meiner Mutter an irgendeinem Strand begegnete, selbst schon alt und grau. Ich stellte mir vor, wie sie aus dem Meer stieg, genauso jung und schön, wie sie heute war, und wie ich mit ausgebreiteten Armen auf sie zu lief … Und wie sie zurücktrat und fragte: „Wer sind Sie?“

Tränen brannten in meinen Augen und ich schüttelte die schreckliche Vision ab.

Vielleicht würde sie mich nicht vergessen, aber so oder so würde sie mich verlassen. Es war nur eine Frage der Zeit.

Kapitel 9

Ich hatte gerade meine Augenlider davon überzeugt, sich zu entspannen, als ich fühlte, wie sich das Bett neben mir senkte. Ich drehte mich um. Mom sah nicht viel besser aus, als bevor wir uns hingelegt hatten.

„Hast du geschlafen?", fragte ich.

„Ein bisschen. Und du?"

Ich nickte, obwohl ich nicht geschlafen hatte. Ich wollte nicht, dass sie sich Sorgen machte. „Wirst du heute zum Wrack rausschwimmen, um dir ein Bild von der Lage zu machen?"

„Nein. Der Zeitplan sieht vor, dass wir die ganze Woche und einen Teil der nächsten Woche damit verbringen, uns mit der Ausrüstung vertraut zu machen. Ich werde auch ein paar Polnischstunden bekommen, damit ich die Schilder auf der Ausrüstung lesen kann." Sie deutete mit einer Hand an, wie sie sich in den Kopf schoss. Für den Rest der Crew war diese ganze Vorbereitungsarbeit entscheidend für ihren Erfolg. Für meine Mutter reine Zeitverschwendung.

Es gab mir ein besseres Gefühl, dass sie für eine Weile nicht tauchen musste. Mom brauchte weniger Schlaf als ein Mensch, aber sie musste sich trotzdem ausruhen. Wenn sie sowohl tagsüber als auch nachts arbeitete, schienen ihre Zyklen eher mehrere Tage als einen Tag zu dauern. Sie tauchte tagsüber und nachts, wenn es nötig war, aber alle vier Tage oder so schlief sie dann weit über fünfzehn Stunden am Stück. Niemand sonst im Team käme mit so einem seltsamen Zeitplan durch, aber weil sie Simons Startaucherin war, durfte sie sich exzentrisches Verhalten erlauben.

Zu Hause hatte sie ihre eigene Routine entwickelt. Neben dem Büro verbrachte sie viel Zeit damit, die Ausrüstung zu warten, Kurse abzuhalten, zu forschen und sich auf anstehende Arbeiten vorzubereiten. Sie hatte einen Schreibtisch in unserem Wohnwagen eingerichtet und Simon erlaubte ihr, an Tagen, an denen sie nicht tauchten, von zu Hause aus zu arbeiten. Ohne dass er es wusste, nutzte sie diese Zeit oft zum Schlafen.

„Dieser Flug hat dich ganz schön mitgenommen, was?“, bemerkte ich und setzte mich ans Kopfende.

Sie lächelte. „Wird schon wieder. Keine Sorge, Sonnenschein.“ Sie strich mir die Haare aus dem Gesicht. „Bist du hungrig? Wir sollten uns fürs Abendessen fertig machen. Es ist gleich sieben.“

„Okay, ich werde schnell duschen gehen. In einer halben Stunde stehe ich fix und fertig im Salon!“

Als wir uns frisch gemacht hatten, gingen wir nach unten in die Eingangshalle. Ich hatte sogar noch geschafft, mir die Haare zu föhnen, aber Mom hatte sich ihre einfach zu einem nassen Knoten zusammengebunden. Sie sah trotzdem fantastisch aus.

Mom überließ es mir, Kleider für uns beide auszuwählen, denn ihre Vorstellung vom idealen Outfit waren nackte Brüste und ein schuppiger Schwanz. Wir trugen beide dunkle Jeans, Sandalen und sommerliche Blusen.

Antoni wartete im Foyer zusammen mit dem Großteil der Crew und ein paar neuen Gesichtern. Ich nahm an, dass es Mitarbeiter Novaks waren. Jeder Einzelne von ihnen war ein Mann. Als wir die Treppe herunterkamen, erstarben die Gespräche. Alle Blicke richteten sich auf meine Mutter.

Nein, nicht alle. Antoni war der Einzige, der nicht meine Mutter ansah, sondern mich. Sein Gesichtsausdruck ließ mich für einen Moment zweifeln, ob ich nicht doch einen Bruchteil des Meerjungfrauen-Gens abbekommen hatte, auch wenn ich keine Sirene war.

Ich bemerkte auch, dass nicht alle Blicke bewundernd an meiner Mutter hingen. Manche enthielten einen Funken Feindseligkeit. Eric, der immer ein Problem mit der Aufmerksamkeit hatte, die Mom erhielt, stieß Jeff, der neben ihm stand, mit dem Ellbogen an. Das schien den Zauber zu brechen und die Männer begannen wieder miteinander zu plaudern.

„Konnten Sie sich ein wenig erholen?“, fragte Antoni, während wir ihm durch einen langen, breiten Flur folgten, der mit Fenstern gesäumt war. Die Abendsonne ließ Wogen von Licht hereinströmen, gebrochen und gefleckt von Baumschatten.

„Ein wenig“, antwortete meine Mutter.

„Sehr nett, dass Sie fragen“, fügte ich unbeholfen hinzu, wie stets bemüht, die Ruppigkeit meiner Mutter abzumildern. „Freuen Sie sich schon auf das Essen?“

„Ich zeige Ihnen den Speisesaal“, erwiderte Antoni lächelnd, „aber ich werde nicht zum Essen bleiben. Ich muss mich um ein paar Dinge kümmern. Es ist ohnehin ein Willkommensessen, damit Sie Martinius kennenlernen. Sicher wird er Ihnen die Geschichte der Sybella erzählen wollen.“

„Ich vermute, Sie kennen die schon.“

„In- und auswendig“, lachte er.

Wir erreichten eine Reihe von Doppeltüren und Antoni

öffnete sie zu einem großen Esszimmer.

Ein Kamin ragte an einem Ende des Raumes auf, und Kunstwerke füllten die Wand gegenüber den Fenstern. Diese Gemälde waren allesamt Porträts von Mitgliedern der Familie Novak, wie gravierte Messingschilder verrieten – ebenso wie eine gewisse Nasenform, die sich durch die Generationen zu erhalten schien. Es gab keine Porträts von Frauen, nur von Männern. Vielleicht hatten die Damen des Hauses sich nicht malen lassen, vielleicht waren ihre Porträts aber auch einfach in einem anderen Raum aufgehängt.

„Ich frage mich, ob einer davon Martinius ist“, sagte ich.

Mom zuckte die Achseln. Ich sah mich nach Antoni um, damit er es mir sagen konnte, aber er plauderte mit Simon und Tyler.

Ein langer Tisch war mit Kristallgläsern, Porzellantellern und Silberbesteck gedeckt, dazwischen standen kunstvolle Blumensträuße. Ein Kronleuchter hing von der hohen Decke herunter, beleuchtet mit echten Kerzen. Ein Diener in weißer Krawatte hielt einen Silberteller mit schlanken Gläsern, die mit einer blassen, sprudelnden Flüssigkeit gefüllt waren. Ein anderer Diener hielt ein Tablett mit Bierkrügen. Der Großteil des Teams wählte das Bier.

„Schau mal, Mom.“ Ich zeigte auf die Tischkarten an jedem Set. Die Namen waren handgeschrieben, und in der oberen rechten Ecke jeder Karte war ein Dreimastschiff abgebildet. „Denkst du, das ist die Sybella?“

„Könnte sein“, sagte sie. „Du kannst Martinius fragen, falls er sich jemals entscheidet, aufzutauchen.“

„Was denkst du, wie er sein wird?“

„Polnisch, alt und stinkreich.“

Ich warf ihr einen Blick zu.

„Was?“, sagte sie unschuldig.

Nach ein paar Minuten, in denen wir uns die Beine in den Bauch stehen durften, deutete Antoni gnädig auf den Tisch. „Bitte, meine Damen und Herren, nehmen Sie Platz. Martinius wird in Kürze bei uns sein.“

„Schrecklich förmlich hier“, flüsterte Mom, während sie die Namen auf den Tischkarten nach unseren absuchte. Sie saß rechts von Martinius, der am Tischende saß, und ich neben ihr. Simon setzte sich meiner Mutter gegenüber, und Tyler neben ihn. Auf meiner anderen Seite saß glücklicherweise Micah.

Bevor ich Platz nahm, bemerkte ich ein kleines Podest in der Ecke des Raumes. Darauf stand die Kristallskulptur einer Meerjungfrau. Das Licht der untergehenden Sonne drang durch das Fenster und brach sich an der Skulptur in alle Regenbogenfarben, die sich auf der Wand und den Vorhängen verteilten.

Ich kniff die Augen zusammen, um die Sirene genauer zu studieren. Sie sprang aus einer Welle und streckte ihre Arme der Sonne entgegen. Ihr langes Haar flog zurück, ihre Brüste waren entblößt und auf ihrem Gesicht war ein Ausdruck der Ekstase. Etwas an ihrem Gesicht kam mir vertraut vor.

Ich schaute zu meiner Mutter, die mit Antoni plauderte. Studierte die Rundung ihrer Wangen, ihre gerade kleine Nase und ihre vollen Lippen. Als ich zur Skulptur zurückblickte, fragte ich mich, ob alle Meerjungfrauen ähnlich aussahen. Auf dem Messingschild am Sockel war ein polnischer Titel eingraviert, darunter eine Übersetzung: ‚Befreiung'. Und die Jahreszahl 1903. Der Name des Künstlers hatte so viele Konsonanten, dass ich ihn nie im Leben hätte aussprechen können.

Schritte erklangen, und alle Gespräche erstarben. Ein Mann, der nur Martinius Joseph Novak sein konnte, betrat den Raum.

Kapitel 10

Ich vermutete, dass er fast achtzig war, aber er sah fit und robust aus. Er hatte einen weißen Schnurrbart und einen Kranz aus ordentlich gestutzten weißen Haaren um seinen Kopf. Sein gebräunter Teint verriet, dass er die meiste Zeit seines Lebens draußen in der Sonne verbracht hatte. Er stand aufrecht da, mit breiten Schultern und einem noch breiteren Lächeln, und wirkte dadurch viel raumeinnehmender, als er tatsächlich war.

„Darf ich Ihnen Ihren Gastgeber, Martinius Joseph Novak, vorstellen“, sagte Antoni feierlich.

Martinius verbeugte sich förmlich und es gab einen urkomischen Moment, in dem die Blue Jackets nicht wussten, was sie tun sollten. Einige von ihnen verbeugten sich unbeholfen und andere traten von einem Fuß auf den anderen wie Schuljungen. Jeff verbeugte sich tief und Eric schlug ihm auf den Arm.

„Willkommen in meinem Haus“, sagte Martinius mit tiefer Stimme. „Verzeihen Sie, dass ich Sie habe warten lassen. Ich komme von einer Pressekonferenz in Gdańsk und auf dem Rückweg haben Baustellen an der Straße unsere Fahrt verzögert.“ Er begann, sich am Tisch entlang zu arbeiten, schüttelte Hände und fragte nach Namen. Sein Englisch schien vollkommen fehlerfrei, nur sein Akzent war etwas stärker als Antonis.

„Er wirkt sympathisch“, flüsterte ich Mom zu.

Sie zuckte mit den Achseln, desinteressiert an Leuten wie immer. Schließlich kam Martinius zu uns. Er nahm Moms ausgestreckte Hand und sah ihr in die Augen. Die Stille schien sehr lange zu werden. Mom wollte nicht sprechen, bis sie angesprochen wurde, das war eine ihrer Sirenen-Eigenschaften.

„Sie müssen Mira sein." Er ließ ihre Hand nicht los, sondern bedeckte sie auch noch mit seiner anderen Hand. „Die Presse geht nicht geizig mit Fotos von Ihnen um."

„Leider nicht, Sir", antwortete sie.

„Bitte, nennen Sie mich Martinius. Ich bin erfreut, dass Sie einen so langen Weg zurückgelegt haben, um mir zu helfen." Die Haut knitterte um seine braunen Augen wie Seidenpapier, als er lächelte. Dann ließ er ihre Hand los und ging zu seinem Platz am Kopfende des Tisches. Erst jetzt fiel sein Blick auf mich. Rasch hielt er auch mir die Hand hin. Wie bei Mom legte er auch mir seine zweite Hand auf. „Sie sind eindeutig Miras Tochter. Sehr erfreut."

Er wartete. Es dauerte eine Sekunde, bis ich begriff, dass ich mich vorstellen sollte. All diese Formalitäten waren mir fremd, und ich konnte sicher nicht erwarten, dass Mom mir Umgangsformen beibringen würde. „Targa, Sir", antwortete ich endlich.

Er küsste tatsächlich meinen Handrücken. „Nennen Sie mich Martinius, ich bestehe darauf. Willkommen, Targa. Ich habe Antoni angewiesen, dafür zu sorgen, dass es Ihnen an nichts fehlt, solange Sie mein Gast sind, einschließlich einer Begleitung nach Gdańsk, falls Sie unsere kleine Stadt erkunden wollen. Bitte zögern Sie nicht, ihn auch um alles zu bitten, was Sie sich wünschen."

Ich war ein wenig überwältigt. „Vielen Dank."

Er tätschelte meine Hand, ehe er sie endlich losließ und Platz nahm. Ich sah mich um und bemerkte, dass Antoni nicht mehr da war.

Kellner betraten den Raum und stellten weiße Suppenschüsseln mit Porzellandeckeln gleichzeitig vor jeden von uns. Es schien mir extravagant, dass es für jeden Gast einen eigenen Kellner gab. Als sie die Deckel lüfteten, kam eine dampfende, klare Suppe zum Vorschein und ein köstlicher Geruch erfüllte die Luft. Mein Magen knurrte und mir wurde klar, dass ich seit dem Flug nichts mehr gegessen hatte.

Einer der Angestellten kündigte das Essen mit dem deutlichsten polnischen Akzent an, den ich bisher hier gehört hatte: „Für den ersten Gang *Barszcz.* Eine vegetarische Suppe mit Pilz- und Sauerkrautklößchen. *Smacznego.*“

Martinius beugte sich zu mir herüber und flüsterte mir zu: „Das heißt: Ich wünsche Ihnen ein schönes Essen.“

„*Smacznego*“, sagte ich zu ihm zurück und nahm meinen Suppenlöffel in die Hand.

Er hob sein Weinglas. Als wir unsere Suppenschüsseln geleert hatten, wurden neue Gerichte gebracht – Teller und Platten voller Dinge, die ich nicht kannte. Jedes Gericht wurde auf Polnisch angekündigt und dann auf Englisch beschrieben, aber es war so viel, dass ich die Hälfte sofort wieder vergaß. Meeresfrüchte und Rindfleisch wurden aufgetragen, dazu verschieden zubereitete Kartoffelgerichte, raffiniertes Gemüse und traditionelle Käsespezialitäten.

Während wir aßen, begann Martinius Simon die Geschichte der Sybella zu erzählen. Mom und ich waren in Hörweite, sodass wir alles mitbekamen. Aber es dauerte nicht lange, bis auch der Rest der Anwesenden verstummte und gebannt lauschte.

„Ich kann die Geschichte der Sybella nicht erzählen, ohne die Geschichte des Novak-Schifffahrtsimperiums zu erzählen.“ Martinius sprach langsam und bedacht. „Sie begann mit meinem Ururgroßvater, Mattis Novak. Vor Mattis waren die Novaks Kleinhändler und Arbeiter, keine Geschäftsleute. Aber Mattis war nicht nur fleißig, sondern hatte auch eine unternehmerische Ader und gründete schon vor seinem zwanzigsten Lebensjahr einen kleinen Zeitungszustelldienst. Sobald er auf den Geschmack gekommen war, sein eigener Chef zu sein, verfolgte er immer größere Träume.“

„Klingt, als wären er und ich aus demselben Holz geschnitzt“, sagte Simon und nahm einen Schluck Wein.

Martinius nickte. „Gewiss haben Unternehmer alle eine besondere Art von Tatendrang. Mit der Hilfe seines Vaters Emun bekam Mattis genug Geld zusammen, um einen Kredit aufzunehmen und ein kleines Schiff zu bauen, das Transportaufträge annahm. Die Leute von Gdańsk wussten, dass Mattis durch sein Zeitungsunternehmen vertrauenswürdig war, also bekam er auch bald genug Aufträge. Ohne die braven Leute von Gdańsk wäre Novak Stoczniowców Braciz nie aus dem Hafen gekommen. In den ersten Jahren beförderte er für die Post Briefe und Pakete über die Ost- und Nordsee. Er bekam mehr Aufträge, als er annehmen konnte, und es frustrierte ihn, diese ablehnen zu müssen. Also begann er ein zweites Schiff zu bauen.“

Ein bewunderndes Raunen ging um den Tisch. Ich nahm an, dass die Blue Jackets mehr darüber wussten, wie schwierig es damals war, ein Schiff zu bauen, als ich.

„Das Schiff, das er baute, war eine Dreimastbark“, fuhr

Martinius fort. „Er taufte das Schiff *die Sybella*, nach seiner Frau, die er im Jahr ihrer Fertigstellung heiratete. Das Schiff war schnell und hochmodern für seine Zeit."

Ich war so in seine Geschichte vertieft, dass ich überrascht war, als ich nach unten schaute und statt eines leeren Tellers nun ein Dessert vor mir saß – ein kunstvoll angerichteter Crêpe mit Himbeeren und Puderzucker. Ich schnitt ihn auf und eine Cremefüllung kam zum Vorschein.

Martinius unterbrach seine Geschichte, um zu mir zu sagen: „Das *Nalesniki* ist mit Quark gefüllt. Simpel, aber nichtsdestotrotz mein Lieblingsdessert." Dann fuhr er fort: „Die Sybella blieb Novaks ganzer Stolz, auch nachdem seine Flotte um viele Schiffe erweitert wurde. Vielleicht haben Sie bemerkt, dass eine Illustration der Sybella immer noch unser Logo ist. In der Zwischenzeit schenkte die echte Sybella Zwillingsjungen das Leben, Michal und Emun. Mattis glänzte vermutlich nicht mit Anwesenheit, denn sein Unternehmen wuchs und wuchs, und Sybella war es bald leid, ihren Mann zu vermissen und ihre Jungen ohne ihren Vater aufwachsen zu sehen. Also traf sie mit Mattis eine Vereinbarung, ihn mit den Kleinen auf eine Reise pro Jahr zu begleiten. Sybella liebte das Abenteuer und Mattis tat alles, was er konnte, um sie glücklich zu machen, also willigte er ein."

„Glaubte man nicht, dass es Pech bringen würde, eine Frau an Bord zu haben?", fragte Eric vom anderen Ende des Tisches.

Mom warf Eric einen eisigen Blick zu. Er schaute ohne Scham zurück, ein Grinsen auf den Lippen. Es war klar, dass er eine Andeutung auf ihre Anwesenheit als einzige Frau im Team gemacht hatte.

„Vielerorts mag es diesen Aberglauben gegeben haben“, gab Martinius zu. „Aber nicht unter uns Polen. Tatsächlich galt es sogar als Glücksbringer, die Frau, die dem Schiff ihren Namen gegeben hatte, auf der Reise dabei zu haben. Leider erwies sich jedoch auch dies als Aberglaube. 1869 brachen Mattis und Sybella zu ihrer jährlichen Reise auf. Die Zwillinge waren acht. Sie nahmen nur den kleinen Emun mit, da Michal schrecklich unter der Seekrankheit litt und deshalb zu Hause bei seinen Großeltern blieb. Diese Seekrankheit rettete sein junges Leben und damit die kommenden Generationen der Novaks.“ Er hielt inne, um einen Schluck zu trinken. Dann tupfte er seine Lippen mit seiner Serviette ab und fuhr fort: „Die Ostsee ist bekannt für ihre plötzlichen Stürme. Die Sybella geriet mit einer vollen Ladung in einen dieser schnell drehenden Stürme. Das Schiff wurde nie wieder gesehen. Der junge Michal fand sich ohne Mutter, Vater oder Bruder wieder. Doch ungewisser als seine Zukunft war die des Unternehmens. Mattis’ Vater Emun war schon lange im Ruhestand. Daher sprangen seine zwei Schwestern und deren Ehemänner für ihn ein. Sie bewahrten die Reederei vor dem Untergang und teilten sich die Verantwortung für die Leitung der Firma, bis Michal alt genug war, um das Steuer zu übernehmen. Vier Köpfe an der Spitze, und keiner von ihnen hatte eine kaufmännische Ausbildung – es war eine sehr unbeständige Zeit, und bis Michal in der Lage war, die Dinge zu leiten, stand die Firma ständig kurz vor dem Bankrott.“

„Das kann ich mir vorstellen“, sagte Micah. „Mein Vater kann keinen Toast aussprechen, ohne dass meine Mutter ihm sagt, dass er es falsch macht. Als Familie ein

Unternehmen zu führen, muss ein Alptraum sein."

„Genau, wenn jeder das Sagen hat, hat niemand das Sagen", nickte Martinius. „Das tragische Verschwinden der Sybella drängte meine Vorfahren, eine Vereinbarung zu treffen. Von nun an wurden alle Kinder, sobald sie alt genug waren, um laufen zu können, darauf vorbereitet, das Ruder zu übernehmen. Es wurden auch externe Führungskräfte hinzugezogen, um die Last zu teilen und Unterstützung zu leisten, sollte sich jemals wieder jemand in Michals Schuhen wiederfinden. Die Firma sollte nie wieder plötzlich vor dem Aus stehen."

„Als Michal verheiratet war und seine Frau Saffi meinen Großvater Jan zur Welt brachte, wuchs das Unternehmen schneller denn je. Damals gehörte Gdansk zum Deutschen Reich und der Kaiser erteilte uns zahlreiche Aufträge zum Aufbau seiner Flotte. Doch unsere Geschichte ist nicht nur eine Erfolgsgeschichte, sondern die eines Phönix. Kein einziger Novak hat den Verlust der Sybella je vergessen. Jedes Jahr stellt die Firma ein Budget für die Suche nach ihr bereit. Mit unserem Erfolg ist auch das Budget gewachsen. Wir haben alle Hafenländer und ihre Seestreitkräfte benachrichtigt für den Fall, dass jemals etwas von einem Dritten gefunden werden sollte."

„Warum war es so wichtig, sie zu finden?", fragte ich. Normalerweise hätte ich in einem Raum voller Kollegen meiner Mutter nichts gesagt, aber meine Neugier war zu groß.

„Nun, abgesehen davon, dass die Sybella mit einer Fracht voller wertvoller und auch haltbarer Güter beladen war, ist das Schiff für die Novaks eine Art heiliger Gral geworden. Sie zu finden wurde zu einer

Besessenheit, die mit Michal begann und von Generation zu Generation weitergegeben wurde. Ich denke, sie zu finden, würde in gewisser Weise bedeuten, die Geister von Mattis, Sybella, Emun und all den Matrosen, die mit an Bord waren, zur Ruhe zu bringen. Dass die Suche nun unter meiner Führung endet, erfüllt mich mit mehr Erleichterung, als ich in Worte zu fassen vermag“, fügte Martinius hinzu, und seine Stimme schwankte vor Ergriffenheit.

„Ist es nicht auch ein bisschen schade, dass die Tradition des Suchens nicht weiterlebt?“, bemerkte Simon.

Martinius hielt inne, als ob er sich nicht sicher wäre, ob er antworten wollte. Dann holte er tief Luft und sagte: „Nein. Weil ich keinen Erben mehr habe, der die Suche hätte weiterführen können.“

Blicke wurden am Tisch ausgetauscht. Selbst Mom hatte einen überraschten Gesichtsausdruck. Martinius hatte keinen Erben *mehr* – also hatte es irgendwann einen gegeben? Ich fragte mich, was aus ihm oder ihr geworden war.

„Wir sind immer ein Familienunternehmen gewesen“, sagte er. „Mein eigener Vater, Ludwik, starb, als ich fünfzehn war. Ich habe die Firma die meiste Zeit meines Lebens geführt. Zum Glück hatte ich eine wunderbare Beziehung zu meinem Großvater. Er brachte mir alles bei, was ich über das Schifffahrtsgeschäft weiß. Er liebte es auch, mich mit Geschichten aus den frühen Tagen zu verwöhnen, als die Firma noch jung war und schwere Zeiten durchmachte. Die Suche nach der Sybella regte nicht nur meine Fantasie an, sondern weckte seit jeher das Interesse der Öffentlichkeit. In der Mitte des zwanzigsten Jahrhunderts rankten sich bereits Legenden darum. Wir mussten viele Gerüchte und Verschwörungstheorien ertragen, aber sammelten auch Spenden und erlebten viel Anteilnahme. Und alle wollten sehen, wie sie gefunden wurde."

„Wie die Titanic", fügte Tyler hinzu.

Martinius nickte: „Das ist richtig. Allerdings wurde die Titanic gefunden. Die Sybella dagegen wurde von der Öffentlichkeit irgendwann vergessen. In unserer Familie blieb die Erinnerung an sie jedoch frisch. Jedes Jahr schöpften wir das Budget ohne Erfolg aus. Bis letztes Jahr. Wir erhielten einen Tipp von der britischen Marine, die auf der Suche nach einem eigenen Wrack über ein mysteriöses Schiff gestolpert war, das aufrecht auf dem Meeresboden lag. Es war eine dreimastige Barkentine aus der gleichen Ära wie die Sybella. Das Unglaubliche war, dass sie weniger als dreißig Meilen vor der Küste lag. Wir benutzten den Rest unseres Budgets dafür, das Wrack zu erkunden und so viele Echolotmessungen und Fotos mit Unterwasserrobotern zu machen, wie wir konnten. Ich wollte sicher sein, dass es wirklich unsere Sybella war, bevor wir Geld in Bergungsaktivitäten steckten."

„Wie kamen Sie zu dem Schluss, dass sie es wirklich ist?", fragte Simon. „Die Identifizierung eines Wracks kann eine schwierige Sache sein, selbst in weniger salzhaltigen Gewässern."

„Das Schiff hat die richtige Größe, es hat drei Maste und das richtige Alter. Ich ließ das Team Bilder vom Steuerrad des Schiffes machen, da ich wusste, dass es ein einzigartiges Design hatte, anders als andere aus der gleichen Ära."

„Bemerkenswert", murmelte Micah. Dann wandte er sich an Simon und Tyler: „Erinnert ihr euch an den Auftrag auf den Britischen Jungferninseln?"

„Ja, daran habe ich auch gerade gedacht", sagte Simon. „Wir mussten auch einmal ein Wrack am Steuerrad identifizieren. Das ist zwar nicht üblich, aber es ist machbar."

„Wie alt war dieses Wrack?", fragte Martinius neugierig.

Tyler blinzelte. „Sie war was ... von 1890?"

Micah nickte: „1896."

„Oh, gut erinnert", lobte Simon. „Wir haben schon so viele Bergungen gemacht, dass ich nicht mehr alle Daten im Kopf habe."

„Waren zufällig die Spindeln des Steuerrades …?"

Micah beendete die Frage für Martinius: „… so entworfen, dass sie wie keltische Knoten aussahen?"

Martinius' Augenbrauen rutschten in die Höhe. „Genau das wollte ich wissen. Wäre es möglich, dass Sie mir die Dokumente für dieses Wrack zeigen?"

Simon nickte: „Ja, natürlich."

„Ich würde sie gerne sehen." Martinius lehnte sich zurück. Dann tauchte er aus seinen Gedanken wieder auf und setzte seine Erzählung fort: „Als ich sicher war, dass es sich bei dem Wrack um die Sybella handelte, beschloss ich, ein professionelles Tauchteam hinzuzuziehen. Das beste, das ich finden konnte. Antoni und ich haben viele Stunden damit verbracht, Bergungsteams aus der ganzen Welt zu prüfen. Ihr Team ist klein, aber in den nautischen Nachrichten wird ständig über Ihre bemerkenswerte Arbeit berichtet. Also haben wir uns für Sie entschieden."

Eine Weile ließ das Team dieses Lob auf sich einwirken. Dann unterbrach meine Mutter die Stille mit einer Frage, die wohl jedem gekommen war, aber niemand stellen wollte: „Und wer wird Ihr Nachfolger?“

Ich hätte sie treten können. Simon schloss vor Verlegenheit die Augen und Micah starrte auf seinen Teller. Tyler verbarg sein Gesicht hinter seinem Weinglas.

Martinius wirkte geschockt, erholte sich jedoch schnell. „Mit dem Hinscheiden meines einzigen Sohnes ...“ Er räusperte sich. „Nun, meine Anwälte und ich treffen uns regelmäßig, um dieses Problem zu besprechen, und bis jetzt ist es noch ungelöst. Ich habe mehrere Mitarbeiter, die als Führungskräfte einspringen können, sollte mir etwas zustoßen.“ Martinius trommelte mit den Fingern auf den Tisch und wirkte unzufrieden. Das war nachvollziehbar; zum ersten Mal überhaupt würde die Firma an Leute übergehen, die nicht zur Novak-Familie gehörten.

Meine liebe Mutter, die sozial komplett inkompetent war, nutzte die Gelegenheit, um die Situation noch unangenehmer zu machen: „Was ist Ihrem Sohn zugestoßen?“

„Eine degenerative Blutkrankheit, von der wir seit seiner Geburt wussten, hat sich zuletzt nicht mehr bekämpfen lassen“, sagte er ruhig, so als würde er die taktlose Frage jederzeit erwarten. „Wir taten alles, was wir konnten, um seine Chancen auf ein langes Leben zu erhöhen, aber Gott hatte andere Pläne mit ihm. Meine Frau ist auch nicht mehr unter uns. Der Verlust unseres Kindes erwies sich als unzumutbar für sie.“

Wieder senkte sich Stille über den Tisch, und abermals

bedurfte es der Dreistigkeit meiner Mutter, sie zu brechen: „Was ist mit Antoni?“

Ich warf meiner Mutter einen Blick des Entsetzens zu. Ich wollte mir die Handfläche an die Stirn schlagen, aber ich hielt mich zurück.

„Mira“, sagte Simon atemlos.

Doch Martinius lachte zum Glück. „Antoni ist ein vorzüglicher junger Mann. Ich werde ihn auf jeden Fall berücksichtigen.“

Damit war die Anspannung vorerst verflogen, und einige Männer nutzten die Gelegenheit, Martinius nach weiteren Einzelheiten über das Wrack zu fragen. Bald darauf schlug Martinius vor, in einen Nebenraum umzusiedeln, um sich bei Drinks und Zigarren zu unterhalten. Mom gab mir einen Kuss auf die Stirn und ging mit.

Ich selbst verabschiedete mich, lief durch den Fensterflur, der nun kaum noch vom Schein des Sonnenuntergangs erhellt war, und erreichte gerade die Eingangshalle, als ich Antoni die Treppe herunterkommen sah. Er hatte einen Stapel Aktenordner in seinen Armen.

„Wie war das Abendessen?“, fragte er.

„Es war großartig. Martinius scheint ... großartig“, sagte ich lahm.

„Das ist er auch. Hat er dir von der Sybella erzählt? Wie lange nach ihr gesucht wurde!“ Er hatte einen so offenen Ausdruck, dass es unmöglich war, ihn nicht zu mögen.

„Ja, die Geschichte ist ziemlich erstaunlich.“

„Es ist wirklich aufregend für uns, dass ihr hier seid. Also, Martinius hat mir gesagt, ich soll dich herumführen. Willst du, dass ich dich irgendwann mal nach Gdańsk bringe? Oder soll ich dir die besten Strände zeigen?"

„All das wäre schön. Vielen Dank, Antoni." Ich war mir nicht ganz sicher, was ich davon halten sollte, dass mir ein Anstandswauwau zugeteilt wurde, aber er schien angenehme Gesellschaft zu sein. Ich willigte ein, ihn am nächsten Tag nach dem Frühstück zu treffen.

Auf den Weg zurück zu unserer Suite grübelte ich vor mich hin. Ich würde einige Zeit mit einem sehr hübschen älteren Typen verbringen. Doch um ganz ehrlich zu sein, freute ich mich mehr auf die Reaktionen meiner Freundinnen auf ein Foto von ihm als auf die Ausflüge selbst.

Kapitel 11

Zu meiner Überraschung verbrachten Antoni und ich die kommenden Tage miteinander. Ich sah Mom kaum, da sie von früh bis spät mit dem Team in Meetings festsaß. Sie fiel ins Bett und beschwerte sich, dass Menschen zu viel redeten. Sie tat mir leid. Nicht nur, weil sie stundenlang Probleme analysieren musste, die sie gar nicht haben würde, sondern weil sie mit Typen in einem Raum festsaß, die sie sowohl begehrten als auch verabscheuten. Selbst meiner dickhäutigen Mutter musste das auf die Dauer zusetzen.

Obwohl die Temperaturen warm waren, hatten wir die ganze Woche einen bewölkten Himmel und Regenschauer, sodass wir viel Zeit in Gdańsk und nicht in der Natur verbrachten. Es war ein Wetter für Museen und Cafés. Antoni wusste eine Menge über die Stadt und an der Art, wie sein Gesicht aufleuchtete, wenn er über die Architektur sprach, wurde offensichtlich, dass er Geschichte liebte. Am Montag und Dienstag besuchten wir drei verschiedene Museen, am Mittwoch zeigte er mir das Einkaufsviertel und wir liefen in einem regenfreien Moment an den Kanälen entlang. Am Donnerstag besuchten wir die Malborker Burg, ein UNESCO Weltkulturerbe und ein wunderschönes gotisches Bauwerk. Es war die größte mittelalterliche Burg Europas, erbaut von Deutschordensrittern und voller Kunst, Rüstungen und verwinkelter Höfe.

Nach unserer Tour schlenderten wir noch über das Gelände und wollten nicht mehr weg. Antoni blieb stehen, um die Skulptur eines Ritters zu bewundern, und trat in den Kreis der Beleuchtung. Ich tat so, als würde ich etwas hinter ihm fotografieren, zoomte heran und schoss ein Bild. Ich schickte es mit Bildunterschrift an die Mädchen: *Spaziergang durch die Malborker Burg mit meinem persönlichen Reiseführer.*

Gleich nachdem ich auf Senden drückte, schaute Antoni nachdenklich zu mir herüber. Es kam mir vor, als würden wir uns länger in die Augen schauen, als höflich war. Verdammt viel länger. Aber dann löste er die Spannung, indem er grinste, und ein Grübchen erschien in seiner Wange. Ich konnte nicht anders, als zurückzulächeln.

Er brachte mich zum Abendessen in ein Lokal namens *Kubicki* und übersetzte alles auf der Speisekarte. Ich war nicht wählerisch, also bat ich ihn, ein einheimisches Gericht für mich auszusuchen. Mir wurde ein kunstvoll arrangierter Teller Piroggen mit Entenfüllung vorgesetzt. Antoni bekam Wildschwein in Lebkuchensauce und bestand darauf, dass ich es probierte. Die Geschmackskombination war etwas völlig Neues für mich, ebenso wie das Gefühl, mit jemandem ein Date zu haben, der kein Schuljunge war. *Es ist kein Date*, erinnerte ich mich, aber es war schwer, einen Unterschied festzustellen.

Ich begann Antoni ein wenig auszufragen, und er erzählte geduldig von sich.

„Ich bin das älteste von drei Kinder. Ich habe einen Bruder, Otto, und eine Halbschwester, Lydia. Ich liebe beide, aber meinem Bruder stehe ich näher. Lydia ist das Kind meiner Mutter und ihres neuen Ehemannes. Sie ist ein Teenager, für sie bin ich ziemlich uncool." Er grinste. „Was ist mit dir? Hast du Geschwister?"

Ich schüttelte den Kopf. „Einzelkind. Obwohl ich drei Freundinnen habe, die sich so ziemlich wie Schwestern anfühlen.“

„Und dein Vater? Der Mann, der deine Mutter geangelt hat, muss was drauf haben. Ich würde ihn gern mal sehen.“

„Das ist leider nicht möglich. Mein Vater ist gestorben, als ich sieben war.“

Antonis Weinglas kam auf halbem Weg zu seinen Lippen zum Stillstand. „Das tut mir leid.“ Er stellte sein Glas ab. „Mein Vater ist auch gestorben. Ich war fünf Jahre alt. Lungenkrebs. Überzeugter Raucher.“

„Mist“, sagte ich und verzog das Gesicht. „Das tut mir leid.“

Er sah mich wieder auf diese nachdenkliche Weise an. „Scheint, als wären wir beide ohne Väter aufgewachsen.“

Ich nickte, und mein Herz durchzog ein altbekannter Schmerz. Ich wechselte das Thema: „Wie bist du bei Martinius gelandet?“

Gerade da kam der Kellner, um unsere Teller abzuräumen. Antoni sprach auf Polnisch mit ihm, bevor er mich fragte: „Magst du Erdbeeren? Die bieten sie heute Abend zum Dessert an.“

„Natürlich!“

Der Kellner nickte und ging.

„Zu deiner Frage: Ich habe Business studiert und hatte das Glück, ein viermonatiges Praktikum bei Novak als Teil meines Abschlussjahres zu absolvieren. Ich muss irgendetwas richtig gemacht haben, denn Lambert Pykelk, der *Director of Business Development*, bot mir am Ende eine feste Stelle als sein Assistent an. Schon bald begann er, mich zu strategischen Sitzungen mitzunehmen, wodurch ich enger mit Martinius zusammenarbeiten durfte."

Der Kellner kehrte zurück, räumte Antonis leeren Teller ab und stellte eine Schüssel klumpige rosa Suppe mit einem cremigen Klecks oben drauf zwischen uns. Ich dankte ihm auf Polnisch und beide Männer wirkten amüsierter, als mir lieb war. Wahrscheinlich war meine Aussprache grauenhaft.

Antoni sah mir zu, wie ich das Dessert inspizierte. „Es ist Erdbeersuppe mit weißem Schokoladenmousse."

Ich nahm einen Löffel und schloss meine Augen, als die herbe Süße meinen Mund füllte. Automatisch hielt ich mir die Hand vor. „Wow, kann ich einen Bottich davon haben?"

Antoni lachte, was auch mich zum Lachen brachte.

Er kostete nun auch, runzelte anerkennend die Stirn und fuhr dann fort: „Martinius fragte mich, ob ich sein persönlicher Assistent werden möchte. Seitdem kümmere ich mich um alles Organisatorische in seinem Leben, geschäftlich wie privat, und bin so etwas wie sein ständiger Begleiter. Ich will so viel von ihm lernen, wie ich kann. Er ist ein brillanter Geschäftsmann."

„Was ist dein langfristiges Ziel?", fragte ich. In Windeseile hatten wir die süße Suppe aufgegessen.

„Nun, ich würde lügen, wenn ich behaupten würde, nicht ein Anwärter auf die Position des *Director of Business Development* sein zu wollen. Aber ich bin jung und es gibt eine Menge kluger Leute, die schon lange in der Firma arbeiten. Ich muss Zeit investieren und mich wirklich beweisen, wenn ich ernst genommen werden will."

„Mann, du klingst so ehrgeizig“, sagte ich, lutschte meinen Löffel ab und schaute traurig in die leere Schüssel. „Ich habe immer noch keine Ahnung, was ich mit meinem Leben anfangen will.“

„Du wirst es schon herausfinden“, gab er ruhig zurück. „Jeden Tag ein bisschen mehr.“

„Und du musst in der Zwischenzeit einen Teenager herum eskortieren, anstatt die Karriereleiter zu erklimmen. Ein bisschen wirst du mich dafür hassen müssen.“ Obwohl es ein Scherz gewesen war, steckte darin ein Körnchen Wahrheit. Das sah ich an seinem verdutzten Gesichtsausdruck.

„Du wirkst nicht wie ein Teenager“, sagte er schließlich.

Meine Wangen begannen zu glühen. „Ehrlich gesagt ist es mir unangenehm, mit jemandem Zeit zu verbringen, der das eigentlich gar nicht will. Ich kann mich wunderbar selbst beschäftigen. Wirklich.“

„Wenn Martinius mich um etwas bittet, fällt es mir in der Regel leicht, meine persönlichen Gefühle außer Acht zu lassen. Das ist immerhin mein Job“, sagte er bedacht. „Aber in diesem Fall fühlt es sich nicht wie Arbeit an. Ich bin da, wo ich sein möchte.“

Ich überhörte die süße Bemerkung, weil ich nicht wusste, wie ich auf das Kompliment reagieren sollte. „Warum ist Martinius so zuvorkommend zu uns? Behandelt er alle so überaus freundlich, dass er ihnen tagelang seinen persönlichen Assistenten zur Verfügung stellt?“

Er schüttelte den Kopf. „Ich vermute, er wollte, dass sich deine Mutter auf die Rettung konzentriert. Und das tut sie am besten, wenn sie weiß, dass du gut versorgt bist. Martinius denkt an solche Details."

Der Kellner kam und stellte uns mit einer Ankündigung auf Polnisch zwei dampfende Becher vor die Nase.

„Wie nett", sagte Antoni. „Der Tee geht aufs Haus. Soll gut sein nach einem schweren Essen."

Ich schnupperte an dem Tee. Er roch nach Erde. Ich blies darauf und nahm einen kleinen Schluck. Er schmeckte besser als er roch, so ähnlich wie Lakritze. Antonis Blick verweilte auf meinem Gesicht. Für einen Moment vergaß ich, was ich sagen wollte.

Ich räusperte mich.

„Erzähl mehr von deinem Vater", bat er ein wenig zusammenhangslos.

„Ähm. Er war ein fleißiger Kerl, mein Vater. Ein Bauunternehmer. Er musste nie einen Tag in seinem Leben Werbung machen, weil jeder wusste, dass er seine Arbeit richtig machen würde. Er war auch ein Hockeyspieler und spielte über den Winter in einer Bierliga."

„Ah ja", lachte Antoni. „Das berühmte kanadische Eishockeyspiel. Weißt du, wir Polen sind selbst auch nicht so übel im Hockey."

„Das habe ich gehört. Tatsächlich bin ich mir ziemlich sicher, dass mein Vater mit ein paar polnischen Typen gespielt hat."

„Ist das so, ja?"

„Nun, nein", lachte ich. „Ich war erst acht, als er starb, also kann ich es nicht mit Sicherheit sagen."

„Was ist passiert?" Seine Brauen senkten sich, er studierte mein Gesicht. Ich konnte mich nicht entscheiden, ob seine Aufmerksamkeit bedeutete, dass er sich zu mir hingezogen fühlte, oder nur, dass er ein aktiver Zuhörer war. Es war unmöglich zu erraten, was er dachte.

„Er starb auf dem Eis. An Herzversagen. Es war ein echter Schock, weil er noch so jung war. Wir wussten nicht einmal, dass er Herzprobleme gehabt hatte."

Er schüttelte den Kopf und machte einen *Tsk*-Laut mit der Zunge. „Und deine Mutter hat nie wieder geheiratet?"

Ich versuchte nicht zu lachen. „Mom ist mehr darauf konzentriert, Männern auszuweichen als sich mit ihnen zu verabreden. Ihre Leidenschaft ist das Tauchen. Wer weiß, vielleicht verliebt sie sich eines Tages wieder. Aber seit mein Vater gestorben ist, habe ich nicht mehr erlebt, dass sie sich für jemanden interessiert."

„Ich bin mir sicher, dass sie alle Hände voll zu tun hat, Single zu bleiben. Man sieht nicht jeden Tag eine Frau wie deine Mutter."

„Bist du auch in sie verknallt?" Ich nahm einen Schluck von meinem Tee und hielt meine Augen auf ihn gerichtet.

Er lachte. „Sie ist ziemlich erstaunlich, aber nein. Deine Mutter ..." Er hielt inne und beugte sich vor, um zu flüstern: „… macht mir Angst."

Ich lachte. „Du hast ja keine Ahnung."

Als wir auf das Anwesen zurückkehrten, war ich überrascht, wie sehr ich die Nacht genossen hatte. Ich ertappte mich dabei, wie ich heimliche Blicke auf ihn warf, während er den Jeep fuhr, und ich versuchte, mir darüber klar zu werden, was ich fühlte.

Bevor wir ins Haus gingen, blieben wir auf dem Vorplatz stehen, um die Sterne zu bewundern. Die

Wolken hatten sich endlich geöffnet und der schwarze Himmel schien wie mit Lichterketten behängt. Ohne ein Wort zu sagen, begannen wir in die Dunkelheit des Gartens zu wandern. Das weiche Gras dämpfte unsere Schritte. Er berührte leicht meinen Rücken, eine fürsorgliche Geste, da wir nicht sehen konnten, wo wir hintraten. Sobald wir wieder stehen blieben, um nach oben zu schauen, nahm er seine Hand weg.

„Es ist so schön“, sagte ich. Dieser Himmel sah ganz anders aus als der, den ich vor weniger als zwei Wochen von Georjies Garten aus gesehen hatte.

„Ja, vielleicht haben wir morgen tatsächlich schönes Wetter. Wenn es warm genug ist, würdest du gerne an den Strand gehen?“ Er wandte sich in der Dunkelheit zu mir um.

„Ja, gern. Ich liebe das Meer.“

Er schwieg einen Moment. Und als er endlich etwas sagen zu wollen schien, unterbrachen ihn ausgelassene Männerstimmen. Zwei Gestalten traten durch das Tor am Ende der Auffahrt. Ich hörte, dass es Eric und Jeff waren – und dass sie ein paar Drinks gehabt hatten. Sie schienen uns nicht zu bemerken.

„Idiotische Pollacks“, spuckte Eric. „Wenn sie den Auftrag wollten, dann sollten sie nicht solche Scheißtaucher sein. Der alte Novak ist nicht blöd. Er erkennt Profis, wenn er sie sieht. Das ist das letzte Mal, dass ich mein Geld in diesem dreckigen Pub lasse.“

„Ha!“ Jeff grunzte. „Dein Geld? Weiß dein Buchmacher, dass du seine Einnahmen in Polen versäufst?“

Ich hörte einen dumpfen Schlag und dann ein Japsen nach Luft. „Halt die Klappe, Trottel. Du wirst mir helfen, das durchzuziehen."

Sie verschwanden im Haus.

„Es tut mir leid", stammelte ich. Es war mir unendlich peinlich, wie Eric Antonis Landsleute bezeichnet hatte. Simon wäre entsetzt gewesen.

„Es ist nicht deine Schuld", antwortete Antoni. „Ich kenne Männer und weiß, was Alkohol aus ihnen macht. Ich erkenne auch Männer mit Spielproblemen, und ich glaube, dass dieser Kollege deiner Mutter, Eric, in Schwierigkeiten steckt."

„Woher weißt du das?", fragte ich, als wir die Stufen zum Haupteingang hinaufstiegen.

„Ich habe sie jetzt schon ein paar Mal abends belauscht. Sie spielen gern Poker und er mischt sich ein bisschen zu sehr ein, vorsichtig ausgedrückt. Sie haben mich ein paar Mal eingeladen, was ich zu schätzen weiß, aber ich habe nie wirklich Poker gespielt. Außerdem spielen sie um echtes Geld und ich bin nicht daran interessiert, meines auf diese Weise zu verlieren."

Überraschenderweise fand ich ihn durch diese vernünftige Äußerung attraktiver als all die Jungs mit dem Ruf, aufregend zu sein. Die Rebellen und Bad Boys waren eher Saxonys Geschmack, aber mich ließen sie kalt.

Wir schritten durch das Foyer, die Lichter waren für die Nacht herunter gedimmt worden und Schatten streckten sich lang über die Treppe. Im ersten Stock trennten sich die Wege für Antoni und mich. Die Trennung bereitete mir Unbehagen.

„Danke für einen weiteren tollen Tag, es hat wirklich Spaß gemacht", sagte ich, schloss meine Hände ineinander und fühlte mich wie ein Idiot.

„Ich danke dir auch. Es kommt nicht oft vor, dass ich so nette Gesellschaft habe und dafür bezahlt werde."

Da war es wieder. Er wurde dafür bezahlt, sich um mich zu kümmern. Das ständige Rätselraten, ob er mich mochte oder nicht, kippte wieder sehr deutlich ins *nicht*. Ich gab ihm mit der Faust einen kumpelhaften Stupser gegen die Schulter. „Nacht, Antoni."

„*Spij dobrze*", antwortete er sanft.

Mein Telefon vibrierte, als ich gerade vor meiner Suite ankam.

Georjayna: Wer ist der süße Matrose?

Sie bezog sich auf seine Kurzhaarfrisur und seine Firmenjacke, die wie eine Marineuniform aussah.

Ich: Das ist Antoni. Mir wurde ein Babysitter zugewiesen.

Saxony mischte sich auch ein: Er darf mich auch jederzeit babysitten. Ist er lustig?

Ich: Er ist Pole. Alles, was er sagt, ist lustig. Wir sind nur Freunde.

Saxony: WAS. Geht's dir nicht gut? Wach auf, T-Nation.

Georjayna: Er ist ziemlich hübsch, nicht wahr? Netter Kerl?

Ich: *Sehr.*

Georjayna: Du Glückspilz.

Georjayna schickte das Foto eines jungen Mannes vor einem mit Weinreben bewachsenen Gebäude, das aussah, als könnte es eine Garage sein. Er hatte mehrere zerbrochene alte Fenster im Arm. Ich klickte auf das Foto und zoomte heran. Der Typ war muskulös und braungebrannt. Dunkle Haare wuchsen unter einem Käppi hervor, und er hatte dichte, dunkle Augenbrauen und Wimpern.

Ich: Sieht aus, als hättest du auch Glück gehabt. Groß genug für dich?

Georjayna: Er ist eine Giraffe. Sogar neben mir.

Saxony: Was zum... Ist das dein COUSIN?!

Georjayna: Nicht blutsverwandt. Adoptiert, erinnerst du dich?

Saxony: Barmherziger Himmel.

Ich: Wie ist er denn so?

Georjayna: Freundlich wie ein Nest voller Vipern. Anders als du habe ich kein Glück gehabt.

Ich: :(

Saxony: Soll ich jemanden vorbeischicken, der sich um ihn kümmert? Ich bin erst seit zwei Wochen hier und habe schon Freunde bei der Mafia.

Arme Georjayna. Es hörte sich nicht so an, als ob ihr Sommer in Irland gut begonnen hätte.

Ich sperrte mein Telefon und trat in unsere Suite. Mir kamen die Jungs in den Sinn, mit denen ich bislang ausgegangen war. Sie schienen alle so jung, so unreif im Vergleich zu Antoni. Er war klug, aufrichtig, ehrgeizig, witzig und ein Gentleman. Sollte ich da nicht endlich Herzklopfen und Schmetterlinge spüren?

Kapitel 12

Am nächsten Tag standen Wolken am Himmel. Dennoch fühlte sich die Luft warm an meiner Haut an. Ich traf Antoni und schlug vor, zum Strand zu gehen. Ich wollte etwas anderes sehen als die Stadt.

„Bist du sicher?“, fragte Antoni und schaute zum Himmel.

„Ja“, sagte ich. „Ich will Sand unter meinen Füßen spüren!“

„Ich sehe schon. Ihr Kanadier spürt keine Kälte“, sagte er und lächelte.

Antoni ließ das Küchenpersonal ein Picknick vorbereiten. Ausgestattet mit dem Korb und einer Decke liefen wir vom Haus durch den Garten, dann durch sandige Steilküsten und Büsche, bis wir etwa eine halbe Stunde später den Strand erreichten. Der Wind brauste uns um die Ohren, und obwohl es nicht hell genug für eine Sonnenbrille war, setzte ich sie auf, damit mir kein Sand in die Augen wehte.

Der Strand hatte eine goldgelbe Farbe und das Wasser ein dunkles, trübes Blau, dem nicht unähnlich, was ich zu Hause kannte. Hartnäckige Gräser ragten aus dem Sand und am Rand des Steilhangs lag eine Anhäufung großer Steine. Wir durchquerten den buschigen Abschnitt und zogen unsere Schuhe aus, um im Sand zu laufen. Die Körner waren groß und grob und quetschten sich zwischen meine Zehen. Ich wünschte, es wäre etwas wärmer gewesen. Dasselbe mussten sich heute viele Leute gedacht haben, denn der Strand war leer.

„Wusstest du, dass die Ostsee viel weniger Salz hat als

andere Meere?“, fragte mich Antoni, während wir nach einem guten Platz suchten, um unsere Decke auszubreiten.

„Das wusste ich tatsächlich. Das heißt, erst seit dem Flug hierher. Micah erzählte es mir. Er sagte, das ist einer der Gründe, warum die Sybella noch so unbeschadet auf dem Meeresgrund liegt.“

Antoni nickte. „Wir erleben auch große Schwankungen, wie viele Meereslebewesen von Jahr zu Jahr hier sind. Die Strömungen, die das Salz von der Nordsee herunterbringen, sind immer unterschiedlich. Manchmal gibt es große Gebiete in der Ostsee, in denen außer Bakterien praktisch nichts lebt. Außerdem haben wir im Sommer manchmal Algenprobleme wegen des Düngerabflusses.“

„Einen Doktor in Meeresbiologie hast du also auch“, sagte ich und rollte unsere Stranddecke auf einem klaren Sandfleck aus.

Er sah mich unsicher an, ob ich genervt von seinen Erläuterungen war. „Genug mit dem Biologieunterricht? Zeit für ein Sonnenbad?“

„Nein“, sagte ich und zog mich bis auf meinen Bikini aus. „Zeit zum Schwimmen!“ Ich warf meinen Sonnenhut und meine Sonnenbrille auf die Decke, die schon zu wehen begann.

„Du sagtest *Strand*. Ich habe dich an den Strand gebracht. Du sagtest nichts von *schwimmen*“, wich er aus und stellte die Sonnenstühle auf die Ecken der Decke, um sie unten zu halten. Er setzte sich in einen und machte es sich demonstrativ bequem.

„Du musst mit mir schwimmen! Das ist dein Job“, neckte ich.

Er ballte sein Handtuch zusammen und warf es nach mir, aber dann stand er auf und zog sein Hemd aus. Er trug marineblaue Badeshorts, auf denen ein Meerjungfrauensymbol eingestickt war.

„Schöne Shorts, Prinzessin."

Er schaute nach unten und rieb mit dem Daumen über die Meerjungfrau. „Die Stickerei ist eine Auszeichnung, das sollst du wissen. Sehr männlich. Wegen ihr legt sich niemand mit mir an."

„Glaube ich sofort. Du siehst geradezu einschüchternd aus damit."

Mir fiel auf, dass er nicht viel Zeit am Strand verbringen konnte. Er war fast so blass wie ich, nur auf den Schultern hatte er Sommersprossen. Ansonsten war sein Körper eine makellose, weiße Landschaft – der Traum eines Tätowierers. Ich entdeckte jedoch keine Tätowierungen an ihm, und ich fragte mich, ob er jemals in Versuchung gekommen war. Wahrscheinlich nicht. Er war nicht der Typ dafür.

Ich lachte über seine Grimasse, als wir in das kühle Meer wateten. Kaltes Wasser hatte mir nie etwas ausgemacht und ich tauchte hinein und schwamm weit genug hinaus, dass ich nicht mehr stehen konnte. Ich streckte meine Zunge raus, um die Ostsee zu schmecken. Nichts – kein Salz.

Antoni überwand sich und tauchte unter, und als er wieder hochkam, brüllte er etwas auf Polnisch. Ich lachte, bat ihn aber nicht, zu übersetzen.

Als er sich ein wenig an die Temperatur gewöhnt zu haben schien, unterhielten wir uns und schwammen aufs Meer hinaus, machten dann eine Wende und hielten uns parallel zum Strand. Obwohl wir in Bewegung blieben, machte Antoni einen zunehmend bibbernden Eindruck. Schließlich sagte er: „Ok, ich verwandle mich langsam, aber sicher in ein Eis am Stiel und muss hier raus. Du bist ein verdammter Eisbär.“

Wir kehrten um und er richtete sich auf, sobald wir stehen konnten, um das letzte Stück durchs Wasser zu waten. Eine Gänsehaut bedeckte seinen schlanken Körper.

„Dann geh schon.“ Ich bespritzte seinen Rücken, als er an Land eilte.

Er stellte übertrieben dar, wie sehr er fror, umschlang sich mit den Armen und klapperte mit den Zähnen, und ich lachte. Als ich ihm aus der Ferne beim Abtrocknen zusah, ergriff mich Wehmut. Er war bei weitem der interessanteste, attraktivste Typ, mit dem ich je Zeit verbracht hatte. Doch irgendwie passierte trotzdem nichts mit mir. Warum konnte ich mich nicht verlieben?

Es dauerte nicht lange und er war wieder in seinen Klamotten. Er setzte sich in den Sonnenstuhl und zog ein Buch aus der Strandtasche. Ich schwamm noch eine Weile, dann kehrte auch ich zurück an Land. Es machte weniger Spaß, allein im Wasser zu sein. Der Wind nahm zu und bereitete mir eine Gänsehaut, als ich zu unserer Decke zurücklief. Zum Glück war das Handtuch, das für mich bereitlag, riesengroß, und ich wickelte es um mich. Die Wellen brachen sich nun lauter am Ufer. Mein nasses Haar peitschte mir ums Gesicht. Ich setzte mich auf die Decke und rubbelte es trocken.

Antoni sagte: „Ich weiß, es ist früh, aber Schwimmen macht mich immer hungrig. Möchtest du etwas essen?“ Er steckte seine Nase bereits in den Korb. „Wir haben Fischbrötchen, Äpfel und Käse. Oh, und ...“ zog er eine

Flasche mit brauner Flüssigkeit heraus und beäugte skeptisch das Etikett. „Eistee?“

Mein Magen knurrte. „Auf jeden Fall, ich bin am Verhungern.“

Antoni zog eines der Sandwiches heraus und reichte es mir. Ich wickelte das Butterpapier auf und nahm einen großen Bissen. Der Hering war salziger, als ich erwartet hatte, aber köstlich, und das Brot noch warm.

Meine Haare flogen immer wilder um meinen Kopf. „Ich bin mir nicht mehr so sicher, ob heute der ideale Tag für den Strand war“, sagte ich, während ich versuchte, mein Haar zu bändigen.

„Du hast recht“, sagte er nachdenklich. „Weißt du, was wir stattdessen tun sollten? Ich kann nicht glauben, dass ich erst jetzt darauf komme. Der Wind ist perfekt dafür.“

„Wofür?“

„Für den Laser.“ Er packte sein eigenes Sandwich aus.

Ich schluckte meinen Bissen hinunter. „Was meinst du mit Laser?“

„Der Laser ist ein Zwei-Personen-Boot. Ein superschnelles Segelboot. Es macht Spaß und ist schnell. Willst du damit fahren?“ Er schenkte mir diesen enthusiastischen Blick, den ich schon öfter an ihm bemerkt hatte und sehr mochte.

„Ich bin dabei.“

„Wirst du seekrank?“, fragte er.

Ich schüttelte den Kopf. „Bisher ist mir das nie passiert, aber ich verbringe auch nicht viel Zeit auf Booten. Ist es sehr …?“ Ich ahmte die Bewegungen eines instabilen Schiffes mit meiner Hand nach.

Er lachte. „Ja, es schwankt wie ein Surfbrett. Das ist aber Teil des Vergnügens.“

„Gut, dass wir gerade gegessen haben."

Er sah besorgt aus. „Willst du ein bisschen warten?"

„Nein, das war nur ein Scherz. Ich denke, es ist sowieso ein Ammenmärchen, dass man mit vollem Magen nicht ins Wasser soll."

Fünfzehn Minuten später machten wir uns auf den Rückweg zum Anwesen. Ich zog mir eine Hose und ein Strandhemd an, und Antoni sagte, er würde mir ein Paar Wasserschuhe besorgen.

Wir überrumpelten die beiden Angestellten im Bootshaus, und sie machten sich daran, den Laser herunterzuholen und abfahrtfertig zu machen. Obwohl sie auf Polnisch sprachen, konnte ich ungefähr verstehen, was gesagt wurde. Antoni entschuldigte sich immer wieder und drückte Dank aus, nichtsdestotrotz schienen die beiden Männer verlegen, dass der Laser nicht längst vorbereitet war.

Das Boot stellte sich als noch kleiner heraus, als ich mir vorgestellt hatte. Es gab zwei winzige Segel und der Mast war so niedrig, dass man fast flach im Boot liegen musste, um sich darunter zu ducken, während es hin- und herschwang.

Antoni hielt den Laser im flachen Wasser, während ich einstieg. Gerade als wir ihn in tieferes Wasser hinausschoben, rief einer der Angestellten des Bootshauses Antoni vom Dock aus etwas zu. Antoni übersetzte für mich, dass wir einen Moment warten sollten.

Der Mann rannte zurück ins Bootshaus und tauchte mit einem Funkgerät auf, das er Antoni zuwarf. Er fing es auf und klemmte es an seinem Gürtel fest. Dann nahm er das Ruder und drehte das Floß, sodass das Segel den

Wind fing. Der Laser schaukelte sofort vorwärts. Das Ufer blieb hinter uns zurück.

Antoni brachte mir bei, wie man mit dem Ruder steuerte und sich über das Wasser hinauslehnte, wenn das Boot zu kippen drohte. Je schneller wir fuhren, desto steiler legte sich das Boot in die Schräge.

„Willst du nochmal schwimmen gehen?“, fragte er. Bevor ich antworten konnte, kippten wir so scharf und fuhren so schnell, dass es mir den Atem raubte. Ich lachte, halb aus Begeisterung und halb aus Panik. Wir lehnten uns beide zusammen über das Wasser, um das Gleichgewicht zu halten. Die Wellen schossen unter uns vorbei.

Der Wind trieb uns mit zunehmender Geschwindigkeit voran, mal näher an den Strand, mal weiter hinaus aufs Meer. Wir segelten fast eine Stunde lang, und ich staunte, welche Strecke wir in dieser Zeit zurückgelegt hatten. In der Ferne konnte ich den Hafen von Gdańsk sehen.

Plötzlich sprang ein kleines Etwas weniger als fünf Fuß von uns entfernt aus dem Wasser. Es streckte uns seinen Bauch entgegen und ich erhaschte einen Blick auf seinen geraden Mund und seine winzigen Augen, ehe es wieder in die Wogen hinabschoss.

„Er wollte sich uns mal ansehen. Diese Teufelsrochen sind super neugierig“, rief Antoni über den Wind und die Wellen.

Entzückt hielt ich Ausschau, ob unser kleiner Freund wiederkehrte, aber offenbar hatte ihm die kurze Begrüßung gereicht.

Ein paar Minuten später rief Antoni: „Wir sollten umdrehen. Das Zurückfahren wird länger dauern, weil wir gegen den Wind wenden müssen.“

„Nur noch ein bisschen weiter. Bitte?“, bettelte ich. „Ich glaube, ich muss mir einen Laser zum Geburtstag wünschen.“

Er grinste. „Gefällt es dir?“

„Ich hatte nicht mehr so viel Spaß seit ... seit aller Ewigkeit.“

„Halt deine Sonnenbrille fest!“ Wir fingen eine weitere Böe ein, nahmen wieder Fahrt auf, lehnten uns gemeinsam über das Wasser und legten das Boot auf die Seite. Ich grinste so sehr, dass es fast wehtat.

Wir trafen auf störrische Wogen und hüpften wie ein Kieselstein. Das Land hatte sich inzwischen verändert, jetzt gab es mehr Felsen und künstliche Brecher als Strand. Ein paar Leute waren zu erkennen, die sich ihren Weg entlang der Felsen bahnten – kleine Figuren in der Ferne. Manche von ihnen winkten uns zu.

Nach weiteren fünfzehn Minuten verlangsamte Antoni das Boot. „Lass uns umdrehen. Der Wind frischt auf und die da sehen leicht unfreundlich aus.“

Er zeigte auf etwas hinter mir und ich drehte mich um. ‚leicht unfreundlich‘ war eine Untertreibung für die Gewitterwolken, die sich über dem Wasser zusammenbrauten. Doch ich schluckte meine Angst hinunter. Wenn Antoni Ruhe bewahrte, würde ich auch ruhig bleiben.

Gewissenhaft steuerte Antoni das Boot zurück und gab mir Anweisungen: „Zieh die Pinne zu dir und lehne dich zurück, um den Bug aus dem Wasser zu schieben. Ja, genau. Einfach so.“

Wir mussten im Zickzack segeln, da wir gegen den Wind segelten. Die Wolken sahen schwer und voller

Regen aus, aber ich räumte uns gute Chancen ein, es zurück zum Bootshaus zu schaffen. Die Fahrt wurde holprig, und mir sank ein paar Mal das Herz, als das Boot zwischen den Wellen in die Tiefe fiel. Ich biss die Zähne zusammen, damit ich mir nicht aus Versehen auf die Zunge biss.

Antoni wurde schweigsam. Er stand vorne am Ruder. Als er einmal zurückblickte, sah ich, dass eine tiefe Falte zwischen seinen Augen lag, die vorher noch nicht da gewesen war.

„Stimmt etwas nicht?“, fragte ich nervös.

„Es ist alles in Ordnung. Ich wünschte nur, wir wären früher zurückgekehrt. Diese Wellen sind ein bisschen zu kabbelig für meinen Geschmack.“

Wir segelten schweigend weiter, aber bald hatte ich das Gefühl, dass Antoni Schwierigkeiten hatte, uns auf Kurs zu halten. Der Wind war jetzt viel stärker und riss an den Segeln und Tauen. Die Angst begann in meinem Bauch zu flimmern. Und ich merkte, dass das Bootshaus nicht näher gekommen war.

Während ich noch überlegte, wie ich helfen konnte, wurde der Wind plötzlich noch stärker. Aus dem nichts kam eine riesige Welle auf uns zu. „Antoni!“, schrie ich und deutete auf das Wasser. Er drehte sich um, riss den Mund auf, doch ansonsten bewegte er sich nicht.

„Antoni, tu etwas!“, rief ich.

Doch er konnte nichts tun. Die Welle erreichte unser Boot und schleuderte uns quer durch die Luft. Ich griff mit meinen Fingern nach der Rehling, aber verfehlte sie knapp.

Wenige Augenblicke später stürzte ich ins Wasser.

Kapitel 13

Ich schlug unter Wasser um mich und versuchte an die Oberfläche zu strampeln. Endlich kam ich an die Luft. Ich prustete. Das Boot lag auf der Seite. Antoni war darauf gekrochen und klammerte sich daran fest.

Er war nur wenige Meter von mir entfernt. Ich sammelte meine Kräfte und schwamm, so schnell ich konnte, auf das Boot zu.

Doch es kam nicht näher. Die Wellen und der Wind trieben es immer weiter weg.

Antoni entdeckte mich. „Targa, bist du verletzt?“

„Nein!“, rief ich und bereute es gleich. Denn ich bekam Wasser in den Mund, hustete und spuckte aus und rief dann: „Ich kann dich nicht einholen!“

Ich schwamm weiter, aber die Wellen schoben mich hin und her und meine Schwimmweste behinderte mich zusätzlich.

Antoni versuchte, den Laser wieder aufzurichten. Erschreckend schnell entfernte er sich von mir. Sein Gesicht wurde kleiner, schwerer zu lesen. Ich hätte nie für möglich gehalten, wie schnell der Wind ein gekipptes Boot durch die Wellen schieben konnte. Es würde nicht sinken, weil es aus Fiberglas war, aber umgekippt brachte es uns auch nicht an Land. Antoni riss und zog mit aller Kraft am Mast. Die Segel hoben sich ein paar Zentimeter aus dem Wasser, wollten aber nicht weiter nach oben gehen. Laser waren eigentlich so gebaut, dass sie sich leicht aufrichten ließen, aber er schaffte es trotzdem nicht.

„Das Funkgerät“, rief ich und wurde von einer

weiteren Welle überspült. Ich würgte und hustete.

Er hatte das Gerät schon am Mund. Ich konnte ihn über den Wind hinweg nicht hören. Doch ich sah, wie er in einer wütenden Bewegung das Gerät davonschleuderte. Kalte Furcht breitete sich in meinem Magen aus.

Ich begriff, dass wir sterben könnten.

Er rief mir etwas zu, aber er war jetzt schon so weit weg, dass ich kein Wort verstand. Was sollte ich tun? Ich könnte die Schwimmweste ausziehen und sie wie ein Wasserbrett vor mir halten und mit den Beinen strampeln. Vielleicht schaffte ich es so bis zum Ufer. Wenn ich die Schwimmweste anbehielt, war das undenkbar. Mit jeder Bewegung fühlte ich, wie das Wasser zwischen meinem Rücken und der Schwimmweste aufwirbelte und Widerstand erzeugte.

Es war ein Risiko. Aber wenn ich nicht für alle Ewigkeit auf dem Meer treiben wollte, musste ich es eingehen.

Ich lehnte mich in meiner Rettungsweste zurück, schloss meine Augen und kämpfte die Panik nieder. Ich musste die Situation überdenken. Die Kälte sickerte in meine Knochen. Herumzutreiben und zähneklappernd auf Rettung zu warten, war eine unerträgliche Vorstellung. Vielleicht war das etwas, das ich von meiner Mutter geerbt hatte. Sie wartete nie darauf, dass andere tätig wurden, sie nahm die Dinge immer selbst in die Hand.

Ich öffnete meine Augen und erschrak. Der Himmel wurde von Sekunde zu Sekunde dunkler. Eine riesige Welle hob mich hoch und schleuderte mich unter Wasser. Aber sobald ich wieder an der Oberfläche war und halbwegs Luft bekam, öffnete ich meine

Schwimmweste, wickelte die losen Enden des Gürtels um meine Handgelenke und streckte sie vor mir aus. Ich strengte mich an, über die Wellen zu schauen, aber Antoni und der Laser waren nun nur noch Schemen im wirbelnden Grau des Meeres.

Ich wandte mich dem Ufer zu, das entsetzlich weit weg zu sein schien. Ich hatte mich noch nie so machtlos gefühlt. Mein Luftschnappen klang fast wie ein Schluchzen.

Eine riesige Welle verschlang mich und ich wurde abermals unter Wasser gerissen. Der Gurt der Schwimmweste löste sich von meiner rechten Hand. Ich hielt die Schwimmweste für eine Sekunde fest, dann rutschte sie davon. Mit einem Ruck grub sich der Gurt schmerzhaft in mein linkes Handgelenk, zerrte mich vorwärts – und riss ebenfalls ab.

Ich sah die gelbe Weste wie einen Feuerfunken zwischen den Wassermassen verlöschen.

Stumm starrte ich der Weste nach. Ich war so starr, dass ich vergaß zu schwimmen und langsam unterging. Erst das Wasser an meinen Lippen riss mich aus meiner Starre. Ich paddelte und trat, doch ohne Schwimmweste drohte jede Welle mich zu ertränken.

Ich hatte Angst. Fürchterliche Angst. „Mom!“, rief ich. „Mom hilf mir! Bitte!“

Aber da war niemand. Da war niemand außer dem Meer, das mich töten wollte.

Ein letztes Mal sammelte ich meine Kräfte. Ich zwang mich zur Ruhe. Zwang mich, meinen Körper rhythmisch und gleichmäßig zu bewegen. So schwamm ich auf den Strand zu. Er kam näher. Jedenfalls glaubte ich das. Doch gerade, als ich ein wenig Hoffnung schöpfte, kam die nächste Welle auf mich zu.

Sie war noch größer als die, die das Boot umgeschleudert hatte. Zu groß, um sie zu umschwimmen, zu breit, um sie zu durchtauchen. Ich starrte sie an wie ein Reh, das auf seinen Tod wartete.

Ich breitete meine Arme aus und wartete auf mein Ende. Die Welle fühlte sich an, als würde jemand mit einem Hammer auf meinen Kopf einschlagen. Ich schloss die Augen und hielt die Luft an.

Überlebe, schrie mein Verstand. *Sauerstoff*, schrien meine Lungen. *Oberfläche*. Wo war oben?

Da war eine hellere und eine dunklere Schattierung im tosenden Grau, aber die Strömung zerrte mich zu schnell herum, als dass ich mich hätte orientieren können.

Schwimm von der Dunkelheit weg, Targa! Zum Licht! Mit letzter Kraft machte ich einen Stoß in die Richtung, in der die Helligkeit der Oberfläche zu sein schien, aber genauso gut hätte ich in die Tiefe stoßen können.

Wo bist du, Mom?

Eine andere Stimme in mir, die unberührt von allem war, lachte darüber, dass ausgerechnet die Tochter einer Meerjungfrau ertrank.

Als ich einen weiteren verzweifelten Stoß Richtung Oberfläche unternahm, traf mich etwas Hartes brutal am Kopf. Unter Schock schnappte ich nach Luft, aber es gab keine. Wasser flutete meine Brust. Ich fühlte, wie meine Lungen sich mit Wasser füllten. Der Schmerz war unerträglich, aber schlimmer als das war der Verrat. Mein eigener Körper hatte mich im Stich gelassen. Ein Krampf schüttelte mich in dem verzweifelten Versuch, das Meerwasser auszustoßen. Ich versuchte die Oberfläche zu erreichen, aber es war zu spät.

Meinem Körper fehlten die Kraft, die Orientierung und auch der Wille.

Langsam sank ich in die Dunkelheit.

Kapitel 14

Der Schmerz sagte mir, dass ich am Leben war. Oder in der Hölle.

Ein dumpfes Pochen füllte meinen Kopf. Abgesehen davon fühlte ich mich schwerelos, temperaturlos. Ich drehte mich, wurde gewiegt. Ich musste mich in einer Flüssigkeit befinden, die zäher war als Wasser. Da war so viel mehr ... *Information* in dieser Flüssigkeit. War ich gestorben und drauf und dran, wiedergeboren zu werden? Trieb ich in Fruchtwasser?

Ein Lichtriss drang in meine Pupillen und das Pochen in meinem Kopf verwandelte sich in eine Klinge, die mich zerschnitt. Ich drückte meine Augen zu. Hände bedeckten mein Gesicht. Meine Hände. Ich drückte auf meine Augen. Warum taten sie so weh? Ich verstand nichts. Meine Erinnerung war so verschwommen, als ob ich zwischen Tiefschlaf und Bewusstsein gefangen wäre.

Fließend. Es war doch Wasser, aber mit Salz. Ich konnte das wenige Salz, das da war, *durch meine Haut schmecken.* Das Salz zog mich sanft ins Bewusstsein zurück. Warum war ich im Meer? Ich versuchte, tief einzuatmen, und heilsamer Sauerstoff durchflutete mein Blut, aber meine Lungen blieben leer. Mit dem Sauerstoff klärte sich meine Sicht … Klare Linien und Farbkontraste traten hervor.

Ich blickte zur blassen Lichtquelle über mir. Ostsee. Ich war etwa zwanzig Meter unter der Oberfläche. Das Wasser bewegte sich heftig über mir, doch hier unten war es friedlich. Ich schaute hinab. Weitere dreißig Meter erstreckten sich zwischen dem Meeresboden und mir. Ein kleiner blauer Gegenstand rollte über den Sand, aber ich erkannte ihn haargenau. Ein Wasserschuh. Meiner?

Ich konnte weit in jede Richtung sehen. Die Meereslandschaft erstreckte sich unter mir und um mich herum. Sand trieb über den Meeresboden hin und her. Algenwedel winkten mit grünen Ranken, als hießen sie mich in ihrem Reich willkommen. Rote Felsformationen erhoben sich aus dem Sandboden. Eine war so hoch, dass sie fast die Oberfläche erreichte. Eine verschwommene Erinnerung an einen plötzlichen Schmerz an meinem Kopf kam mir in den Sinn und ich fragte mich, ob ich gegen den Felsen geschleudert worden war. Ich berührte meinen Schädel und zuckte zusammen. Ich spürte eine Beule, dick und knubbelig, als würde mir ein Horn wachsen.

Etwas Kitzelndes schwebte an meinem Bauch vorbei und ich schaute nach unten. Meine Haut war weiß mit einem schwachen Grünstich. War das meine Farbe oder war es nur das Licht, das mich grün aussehen ließ? Meine Shorts waren zerfetzt und hingen um meine Taille. So sah ich nicht gleich, dass ich keine Beine mehr hatte … sondern einen silberweißen Schwanz.

Das Licht brach sich glitzernd auf den Schuppen. Sie wirkten bunt und zugleich farblos wie eine Sardine, die in der Sonne blitzte. Ich blinzelte. Meine Augen hatten eine neue Art des Sehens entwickelt, und was sie mir zeigten, war zu viel, um es zu begreifen. Zu viel Farbe, zu viel Textur, zu viel Tiefe, zu viele Dimensionen.

Mein Gehirn versuchte, die Beine zu bewegen, die ich nicht mehr hatte. Stattdessen bewegte sich der metallisch schillernde Schwanz und trieb mich abrupt und unbeholfen an die Oberfläche. Ich taumelte und versuchte anzuhalten; die Bewegung brachte alle meine Sinne in Aufruhr. Ungeschickt wirbelten meine Arme herum, aber nicht, weil ich den Wellen ausgeliefert war. Nein. Sondern weil ich über zu *viel* Kraft verfügte.

Ich hatte einen neuen Körper. Ich war ein anderes Geschöpf. Langsam, langsam begriff ich, was das bedeutete. Ich ließ mich treiben, zu überwältigt, um mich noch zu bewegen. Ruhig versuchte ich mich, auf meine übermenschlichen Augen einzulassen, lauschte nach den sensiblen Empfindungen meiner Haut und Schuppen.

Ich ließ meinen Schwanz auf und ab gleiten und benutzte meine Hände, um mich zu stabilisieren und zu lenken. Ich driftete wieder unter Wasser und lernte, mit meinen neuen Fähigkeiten umzugehen. Die aufgewühlte Oberfläche zog mich nicht mehr an. Instinktiv wusste ich, dass in der Tiefe mein Zuhause lag. Mit kräftigen Bewegungen tauchte ich hinab. Mein Herz schlug schwer in meiner Brust, aber zugleich langsamer, viel langsamer als je zuvor, nicht mehr als einmal alle zwei Sekunden. Obwohl ich unter Schock stand, geriet ich nicht in Panik. Ich fühlte eine Ruhe, die aus meinem Innersten kam.

Ich drehte mich um mich selbst und inspizierte meinen Unterleib noch einmal genauer. Mein Schwanz war sehr lang und mit geschichteten Schuppen bedeckt. Lange zarte und durchsichtige Flossen zogen vom Ende her nach, die ich ähnlich wie Finger spreizen oder schließen konnte. Ich strich mit den Fingern über meinen Schwanz und stellte mit Erstaunen fest, dass er viel empfindlicher auf die Berührung reagierte als meine Haut. Meine Schuppen spürten auch die feinsten Wasserströmungen.

Mir fiel auf, dass ich meine Bluse noch an hatte. Der Stoff schwang störend um mich herum, also zog ich sie aus und hielt sie für einen Moment in der Hand. Wegwerfen wollte ich sie auch nicht. Also knotete ich die Ärmel um meine Taille. Dabei bemerkte ich zum ersten Mal das durchsichtige Gewebe zwischen meinen Fingern - Schwimmhäute.

Diesmal begann ich zielstrebiger zu schwimmen, und als meine Geschwindigkeit rapide zunahm, konnte ich nicht anders, als zum ersten Mal seit meiner Wiedergeburt zu lächeln. Ich flog! Ich ließ alle Sorgen und Schmerzen hinter mir. Ich lachte auf und lachte dann wieder über den seltsamen Klang meiner Stimme, die viel lauter war als an der Luft. Ich begann auf die Geräusche um mich herum zu achten.

Da waren Fische, die durch das Wasser glitten, schnappende und knisternde Geräusche, sogar das Singen eines Wals viele Meilen entfernt. Vage erinnerte ich mich daran, dass mir jemand gesagt hatte, in der Ostsee gäbe es nicht viel Leben. Ich wusste es jetzt besser, denn um mich herum brausten die Geräusche von Tieren.

Als ich langsamer wurde, bemerkte ich, dass mein Hals steif und verrenkt war, als hätte jemand versucht, mich aufzuhängen. Ich bemerkte auch ein Brennen auf beiden Seiten meines Halses. Meine Fingerspitzen suchten nach der Quelle des unangenehmen Gefühls und fanden sie. Vier kleine Kiemen an meinem Hals, die sich öffneten und schlossen.

Ich rieb die Muskeln in meinem Nacken und der Schmerz ließ langsam nach. Ich staunte, wie das Wasser über meine Kiemen fegte. Sie funktionierten automatisch, aber ich konnte das Wasser auch nach Belieben einziehen und ausstoßen, so als würde ich hyperventilieren.

Sauerstoff und Salz, auch wenn es nur in Spuren vorhanden war, arbeiteten zusammen, um den Tod aus meinem Körper zu entfernen. Sie verdünnten ihn, löschten ihn aus. Denn dass ich gestorben war, das begriff ich nun. Ertrunken in der Ostsee. Ich erinnerte mich jetzt an das Feuer in meinen Lungen, als sie sich mit Wasser gefüllt hatten, die Panik des Erstickens, das Grauen darüber, im Stich gelassen zu werden. Ich war gestorben. Ich wusste es so sicher, wie ich wusste, dass da eine Meeresschildkröte war, die weit unten in der Dunkelheit über die Steine glitt.

Ich war gestorben und wiedergeboren worden.

Das Meer konnte mich nicht dauerhaft töten, denn ich war eine Meerjungfrau.

Ich war die Tochter meiner Mutter.

Kapitel 15

Aufgeregt schoss ich durch das Wasser. Ich schraubte mich spiralförmig durch das Meer, schoss an die Oberfläche und brach durch die Wellen. Meine menschlichen Lungen füllten sich überraschend mit kalter Luft, bevor ich wieder ins Wasser eintauchte und meine Kiemen wieder ihre Funktion aufnahmen.

Mit der Luft in meinen Lungen kehrte eine ferne Erinnerung zurück.

Antoni.

Ich verdrängte die Erinnerung. Ich hatte zu viel Spaß am Schwimmen und Herumwirbeln, beim Hochschießen und wieder Eintauchen, beim Erkunden dieser riesigen neuen Welt. Ich hatte Entdeckungen zu machen, die wichtiger waren als die leise Stimme der Vergangenheit.

Ich erspähte etwas auf dem Meeresgrund, das mir das Lächeln aus dem Gesicht wischte. Es war eine Krabbe, die über den Sand lief, aber sie bewegte sich langsam und unbeholfen. Die Krabbe hatte sich in einem Stück Angelschnur verheddert.

Es dauerte nur einen Atemzug, bis ich den Boden erreicht hatte. Die Krabbe stellte ihre kleinen Scheren in Verteidigungsposition auf. Ich schwebte vor ihr. Durch das Wasser nahm ich winzige Wellen der Angst auf. Die Krabbe war eine einfache Kreatur. Sie war verängstigt, hatte ihre neue Realität aber bereits akzeptiert, in der sie sich nicht mehr richtig bewegen konnte. Da war kein Selbstmitleid, nur Misstrauen und die Entschlossenheit zu leben.

Krabben waren mir bisher nie als besonders elegante

Geschöpfe aufgefallen; ich hatte sie immer eher als gruselig empfunden. Ihre Scheren waren wenig einladend, und die Art und Weise, wie sie auf so vielen Beinen umherkrabbelten, ähnelte für meinen Geschmack zu sehr den Bewegungen einer Spinne. Aber in meinen neuen Augen war die Krabbe so schön, wie eine Kreatur nur sein konnte. Sie schaute mich mit ihren winzigen schwarzen Augen an und ich sah Emotionen, die ich mit meinen menschlichen Augen nie hätte wahrnehmen können.

„Alles gut. Ich werde dir nicht wehtun", sagte ich.

Meine Stimme hatte einen vielschichtigen, musikalischen Tonfall, so wie drei Violinen, die miteinander harmonisierten. Die Krabbe senkte ihre Scheren. Ich streckte ihr meine Hand entgegen, und da sie immer noch still hielt, entwirrte ich behutsam den Faden von ihrem Körper und wickelte ihn um meine zerfetzten Shorts. Der Gedanke, den Müll im Wasser herumtreiben zu lassen, wo er womöglich einem anderen Meeresbewohner zum Verhängnis wurde, war mir zuwider.

Die Krabbe öffnete und schloss ihre Scheren und trippelte dann über den Sand weiter, viel schneller und natürlicher als zuvor.

Antoni, meldete sich die Stimme in mir erneut. *Hilf Antoni.*

Auch Antoni trieb irgendwo in diesem Meer. Er brauchte meine Hilfe. Genau wie die Krabbe. Aber wo war er? Ich riss mich vom Meeresboden los und schwamm blitzschnell nach oben, wo das Wasser vom Sturm aufgewühlt wurde. Ich steckte den Kopf durch die Oberfläche. Der Wind schlug mir ins Gesicht und ich atmete kräftig in meine Lungen ein. Die Luft fegte wie ein Staubwedel durch dicke Spinnweben, und meine Gedanken klärten sich.

Wo war Antoni?

Mein Blick irrte mit wachsender Angst über die Oberfläche des Meeres. Die Wellen waren höher und mächtiger als zuvor. Doch jetzt konnten sie mir nichts mehr anhaben. Im Gegenteil, ich genoss es, mit dem aufgewühlten Wasser auf und ab zu gleiten. Der Sturm machte das Meer lebendig, füllte es mit Sauerstoff und verteilte überall Mineralien und Nährstoffe.

Ein winziger, weißer Punkt weit draußen auf dem Meer fiel mir ins Auge. Es musste der Laser sein. Ich tauchte unter, ließ den Schwanz peitschen und flog dahin. Der Meeresboden raste unter mir vorbei, Steine und Felsformationen und sogar ein Stück eines zerbrochenen Schiffes. Ich hatte den starken Drang, anzuhalten und es mir genauer anzusehen. Denn sobald ich mich wieder unter Wasser befand, konnte ich mich kaum noch an Antoni erinnern. Etwas in mir registrierte, dass es wichtig war, nahe an der Oberfläche zu bleiben. Also erhob ich mich wieder und begann wie ein Delfin zu schwimmen, sprang aus dem Wasser, atmete Luftschlucke ein und tauchte dann wieder unter die Oberfläche. Mein Gedächtnis klärte sich und ich konzentrierte mich darauf, Antoni zu finden.

Ich näherte mich dem Laser. Antoni war nirgendwo zu sehen. *Nein!* Wo war er?

Die Wellen und der Regen behinderten meine Sicht, also tauchte ich wieder unter und suchte nach einem Körper an der Oberfläche. Und tatsächlich – eine gelbe Rettungsweste blitzte in der Ferne auf. Antoni war weit vom Laser weggetrieben worden und an der Art, wie sein Körper in den Wellen hing, glaubte ich zu erkennen, dass er das Bewusstsein verloren hatte.

„Nein, nein, nein, nein“, stammelte ich, als ich ihn erreichte. Jetzt erfüllte mich pure Angst um meinen Freund. Vergessen war das Meer und die Schönheit der Tiefe.

Antoni lag mit dem Gesicht nach unten im Wasser. Ich drehte ihn um, rief seinen Namen und klopfte ihm auf die Wange. Seine haselnussbraunen Augen schimmerten leblos. Lebendige Augen sahen nicht so aus. Ich legte meine empfindlichen Finger an seine Kehle. Nichts.

Antoni war tot.

Kapitel 16

Ich legte einen Arm unter seinen Rücken, sodass er an der Oberfläche trieb, und hielt uns mit meinem kräftigen Schwanz oben. Dann presste ich sanft meinen Mund auf seinen und füllte seine Lungen mit Luft. Doch das brachte nichts. Alles, was ich damit erreichte, war, das Wasser in seinen Lungen zu bewegen. Ich änderte also meine Strategie, und anstatt in seine Lungen zu blasen, saugte ich vorsichtig das Wasser aus ihm heraus. Es war ein seltsames Gefühl, eine Art umgekehrter Kuss. Das Meerwasser kam langsam hoch. Ich machte weiter, bis ich das Meerwasser in meinem eigenen Mund schmeckte und es durch meine Kiemen ausstieß. Es rann mir den Hals hinunter. Ich saugte sanft weiter, bis kein Wasser mehr herauskam. Es war nicht sehr viel gewesen. Wie wenig Wasser ausreichte, um einen Menschen ertrinken zu lassen!

Dann, ohne meinen Mund von seinem zu lösen, nahm ich Sauerstoff durch meine Nase auf und blies ihn in seine Lungen. Seine Brust blähte sich auf. Als seine Lungen voll waren, öffnete ich seinen Mund mit einer Hand und drückte auf seine Brust, um die Luft auszustoßen.

Ich drückte auch auf sein Brustbein, um sein Herz zum Schlagen zu bringen. Weil ich viel stärker war als früher, knackten seine Knochen. „Entschuldigung“, sagte ich reflexhaft. Irgendwann hatte ich einmal gehört, dass man nicht richtig reanimierte, wenn man nicht ein paar Rippen brach. Ich tröstete mich mit diesem Gedanken und machte weiter.

Ich wiederholte die Herz-Lungen-Wiederbelebung ohne Unterlass für eine gefühlte Ewigkeit, bis sein Herz sehr, sehr leise mit mir zu sprechen begann: ein beständiges, mattes *Wumm-wumm-wumm*. Es hatte funktioniert!

Ich hörte auf, auf seine Brust zu drücken, und lauschte. Sein Herz schlug jetzt von allein weiter. Erleichterung strömte durch mich hindurch. Ich atmete weiter für ihn, aber es dauerte nicht lange, bis er seinen eigenen Atem einsaugte. Er würde leben. Nun musste ich ihn wieder ans Ufer bringen und Hilfe holen.

Behutsam schob ich meine Unterarme unter seine Achselhöhlen und legte seinen Kopf an meine Schulter. Mit dem Rücken zum Ufer begann ich, meinen Schwanz zu bewegen. Rasch näherten wir uns dem Land. Antonis Beine und Arme schleiften durchs Wasser und erzeugten einen kleinen Sog, der mich ausbremste, aber nicht sehr stark. Die Wellen, die noch vor kurzer Zeit mein Tod gewesen waren, stellten jetzt kein Hindernis mehr für mich dar. Ich schwamm ohne Anstrengung durch sie hindurch.

Antoni hustete und keuchte, während der Regen immer stärker wurde. Die Tropfen schossen gerade und hart auf uns herunter. Das war also die Art von plötzlichem, heftigem Sturm, von dem Martinius beim Abendessen gesprochen hatte.

Fast hatten wir das Land erreicht. Ich steuerte auf das Bootshaus zu. Antoni versuchte seine Augen zu öffnen. Doch zum Glück zwang der Regen seine Augen wieder zusammen. Er durfte mich nicht sehen. Mom hatte mir gesagt, wie wichtig es war, dass eine Meerjungfrau unerkannt blieb.

Meine Mutter!

Alles in mir zog sich zusammen bei dem Gedanken an sie. Ich konnte es kaum erwarten, sie zu finden und ihr zu sagen, was geschehen war. Das, was wir uns so sehr gewünscht hatten, war endlich Wirklichkeit geworden. Ich hatte sterben müssen, um geboren zu werden. Ich fragte mich, ob ihr jemals in den Sinn gekommen war, mich zu ertränken … Vielleicht. Aber das Risiko wäre sie niemals eingegangen.

Die Tür des Bootshauses war geschlossen, aber ein Licht schien durch das Fenster. Die Angestellten mussten noch drinnen sein und darauf warten, dass der Sturm vorüberzog. Ich hob Antoni auf den Steg, als wäre er ein Säugling. Bevor ich ihn losließ, fühlte ich, wie sich seine Muskeln anspannten und er stöhnte. Er wandte den Kopf zu mir um und kämpfte im strömenden Regen darum, seine Augen zu öffnen.

„Targa?", krächzte er und begann erneut zu husten.

Ich tauchte sofort unter Wasser. Dort schnappte ich mir einen Stein vom Meeresboden und tauchte nur lange genug wieder auf, um ihn gegen das Bootshausfenster zu schleudern. Er brach durch das Glas und ich hörte jemanden schreien. Dann verschwand ich wieder unter der Oberfläche und schwamm so schnell ich konnte vom Steg weg. Antoni würde überleben; jetzt zählte nur noch, nicht entdeckt zu werden. Ich folgte der Küste, bis ich einen gut verborgenen Strand zwischen zwei Felsvorsprüngen fand.

Ein Gedanke reichte, um mich zu verwandeln. Meine Schuppen wurden wieder zu menschlicher Haut und meine Muskulatur verwandelte sich innerhalb eines Wimpernschlags in Beine. Im nächsten Augenblick watete ich schon durch das flache Wasser.

Meine Shorts waren zerfetzt, als hätten ein paar Rottweiler damit Tauziehen gespielt, aber es war noch genug Stoff übrig, um mich zu bedecken. Ich löste meine Bluse von meiner Taille und zog sie dankbar an.

Ich musste zurück, bevor Antoni einen Suchtrupp organisierte oder den Leuten irgendwas von einer Meerjungfrau erzählte. Bei Wind und Regen rannte ich durch die Dünen. Es fühlte sich so seltsam an, wieder auf zwei Beinen zu gehen. Langsam und unbeholfen. Als ich das Anwesen erreichte, humpelte ich von Schnitten an den Fußsohlen.

Die Tore waren versperrt. Ich rannte zur Gegensprechanlage und drückte den Klingelknopf.

„*Tak*?“, sagte eine Männerstimme.

„Ich bin’s, Targa“, sagte ich in die Sprechanlage, nicht sicher, ob er wissen würde, wer ich war. „Antoni und ich sind mit dem Laser gekentert und in einen Sturm geraten. Er ist unten im Bootshaus und braucht Hilfe.“

Das Tor öffnete sich und ein Sicherheitsangestellter, den ich schon öfter gesehen hatte, erschien. Ein Blick auf mich genügte, damit er kehrtmachte und mit einer Decke wiederkam.

„Antoni“, wiederholte ich und zeigte auf das Meer. „Er ist im Bootshaus.“

Er nickte, zog ein Funkgerät aus seinem Gürtel und redete hinein, dann legte er einen Arm um meine Schultern und führte mich zum Haus. Als er bemerkte, dass ich humpelte, schaute er auf meine Füße hinunter. Sie bluteten. Ich protestierte nicht, als er mich aufhob und den Rest des Weges trug. Der Regen peitschte auf uns ein, aber endlich erreichten wir das Haus. Wir waren gerade auf der Treppe zur Tür, als ein Jeep aus der Garage fuhr. Er raste die Einfahrt hinunter und durch das offene Tor nach draußen.

Im Foyer angekommen, setzte mich der Mann ab und sprach weiter in sein Funkgerät, bis Edith, die Haushälterin, und ein Dienstmädchen herbeigeeilt kamen. Er drehte sich zu mir um und fragte: „Du ok?"

Ich nickte und versuchte mich zu bedanken: „*Dziękuję Ci.*"

Er nickte, aber lächelte nicht. Die ältere Haushälterin musterte mich, dann sagte sie etwas zu dem Dienstmädchen und die Jüngere eilte davon. Edith führte mich die Treppe hinauf.

„Doktor", sagte sie.

Ich wich zurück. „Nein, bitte nicht. Das ist nicht nötig. Es geht mir gut. Mir ist nur kalt. Rufen Sie bitte keinen Arzt."

„Doktor!", sagte sie bestimmt.

Meine Mutter ging nie zum Arzt. Sie hatte mich noch nicht einmal im Krankenhaus entbunden, sondern eine Hebamme nach Hause gerufen. Ein Arzt könnte mitbekommen, dass etwas mit ihr nicht stimmte.

„Wissen Sie, wo meine Mutter ist?"

„Sie kommt", antwortete Edith.

Wir kamen in unserer Suite an. Meine Zähne hatten angefangen zu klappern. Die Haushälterin bugsierte mich in mein Badezimmer und ließ heißes Wasser in die Wanne einlaufen. Dann schälte sie mich aus meinen Kleidern. Sie schien nicht vorzuhaben, meine Privatsphäre zu achten, aber ich schämte mich nicht mehr für meine Nacktheit. Es war mir egal, was sie sah. Ich ließ sie mich ausziehen und stieg in die Wanne.

Das Wasser war so heiß, dass ich keuchte. Meine Füße stachen, mein Kopf pochte und ich fühlte das Brennen um mein linkes Handgelenk, wo der Gürtel der Schwimmweste es gequetscht hatte. Ich berührte meinen Kopf und fühlte nur noch eine leichte Beule. Mom hatte mir immer gesagt, dass das Meerjungfrauen-Gen auch bewirkte, dass Wunden schneller heilten. Sie jedenfalls hatte immer beispiellose Genesungszeiten. Vielleicht traf das jetzt auch auf mich zu.

Edith bemerkte, wie ich meinen Kopf berührte, und zog meine Hand weg, um nachzusehen. Sie schnalzte mit der Zunge, bückte sich und hob die Fetzen meiner nassen Kleidung auf. Die Angelschnur, die ich an meine zerrissenen Shorts gebunden hatte, quittierte sie mit einem verwirrten Blick, aber sie sagte nur: „Doktor kommen. Mutter kommen. Ich holen Eis."

„Vielen Dank."

Sie verschwand, ohne die Tür zu schließen. Ich versank im Wasser und betete, dass Mom vor dem Doktor auftauchen würde.

Kapitel 17

Ich hörte sie, bevor ich sie sah. Weniger als zehn Minuten, nachdem ich in der Wanne versunken war, wechselte sie mit Edith draußen ein paar Worte. Dann erschien sie in der Tür, das Gesicht voller Sorge.

„Mom!“, rief ich.

„Targa!“ Schon hatte sie ihre Arme um mich geschlungen und hielt mich fest, ohne sich darum zu scheren, dass mein nasser Körper ihr Businesshemd durchtränkte.

„Du hasst dieses Hemd“, schniefte ich. Nun, da ich eine Meerjungfrau war, verstand ich ihre Abscheu vor einengender Kleidung besser als je zuvor.

Sie lachte, nahm mein Gesicht in die Hände und sah mich an. „Was ist passiert?“

Alles, was ich an Emotionen zurückgehalten hatte, brach jetzt hervor. Tränen brannten in meinen Augen und drohten überzulaufen, mehr vor Schock und Glück als vor Entsetzen darüber, was passiert war. „Lass mich aufstehen und ich werde dir alles erzählen.“ Ich war warm und rosig im heißen Wasser und obwohl ich meiner Mutter alles erzählen wollte, fühlte ich auch die Erschöpfung tief in meinen Knochen. Mom hielt ein Handtuch hoch und ich stieg aus und wickelte es um mich.

„Sie haben einen Arzt gerufen“, flüsterte ich mit Dringlichkeit in der Stimme.

„Ja, natürlich haben sie das getan.“

„Ich glaube nicht, dass das eine gute Idee ist.“ Ich flüsterte immer noch.

„Was ist denn, Targa?“ Sie öffnete die Tür und ging in den Salon. Ich folgte ihr. Unsere Zimmer waren leer. Wir gingen in mein Schlafzimmer und sie schloss die Tür hinter uns.

„Ich bin ...“ Wo sollte ich bloß angefangen? Ich platzte einfach damit heraus: „Ich bin gestorben, Mom. Ich bin ertrunken.“

Sie sah mich entsetzt an. „Du bist ...?“

„Und dann habe ich mich verändert“, fuhr ich hastig fort. „Ich kam ins Leben zurück. Jetzt bin ich ...“ Ich konnte mich nicht dazu bringen, das Wort auszusprechen, so als könnte sich alles als ein Traum herausstellen, wenn ich es beim Namen nannte. „Ich bin … wie du.“

Verschiedene Gefühle spiegelten sich auf dem Gesicht meiner Mutter. Entsetzen, Angst, Schock, Unglauben und ... Stolz.

„Das ist unmöglich“, hauchte sie.

Sie legte eine Hand an ihr Herz, bestürzt, wie ich sie nie zuvor erlebt hatte. „Was meinst du damit, du bist gestorben?“

„Ich bin ertrunken! Ich schätze, ich ...“ Ich suchte nach Worten, aber sie fand sie zuerst: „Du musstest zuerst sterben, um neu geboren zu werden.“

Wir starrten uns an.

„Mein Körper wollte überleben, also hat er einen Weg gefunden.“

Sie legte eine Hand über ihren Mund und sah fast so aus, als würde sie ein Lachen oder einen Schrei oder beides unterdrücken.

Ich begann hysterisch zu lachen. Es war zu viel. Der Ausflug, der Sturm, mein Tod, die Erlebnisse im Meer,

Antonis Rettung und jetzt ... Ich weinte und lachte zugleich. Die Emotionen wurden stärker als ich.

Meine Mutter trat auf mich zu, legte ihre Arme um mich und zog mich näher:

„Schhhhh. O, Targa. Es tut mir so leid, dass ich nicht da war.“

„Es muss dir nicht leidtun, Mom“, presste ich hervor. „Wenn du da gewesen wärst, wäre es nicht passiert. Du hättest mich gerettet.“

„Kannst du mir erzählen, wie es passiert ist? Kannst du dich an alles erinnern?“

Ich fasste knapp zusammen, was ich noch wusste. Sie saß mit mir auf dem Bett und stellte Fragen darüber, wie ich mich fühlte, wie es mir damit ging und über Antoni. Ich ging nicht zu tief auf ihre Fragen ein, da ich wusste, dass der Arzt kommen würde. Wir hatten nicht endlos Zeit.

Mom schaute auf die Nachttischuhr. „Zieh deinen Pyjama an. Ich werde sehen, was ich wegen des Arztes tun kann. Wir reden später weiter.“ Sie ging zur Tür.

„Mom“, hielt ich sie zurück. „Antoni. Kannst du herausfinden, wo er ist? Ich musste ihn unten beim Bootshaus zurücklassen.“

„In Ordnung. Aber jetzt ab ins Bett mit dir.“ Sie sah mich noch einmal an, als könnte sie nicht glauben, was geschehen war. Dann verschwand sie.

Ich zog meinen Pyjama an und drückte das Wasser aus meinen Haaren. Fast musste ich laut lachen; Erleichterung, Freude und Fassungslosigkeit über das, was geschehen war, wirbelten in mir auf, nachdem ich so lange unter Schock gestanden hatte. Ich musste mich wirklich ausruhen. Aber ich wusste auch, dass ich meine

Nervosität nicht ganz würde ablegen können, solange ich nicht sicher war, dass es Antoni gut ging. An wie viel würde er sich erinnern? Und wenn er sich an mich als Meerjungfrau erinnerte, würde er es für sich behalten?

Ich hatte kaum die Decke über mich gezogen, als meine Mutter, Edith und der Arzt hereinkamen. Der Arzt sprach kein Englisch, deshalb übersetzte Edith, so gut sie konnte. Ich warf Mom während der Untersuchung ängstliche Blicke zu, bis sie schließlich in leisem Ton zu mir sagte: „Schon in Ordnung."

Ich versuchte mich zu entspannen. Der Arzt fühlte meinen Puls und hörte mein Herz ab, und seine weißen Augenbrauen gingen nach oben. Vermutlich weil mein Herzschlag so langsam war. Aber er musste es sich wohl damit erklären, dass ich Extremsportlerin war oder so ähnlich, denn er stellte keine Fragen. Dann untersuchte er meinen Kopf und hörte meine Lungen ab, nahm meine Füße in Augenschein und säuberte und verband die Schnittwunden. Während dieser ganzen Zeit sagte er ein paar Dinge zu Edith, aber alles, was sie mir übermittelte, war: „Alles gut."

So viel zur Übersetzung. Der Arzt verordnete mir einen Eisbeutel für die Beule auf meinem Kopf und sprach noch ein wenig mit Edith. Die beiden schossen mir abwechselnd Blicke zu, die ich nicht deuten konnte.

„Sie haben Hunger?", fragte Edith mich dann.

Ich verneinte. Vielleicht hätte ich hungrig sein sollen, aber Essen war das Letzte, woran ich im Augenblick dachte. Edith tätschelte meine Hand, dann gingen sie und der Arzt endlich davon. Kaum, dass sie verschwunden waren, wandte ich mich an meine Mutter: „Hast du herausgefunden, wie es Antoni geht?"

Mom nickte. „Ja, er ist hier. Der Arzt hat ihn schon untersucht. Er hat einen Riss in zwei Rippen und ist stark unterkühlt, aber er wird schon wieder gesund."

Ich stieß einen Seufzer der Erleichterung aus.

„Was allerdings alle beunruhigt", fuhr sie fort, „ist seine Verwirrung. Er weiß nicht mehr, was passiert ist. Er erinnert sich nur daran, dass der Laser umkippte und von dir wegtrieb. Er meint, er habe versucht, mit seinem Funkgerät Hilfe zu rufen, aber die Batterien seien leer gewesen. Die jungen Männer, die im Bootshaus arbeiten, sind außer sich. Sie sagten, dass sie keine Zeit hatten, euren Ausflug mit dem Laser richtig vorzubereiten. Sie haben euch angefunkt, als das Wetter umschlug, aber euch nicht erreicht."

Ich nickte. „Ja, es war eine spontane Aktion. Die armen Kerle, sie sollten sich keine Vorwürfe machen."

„Antoni weiß ansonsten nur noch, wie er im Bootshaus aufgewacht ist", fügte sie hinzu.

„Das liegt daran, dass er auch gestorben ist", sagte ich. „Wir sind heute beide gestorben. Was uns gerettet hat, war meine Verwandlung. Irgendwie wusste ich, was ich für ihn tun musste. Ich konnte das Wasser in seinen Lungen hören. Kannst du das glauben?"

„Ja", sagte sie schlicht und strich mir das feuchte Haar aus dem Gesicht. „Warum ruhst du dich nicht etwas aus und wir reden morgen weiter?"

„Aber es ist noch früh." Ich wollte nicht schlafen. Ich konnte nicht. Es war alles zu ... aufregend.

„Schlaf, Liebling. Du hast es nötig." Sie zog die Vorhänge zu, sodass ich den peitschenden Regen nur noch hörte, und küsste meine Stirn. „Morgen reden wir. Den ganzen Tag." Dann schloss sie die Tür hinter sich und ließ mich in der Dunkelheit zurück.

Ich hatte Angst davor, einzuschlafen. Was, wenn ich aufwachen würde und meine Verwandlung sich als reiner Traum herausstellte? Was, wenn ich immer noch tot war?

Ich schnappte mir ein Kissen und drückte es an meine Brust und wand meinen ganzen Körper darum herum. Mit tiefen Atemzügen versuchte ich mich daran zu erinnern, wie es war, im Meer zu sein, in den sanften Strömungen, die Schleifen um mich zogen. Ich spürte ein Gefühl, das ich bislang nur aus den Erzählungen meiner Mutter kannte.

Sehnsucht nach der Tiefe.

Kapitel 18

Beim Aufwachen krallte sich sofort die Angst in mein Herz. War es wirklich geschehen?

Ich versuchte meinen Schwanz zu bewegen. Doch da war keiner. Nur zwei menschliche Beine. Entsetzt legte ich eine Hand an meinen Mund, ehe mir einfiel, dass ich mich an Land befand und natürlich keinen Schwanz hatte. Ich atmete erleichtert aus und suchte nach anderen Anzeichen – nach Kiemen oder Schwimmhäuten, doch auch diese waren an Land natürlich nicht sichtbar. Wie konnte ich es überprüfen?

Während ich noch überlegte, spürte ich plötzlich einen heftigen Schmerz an meinem Kopf. Ich fuhr mit der Hand über meinen Scheitel und spürte die Beule von gestern.

Es war nicht nur ein Traum gewesen.

Ich schaute auf die Uhr. Kurz nach fünf Uhr morgens. Das ganze Haus schien in der Stille eines tiefen Schlafes versunken. Nur mein Magen knurrte. Ich war so hungrig, dass ich nicht liegen bleiben konnte, und zog eine Jeans und einen Baumwollpullover an. Ein Blick aus dem Fenster zeigte eine graue Welt, immer noch mehr dunkel als hell. Es regnete nicht mehr und der Wind hatte nachgelassen, aber alles sah sehr nass und zerzaust aus.

Ich ging in unseren Salon und öffnete den Mini-Kühlschrank. Er war mit Getränken, aber nicht mit Snacks gefüllt. Ich stöhnte innerlich auf. Kurzerhand wagte ich mich aus unserer Suite und ging nach unten, um zu sehen, ob ich die Küche fand. Das Haus war ein verlassenes Labyrinth voller Gänge und geschlossener

Türen. Gelegentlich stand eine offen, aber es gab kein Licht oder Lebenszeichen in den Räumen. Ich erreichte einen Flur, der auf einer Seite mit Fenstern gesäumt war, die auf den Innenhof in der Mitte des Hauses blickten.

Durch ein Fenster auf der anderen Seite des Platzes entdeckte ich das Dienstmädchen, das durch eine Tür verschwand. Ich folgte dem Flur um den Hof herum und ging durch dieselbe Tür. Der Geruch von frisch gebackenem Brot kam mir entgegen und ließ mir das Wasser im Mund zusammenlaufen. Edith, die Haushälterin, knetete Teig auf einer langen Kücheninsel. Überrascht schaute sie zu mir auf und begann auf Polnisch zu sprechen, als würde ich sie verstehen.

„Es riecht gut“, sagte ich und legte eine Hand auf meinen Bauch.

„Hungrig?“, fragte Edith, und ich nickte. Sie winkte mich herein. Ich folgte ihr und sie lüftete ein Tuch über einem Korb voller frisch gebackener Kekse.

„O, mein Gott, die sehen unglaublich aus“, sagte ich und nahm einen. Sie schnappte sich eine Serviette und packte drei weitere Kekse ein, die sie mir in die Hände legte.

„Frühstück acht Uhr“, sagte sie.

Ich dankte ihr mehrfach und sie führte mich zur Tür. Ich drehte mich um, nahm einen Bissen von meiner Beute und stand plötzlich vor Antoni.

„Targa!“ Er fasste mich an den Schultern, dann zog er mich in eine Umarmung. „Du kannst dir nicht vorstellen ... Ah!“ Er zuckte zurück und legte eine Hand auf seine Brust, direkt unter dem Brustbein.

Ich biss mir auf die Zunge, bevor mir eine Entschuldigung heraus rutschte. Er wusste nicht, dass ich für seine gebrochenen Rippen verantwortlich war. „Bist du ok?", nuschelte ich, noch immer einen Keks im Mund. „Du solltest im Bett sein, warum bist du auf?"

„Wegen dir", sagte er heftig. „Ich bin hier auf und ab gelaufen und hab darauf gewartet, dass es spät genug wird, um an deine Tür zu klopfen."

Er umarmte mich wieder, trotz seiner verletzten Rippen. Ich war mir ziemlich sicher, dass der Arzt das missbilligt hätte. Aber meine Besorgnis wurde von dem berauschenden Geruch abgelenkt, den ich plötzlich an ihm wahrnahm. Da war ein Seifenduft, aber darunter seine Haut, sein eigener Geruch, Antoni selbst. Mein Kopf drehte sich. Er war ein Turm aus Wärme, der mich umgab, seine Arme fühlten sich so stark an. Meine Sinne waren voll von ihm. Schwindelgefühl fegte über mich hinweg und ich musste mich beinahe an ihm festhalten.

Er nahm meine Hand und zog mich von der Küche weg. „Komm. Wir müssen reden."

Was bedeutete das? Konnte er sich doch erinnern? Wenn ja, musste ich irgendwie Zeit gewinnen. „Kann ich zuerst etwas essen? Ich bin am Verhungern."

Er blickte auf die Kekse in meinen Händen herab. „Du kannst bei mir frühstücken. Ich lasse es mir immer um 5:30 Uhr servieren, und das ist", er schaute auf seine Uhr, „jetzt."

Ein Teil von mir wollte ausweichen und ihn daran erinnern, dass er Bettruhe brauchte, aber ich war zu überwältigt von der intensiven Wirkung, die er auf mich hatte. Also folgte ich ihm, ohne etwas einzuwenden. Seine Suite befand sich eine Etage höher als meine, im hinteren Teil des Hauses, abseits vom Hof. Als wir den aufgeräumten Raum betraten, war offensichtlich, dass er nicht wie die meisten jungen Männer war, die ich kannte. Nichts lag herum, alles war an seinem Platz. Er hatte ein Bücherregal voller polnischer und ein paar englischer Titel, das meiste sah nach Sachbüchern über Wirtschaft und Geschichte aus. Die Einrichtung war marineblau mit weißer Paspelierung – Novak-Farben, nautisch inspiriert. Sogar der Teppich war plüschig und marineblau und erinnerte an tiefes Wasser.

Antonis Geruch war überall. Ich merkte sofort, dass es ein Fehler gewesen war hierherzukommen. Ich konnte kaum noch denken. War das ein Teil meiner Verwandlung? Ein geschärfter Geruchssinn? In der Küche hatte es gut gerochen, aber Antonis Duft war atemberaubend.

Es gab eine Couch und einen Sessel. Er setzte sich auf den Sessel und bedeutete mir, die Couch zu nehmen. Ich setzte mich gehorsam hin und versuchte ihn nicht anzustarren, aber selbst meine Augen waren hungrig nach ihm. Stumm bot ich ihm einen Keks an. Er nahm ihn höflich entgegen.

Zu meiner Erleichterung klopfte es an der Tür. Antoni stand auf und bedankte sich bei dem Dienstmädchen, dem er einen Servierwagen abnahm. Dann schloss er die Tür wieder und schob das Frühstück herein. Ich begutachtete das Essen. Rührei, Toast, Wurst, sautierter Fisch und geröstete Tomaten. Mir lief das Wasser im Mund zusammen.

„Nimm dir nur. Du bist bestimmt hungriger als ich", sagte er, als ich einen zweiten Keks verschlang.

Der Anstand gebot mir, ihn zu fragen, ob er sein Frühstück nicht wenigstens teilen wollte, aber der Instinkt sagte mir, dass ich so viel essen sollte, wie ich konnte. Und genau das tat ich.

Antoni saß mir gegenüber und schaute zu. Ich war unhöflich, aber ich konnte mich nicht dazu durchringen, höfliche Konversation zu machen. Fühlte sich meine Mutter auch so? Sie konnte immer eine Menge verputzen, und zwar schnell. Ich war so daran gewöhnt, dass ich es kaum noch bemerkte.

„Haben sie dich gestern Abend nicht gefüttert?“ Er hob eine Augenbraue.

„Ich bin sofort eingeschlafen“, sagte ich durch einen Mund voll Toast.

„Ah.“

Als ich mit allem fertig war, einschließlich des Obstsalats, der Butter und der Marmelade, kehrten meine Manieren zurück. Ich dankte ihm und entschuldigte mich schüchtern. Er winkte ab.

„Targa.“ Er beugte sich vor und holte Luft, um etwas zu sagen.

„Geht es dir gut?“, unterbrach ich und wies auf seine Hand, die die ganze Zeit an seiner Brust lag. Er senkte die Hand, als hätte er nicht gemerkt, wo sie gelegen hatte.

„Es geht mir gut. Der Arzt sagt, ich habe ein paar Risse. Er hat mich zugeklebt. Darüber will ich nicht reden ... es ist nicht wichtig.“ Er öffnete seinen Mund wieder, aber es kam nichts heraus. Er faltete seine Hände zusammen und verschränkte seine Finger ganz langsam und bewusst. Ich hatte seine Hände zuvor nicht richtig wahrgenommen; sie waren wunderschön. Quadratisch und kräftig, seine Fingernägel ordentlich geschnitten.

„Es tut mir so leid“, sagte er schließlich. „Es ist alles meine Schuld. Ich wollte dir den Laser so sehr zeigen, dass ich nicht die richtigen Sicherheitsvorkehrungen getroffen habe. Ich habe das Wetter nicht überprüft. Ich habe nicht ... geplant. Ich … Wir hätten sterben können. Ich hätte dich umbringen können!“ Er stand auf und fuhr sich mit den Fingern durch sein kurzes Haar.

Er wusste also nicht, dass er tatsächlich gestorben war. Das war gut.

„Ist schon in Ordnung, Antoni. Es ist ja nichts Schlimmes passiert.“

Ihn so schuldzerfressen zu sehen tat weh.

„Nein.“ Er schüttelte den Kopf. „Du verstehst das nicht. Ich mache solche Dinge nicht. Ich bin nicht unverantwortlich, besonders mit deinem ... mit *dem* Leben eines anderen. Ich weiß nicht, was ich mir dabei gedacht habe. Mein Gott, das ist ein Alptraum.“ Er bedeckte sein Gesicht mit den Händen.

Ich stand auf und nahm seine Hände. „Bitte mach dich nicht selbst fertig. Siehst du nicht? Mir geht es gut. Ich bin mehr als ok. Ich habe gerade mehr gegessen als zwei Leistungssportler zusammen und ich fühle mich großartig. Dir geht es gut. Abgesehen davon, dass wir einen Laser weniger haben, ist alles gut ausgegangen.“

„Nun, eigentlich ...“ Er drückte meine Hände. „Wir haben den Laser wieder. Erik und Maarten konnten ihn mit dem Zodiac finden, nachdem sich der Sturm gelegt hatte. Aber das ist nicht der Punkt. Ich habe einfach ...“

Ich schrak kaum merklich zusammen, als er seine warme Handfläche an meine Wange legte. Er war noch nie zuvor so vertraut mit mir gewesen, die intime Berührung löste eine andere Art von Hunger in mir aus. Sein Duft brach wieder über mich herein wie Wellen, die gegen Felsen schlagen. Mein Gehör setzte aus.

Er klang weit weg, als er sagte: „Ich könnte nicht mit mir selbst leben, wenn dir etwas passiert wäre. Ich werde es mir nie verzeihen, dass ich dich gestern mitgenommen habe. Es war töricht. Ich war so töricht."

Er sagte nette Dinge. Ich musste antworten, ihn trösten. Ihn küssen. Ich schüttelte den Kopf, aber ich konnte nicht sagen, ob ich mit dem Geständnis nicht einverstanden war, dass er töricht war, oder mit meinem eigenen Wunsch, ihn zu küssen.

Ich öffnete meinen Mund, aber mir fiel nichts ein. Er wich von mir zurück, setzte sich auf die Couch und stützte sein Gesicht in die Hände. Sein Seufzen klang, als hätte er Schmerzen. Wahrscheinlich hatte er wirklich welche.

Er sprach durch seine Finger: „Und das Schlimmste ist, dass ich mich an nichts mehr erinnern kann. Es ist so frustrierend. Ich weiß nicht, wie wir aus diesem Schlamassel rausgekommen sind. Ich erinnere mich, wie ich die Kontrolle über den Laser verlor und versuchte, ihn aufzurichten. Ich habe versucht, mit diesem nutzlosen Funkgerät um Hilfe zu rufen. Ich war so wütend, als es nicht funktionierte, dass ich es ins Meer warf, eine weitere Glanzleistung. Alles, woran ich mich nach dem Werfen des Funkgeräts erinnere, ist Dunkelheit und dann dein Gesicht, aber ich glaube, es war nur ein Traum. Ich muss es halluziniert haben."

Ich setzte mich neben ihn und legte eine Hand auf seinen Rücken. Ein weiterer Fehler, denn ich wurde von der Wärme seines Körpers abgelenkt. Und dieser Duft. Was wollte ich sagen? Fuck. Nein, nicht Fuck. Etwas Tröstliches. Konzentriere dich. Sag ihm etwas, das Sinn ergibt, etwas, das die ganze Verwirrung erklärt.

Alles, was mir einfiel, waren noch mehr Fragen. Würde er mir glauben, wenn ich ihm sagte, dass ich zu ihm hatte schwimmen und ihn ans Ufer hatte ziehen können? Nein, es war eine übermenschliche Leistung gewesen, unmöglich selbst für die beste Rettungsschwimmerin. Sollte ich versuchen, es als ein Wunder auszugeben? Vielleicht sagen, dass ich mich auch an nichts mehr erinnern konnte?

Mit seinen haselnussbraunen Augen suchte er mein Gesicht ab. „Was ist da draußen mit uns passiert? Wie konnte ich im Bootshaus aufwachen und du …?“

Ich öffnete den Mund, aber mir fiel einfach nichts ein. Gott, wie schön er war. Seine Lippen so weich. Und dieser Schatten eines Bartes, den ich fühlen wollte, wie er an meiner Handfläche kratzte, an meinen Wangen … Er wartete. Die Sekunden rasten dahin.

Sein Blick irrte zu meinem Mund hinab und das war die einzige Einladung, die ich brauchte. Ich beugte mich vor und küsste ihn.

Er ging sofort darauf ein. Wir standen zusammen auf und er drückte mich an sich, fuhr über meinen Nacken in meine Haare hinauf und griff leicht zu. Ich hörte mich leise aufstöhnen, wusste aber nicht, ob vor Schmerz oder Erleichterung. Wie ein Verhungernder küsste er mich, und es fühlte sich an, als würde Elektrizität durch meinen Körper zucken. Als würde Hitze aus der Tiefe meines Bauches strömen.

Ich hatte schon früher mit Jungs rumgemacht, aber es hatte sich nie so angefühlt. In der Vergangenheit waren alle Küsse merkwürdig gewesen, wie ein Händeschütteln, das zu feucht, zu lasch oder zu fest war und einfach nichts bedeutete. Ich hatte es geschehen lassen, aber nicht gewollt oder gar initiiert. Bis jetzt.

Ich fühlte mich wie berauscht. Wie gut er roch, wie herrlich er sich anfühlte. Ich legte meine Hände auf sein Gesicht, um seine Bartstoppeln zu fühlen. Dann schlang ich meine Arme um seinen Hals, ließ mich von ihm auf die Zehenspitzen ziehen. Ich wollte mit ihm verschmelzen. Ich drückte meinen Körper von der Brust bis zu den Knien gegen seinen.

Plötzlich löste er sich von mir, atemlos. Ich keuchte auch.

„Targa, wir können nicht. Du bist noch so jung ... zu jung." Er nahm meine Arme von seinem Hals und machte einen bewussten Schritt zurück. Es war ein eindeutiges Zeichen.

Ich war nicht verletzt, obwohl ich zurückgewiesen worden war. Ich fühlte nichts außer dem Wunsch, mit ihm zusammen zu sein. Und ich hatte vollstes Vertrauen, dass ich ihn haben konnte. Mein sirenenhaftes Selbst wusste, dass er nachgeben würde, wenn ich es darauf anlegte. Er würde mir gehören.

Meine Haut begann zu kribbeln. Ich wollte ihn nicht in eine unangenehme Lage bringen. Ich wollte nicht …

„Ich will dich", hörte ich mich sagen. Weil es stimmte. Weil alles andere egal war.

Ich legte die Hände auf seine Brust, krallte die Finger in seine Kleidung. Er stöhnte und biss die Zähne zusammen. Ich konnte hören, wie sie knirschten.

Meine Stimme hatte sich kaum merklich verändert, als ich die Worte gesagt hatte. Auch er musste den Hall meines Sirenengesangs wahrgenommen haben. Nur noch ein paar Worte mehr müsste ich sagen, ganz gleich, welche. Es würde so einfach sein.

Doch er kam mir zuvor und sagte mit belegter Stimme: „Ich könnte meinen Job verlieren, Targa."

Mit äußerster Anstrengung schluckte ich und trat zurück. Es kostete mich alles, was ich hatte, um meine Hände von seiner Brust fallen zu lassen. Meine Haut hörte auf zu kribbeln. Doch der Instinkt drängte mich weiter dazu, ihn zu verführen. Es war ein verdammt starker Instinkt. Wie konnte meine Mutter ständig diese Willensstärke aufbringen? Sie hatte mir nie gesagt, wie schwierig es war.

Meine Kehle fühlte sich trocken an, als wäre sie mit Sägemehl bedeckt. Ich brauchte ein Glas Wasser. Oder besser gleich einen ganzen Eimer. Ich hatte auch den plötzlichen Drang, zu duschen.

„Ich muss gehen", sagte ich.

„Nein, Targa warte –"

Aber ich war bereits zur Tür hinaus und rannte den Flur hinunter, bevor er noch etwas sagen konnte.

Kapitel 19

Nachdem ich geduscht und einen Liter Wasser in mich hinein gekippt hatte, wartete ich auf der Sitzecke in unserem Wohnzimmer darauf, dass Mom aufwachte. Ich war versucht, sie zu wecken, um mit ihr über das zu sprechen, was passiert war, aber sie hatte hart gearbeitet und brauchte Schlaf. Ich schaute auf die Uhr. Es war fast sieben. Ich begann auf und ab zu laufen. Dann beschloss ich, einen Spaziergang um das Haus zu machen, um etwas Zeit totzuschlagen. Ich stieg die Treppe zur nächsten Etage hinauf und schlenderte weiter, nahm Gemälde, Skulpturen und antike Möbel in Augenschein.

Immer wieder ging ich die Ereignisse mit Antoni durch, und die Hitze ebbte in meinem Bauch auf und ab bei der Erinnerung an seine Küsse. Jahrelang hatte ich mir Sorgen gemacht, dass etwas mit mir nicht stimmte. Hatte das Verlangen in mir genauso geschlummert wie das Meerjungfrauen-Gen? Waren die beiden miteinander verbunden? Meine Gefühle für Antoni hatten sich so plötzlich und so drastisch verändert, dass mir keine andere Erklärung einfiel. Wenn ich mir vorstellte, wie sein Körper sich an meinen gepresst hatte, dann begannen meine Hände zu zittern, als wäre ich gerade eine Meile gelaufen. War das besser als nichts zu fühlen? Im Augenblick wäre mir das lieber gewesen, denn ich kam mir schwach und ausgeliefert vor.

Ohne es zu merken, hatte ich mich verlaufen. Ich hielt inne und sah mich in einem Flur um, dessen Boden, Wände und Decke mit Hartholz getäfelt waren. Es sah hier nicht wie der Rest des Hauses aus. Ich entdeckte eine Tür, so unscheinbar klein, dass sie gerade dadurch meine Neugier weckte. Ich öffnete sie. Dahinter lag eine Treppe. Ich folgte ihr hinauf und gelangte durch eine ähnlich kleine Tür in einen weiteren Flur, der von Türen gesäumt war. Eine Reihe von Doppeltüren stand offen. Das Knistern eines Feuers war zu hören. Ich vermutete, dass die Neugier, die mich allen Anstand und alle Vorsicht über Bord werfen ließ, dieselbe war, für die meine Mutter berühmt war. Jedenfalls kam ich näher geschlichen … und hörte die Stimme meiner Mutter. Überrascht blieb ich stehen. Sie hatte also gar nicht geschlafen.

„… Simon will, dass der erste Tauchgang am Dienstag stattfindet. Wir haben die ganze Woche nichts anderes getan, als uns vorzubereiten. Wenn wir jetzt nicht bereit sind, werden wir es nie sein."

„Wunderbar!", hörte ich Martinius voller Begeisterung erwidern. „Ich wünschte, ich könnte Sie begleiten, aber ich habe meine Tauchausrüstung schon lange an den Nagel hängen müssen. Wenn Sie unten bei der Sybella sind, dann bestaunen Sie bitte für mich das außergewöhnliche Krähennest und die Galionsfigur. Beide wurden seinerzeit von einem Meisterhandwerker geschnitzt."

„Das werde ich", sagte Mom.

„Haben Sie alles, was Sie brauchen? Fällt Ihnen etwas ein, das den Tauchgang einfacher oder angenehmer machen könnte?"

„Wir sind sehr gut ausgerüstet, und zudem wird der Tauchgang unserer Einschätzung nach eher einfach."

„Ist für Sie, Mira, nicht jeder Tauchgang einfach?", gab er zurück.

Meine Mutter antwortete nicht, und es blieb so lange still, dass ich mich fragte, was da wohl vor sich ging. Eine Weile lang konnte ich nur das Knistern des Feuers hören. Dann sagte Mom: „Ich muss nach meiner Tochter sehen.“ Irgendetwas an der Art, wie sie *Tochter* sagte, gab mir das Gefühl, dass sie wusste, dass ich vor der Tür stand.

„Natürlich“, antwortete Martinius. „Ich bin so froh, dass alles gut ausgegangen ist. Eigentlich ein Wunder.“

„Ja. Ein Wunder. Auf Wiedersehen, Martinius.“

„Auf Wiedersehen, Mira“, sagte er.

Sie kam aus der Tür und warf mir einen Arm über die Schultern, kein bisschen überrascht, mich hier vorzufinden. Sie küsste meine Stirn, aber sie sagte nichts, bis wir in unsere Suite zurückkamen. Den Weg hatte sie so leicht gefunden, als wäre sie in diesem Haus aufgewachsen.

„Seltsam“, sagte sie und lehnte beim Schließen der Tür ihren Rücken dagegen.

„Was?“

„Ich wurde gebeten, Martinius in aller Frühe aufzusuchen. Wegen deines Zwischenfalls gestern. Er wollte wissen, ob alles in Ordnung ist.“

„Was ist daran merkwürdig?“

„Erstmal nichts. Aber mir ist gerade etwas klar geworden, als er die Galionsfigur und das Krähennest erwähnte.“

„Die Galionsfigur ist der Glücksbringer vorne am Schiff, oder? Ein Seepferdchen oder ein Drache oder eine Frau mit großen Brüsten.“

„Genau. Ich habe eine Aufnahme des Krähennestes gesehen, aber die Galionsfigur war auf keinem der

Fotos. Sie ist auch nicht auf der Liste der Wertgegenstände, die wir bergen sollen. Woher weiß Martinius also, dass die Galionsfigur noch erhalten ist?" Sie verstummte eine Weile, versunken in ihre Gedanken. Dann fragte sie: „Übrigens, wo bist du gewesen?"

Wir setzten uns und sie warf mir eine Flasche Wasser aus dem Kühlschrank zu, dann öffnete sie eine für sich selbst.

„Ach, ich war hier und da. Hab herumgeschnüffelt, das halbe Haus leer gegessen, Martinius' Belegschaft verführt – das Übliche."

Mom lachte mitten im Trinken. Sie verschluckte sich und wischte sich das Wasser mit ihrem Ärmel vom Mund. „Lass mich raten, du hast Antoni getroffen und mit deiner neuen Meerjungfrauennase seinen Duft eingeatmet."

„So was in der Art."

„Du bist jetzt eine waschechte Sirene, Schätzchen." Sie warf mir einen scharfen Blick zu. „Du hast nicht … oder doch?"

Die alte Targa wäre im Erdboden versunken, wenn ihre Mutter sie unverblümt gefragt hätte, ob sie gerade Sex gehabt hätte. Aber obwohl ich immer noch eine Jungfrau war, hatte ich meine Scham verloren. Sex war jetzt eine ganz normale Sache, so wie Essen oder Schlafen.

„Nein, aber ich hätte es tun können. Ich wollte es. Es war wirklich, wirklich schwer, es nicht zu tun. Habe ich schon erwähnt, wie schwer es war, es nicht zu tun? Ich habe mich nur gestoppt, weil er sagte, er könnte seinen Job verlieren."

„Er könnte. Obwohl ich von einem der Männer aus dem Team gehört habe, dass es in Polen ab fünfzehn

Jahren nicht illegal ist.“ Sie schauderte. „Eine Frau weiß, wann sie bereit ist, ob Meerjungfrau oder Mensch, aber irgendwie klang Eric super gruselig, als er es sagte.“ Sie seufzte und schraubte ihre Flasche zu. „Ich schätze, ich sollte dir ein paar Dinge erklären.“

„Ja, zum Beispiel, warum ich plötzlich alles in Sichtweite essen will, auch Antoni. Und wie ich meine Stimme so klingen lassen kann, dass sie jeden Mann verführt. Und du hast mir nie gesagt, wie verwirrend das ist! Wie da ständig ein innerer Kampf stattfindet. Wie kommst du damit zurecht?“

„Es wird leichter, das verspreche ich dir.“

Ich warf ihr einen ungläubigen Blick zu und sie lachte. „Schau. Ich bin überglücklich, dass du eine Meerjungfrau bist. Ich weiß nicht, warum dir das wiederfahren musste, was gestern passiert ist, aber du hast es geschafft. Dass du nun übermenschliche Kräfte und Sinne hast, bedeutet einen Segen und zugleich einen Fluch. Du bist in der Lage, als Mensch gut genug zu funktionieren, um sie zu täuschen, aber sobald du im Salzwasser bist, kannst du nur noch eins sein: eine Sirene. Du operierst fast ausschließlich aus Instinkt heraus, und ein großer Teil dieses Instinktes ist es, sich fortzupflanzen. Willst du wissen, warum ich so viel Wasser trinke?“

„Weil es irgendwie hilft, sich abzukühlen?“ Ich verstand das jetzt besser als je zuvor.

„Ja, ich brauche Süßwasser in meinem Körper, um den Sireneninstinkt unter Kontrolle zu halten. Solange du viel Süßwasser in deinem System hast, wirst du in der Lage sein, wie ein Mensch zu denken. Sogar noch für eine Weile, wenn du in Salzwasser bist.“

„Was passiert, wenn man zu wenig trinkt?"

„Salz ist Treibstoff für deinen Sireneninstinkt, wenn du zu viel davon zu dir nimmst, ergreift es die Oberhand. Salz ist der Grund, warum wir am Ende immer wieder zum Meer zurückkehren. Es ruft uns, bis eines Tages unsere Beziehungen nicht mehr wichtig genug zu sein scheinen, um an Land zu bleiben." Sie legte eine Hand auf mein Gesicht. „Bis auf diese hier. Diese Beziehung wird immer wichtiger sein." Sie sah mich nachdenklich an.

„Was ist los?", fragte ich.

„Nun, es ist ungewöhnlich, dass du bereits den Drang verspürst, einen Partner zu finden. Normalerweise muss eine Meerjungfrau einige Zeit im Meer leben, bevor der Zyklus beginnt. Es scheint, als wärst du ein Sonderfall in jeder Hinsicht."

„Das ist überhaupt nicht beunruhigend", sagte ich sarkastisch. Wie konnte Mom mich auf das Leben als Sirene vorbereiten, wenn ich ein Sonderfall war? Bei welcher Sache würde ich als nächstes von der Norm abweichen?

„Wir verlassen das Meer nur dann, wenn der Instinkt sagt, dass wir einen Partner finden sollen, richtig?", fragte ich.

„Das ist richtig. Es ist das einzige Bedürfnis, das stark genug ist, um uns aus dem Meer zu treiben. Sich zu verlieben ist für eine Meerjungfrau ein verzehrender Wunsch. All die anderen Dinge, die für einen Menschen wichtig sein können, sind für uns nicht von Bedeutung. Ansehen, materielle Besitztümer, sogar Kunst und Wissenschaft. Nichts davon bedeutet uns so viel wie die Liebe. Du hast viele Gaben zur Verfügung. Einen Mann, der dem Ruf einer Sirene widerstehen kann, wenn sie ihn im Visier hat, gibt es vermutlich auf der ganzen weiten Welt nicht. Selbst wenn du nicht interessiert bist, werden sie sich zu dir hingezogen fühlen. Das wird noch lästig werden."

„Sind alle Meerjungfrauen heterosexuell?", fragte ich neugierig.

„Das weiß ich nicht", sagte sie. „Aber ich kann mir vorstellen, dass du auch eine Frau verführen könntest, wenn du willst."

„Hast du deine Sirenenfähigkeiten benutzt, um Dad in eine Beziehung mit dir zu locken?"

Ein wehmütiger Ausdruck trat in ihr Gesicht, aber um ihre Lippen schlich ein Lächeln. „Sicher kann man nie sein, aber ich glaube nicht. Als ich deinen Vater traf, wollte ich, dass seine Liebe echt ist."

„Das will ich auch."

„Dafür gibt es nicht nur einen romantischen Grund, sondern auch einen biologischen", fuhr sie etwas trocken fort. „Meine Mutter hat mir einmal gesagt, dass die stärksten Sirenen aus Beziehungen entstehen, in denen keine Sirenenkunst eingesetzt wurde. Nur so könnte ein Element erzeugt werden."

„Ein Element?"

„Ein Element ist eine Meerjungfrau, die Macht über das Meer hat. Sie kann Wasser nach ihrem Willen bewegen, und manchmal hat sie sogar die Macht zu heilen. Ich wollte die Möglichkeit offen halten, dass du so stark wirst, also war mir wichtig, dass dein Vater und ich uns auf natürliche Weise verliebten. Obwohl ich denke, dass es bei einer Sirene immer ein gewisses Maß an übernatürlicher Anziehungskraft geben wird."

Ich dachte darüber nach. „Du musst schrecklich enttäuscht gewesen sein, als ich nicht nur kein Element war, sondern nicht mal eine Meerjungfrau."

Sie kicherte. „Aber wie unglaublich ist es jetzt, dass du in Wahrheit nie eine Blindgängerin warst? Und du hast gerade erst angefangen zu lernen."

„Versuche, keine zu hohen Erwartungen zu haben, Mom. Ich kann dir jetzt schon sagen, dass ich Wasser definitiv nicht nach meinem Willen bewegen kann. Außer es ist in einer Flasche." Wie zum Beweis schüttelte ich meine Flasche ein wenig.

„Ich weiß, Sonnenschein. Ich bin einfach dankbar, dass du endlich zu dir selbst gefunden hast. Und ich wäre dankbar, ganz gleich, was für ein Selbst das gewesen wäre."

Ich sah meine Mutter an und wusste, dass sie es ernst meinte. Ihre Liebe für mich war echt. Aber ob die Anziehung, die ein Mann für mich empfand, echt war, würde ich nie erfahren. Ich hatte eine Vermutung gehabt, dass Antoni sich zu mir hingezogen fühlen könnte, bevor ich eine Sirene geworden war. Ob das stimmte, würde ich jetzt nicht mehr herausfinden können.

Als Meerjungfrau war mir egal, auf welche Weise ich den Mann bekam, den ich wollte. Aber als Mädchen, das als Mensch aufgewachsen war, störte mich die Vorstellung, einen Mann mit übernatürlichen Fähigkeiten für mich zu gewinnen. Wenigstens verstand ich jetzt das intensive Verlangen, mit Antoni zusammen zu sein, und hatte glücklicherweise ein Werkzeug, um es einzudämmen – Süßwasser.

„Was ist mit dem Meer hier? Micah erklärte mir, dass es brackig ist. Findest du es nicht seltsam, dass ich mich in einem Wasser verwandelt habe, das kaum Salz enthält?“

„Ja, das finde ich wirklich seltsam. Ich war schon immer neugierig darauf, in der Ostsee zu schwimmen, weil ich mich gefragt habe, ob ich … ob ich mich menschlicher fühlen würde. Und jetzt war es ausgerechnet dieses milde Meer, das die Meerjungfrau in dir geweckt hat.“

„Lass uns ins Meer gehen, Mom“, drängte ich plötzlich. „Heute. Es wird unser erstes gemeinsames Mal unter Wasser sein. Bringst du mich zum Schiffswrack? Du musst alles für den Tauchgang präparieren, oder? Ich könnte dir helfen.“

„Ich wüsste nicht, was ich noch tun müsste. Aber wir könnten uns das Wrack natürlich ansehen.“ Mütterliche Fürsorge trat in ihre kristallhellen Augen. „Wie geht es deinem Kopf?“

„Ich hab geschlafen wie ein Stein. Mir geht es schon viel besser als gestern. Wirklich. Und ich habe mich vollgefressen.“ Ich rieb mir wie zum Beweis den Bauch.

Sie lachte. „Also gut. Lass uns schwimmen gehen!“

Als wir aufbrachen, wuchs ein mulmiges Gefühl von Endgültigkeit in mir. Schließlich kamen Meerjungfrauen nur an Land, um einen Partner zu finden und ein Kind zu bekommen – bedeutete das nicht, dass sie die meiste Zeit ihres Lebens im Meer verbrachten? Weit weg von der Menschheit? Der Schatten einer lebensverändernden Entscheidung begann über mich zu fallen. Ich warf einen Blick auf das Haus zurück, als wir die Außentreppe hinabstiegen, und musste die Augen zusammenkneifen, weil der Morgenhimmel so blendend war. Und weil ich fürchtete, mir könnten Tränen in die Augen steigen.

Kapitel 20

Mom und ich borgten sich einen von Martinius' Jeeps. Da kein vernünftiger Mensch heute schwimmen gehen würde, behauptete sie, dass wir einen Ausflug nach Gdańsk machen wollten. Ein kalter Wind zerrte an unseren Haaren, als wir in den Wagen stiegen.

Sobald wir saßen, warf ich die Wasserflaschen auf den Rücksitz, die ich aus unserer Suite mitgebracht hatte. „Vielleicht brauchen wir es, wenn wir zurückkommen."

Sie nickte. „Das ist immer eine gute Idee. Ich bezweifle, dass wir ohne Wasser Schwierigkeiten bekommen, aber sicher ist sicher."

Als wir das Anwesen verließen, sagte ich: „Fahr da lang, Mom."

Ich lenkte sie nach Norden entlang der Küste zu dem abgelegenen Strand zwischen den Felsvorsprüngen, den ich gestern gefunden hatte, als ich aus dem Wasser gekommen war. „Wir können dort parken und ins Wasser gehen, ohne gesehen zu werden."

Während ich mich nach außen hin ruhig gab, überlegte ich fieberhaft, ob ich mich auf unseren Ausflug irgendwie vorbereiten konnte, schließlich würden wir ganze 48 Kilometer von der Küste entfernt in die Tiefe tauchen. Ich hatte mich weniger als einen Kilometer vor der Küste befunden, als der Laser kippte. Der Gedanke daran, so weit draußen und unter Wasser zu sein, machte mich nervös und aufgeregt zugleich. Aber ich würde nicht allein sein, und Mom sagte immer, dass es im Meer nichts zu fürchten gab außer ihr selbst.

Ich rollte meinen Kopf von einer Seite zur anderen,

froh, dass ich keine Schmerzen mehr spürte. „Mein Nacken war gestern so wund, und ich hatte ein brennendes Gefühl, wo meine Kiemen herauskamen. Ist das normal?“

„Deine Kiemen sind noch nie zuvor benutzt worden. Es ist zu erwarten, dass sich alles erstmal einspielen muss. Vielleicht wird es jetzt schon leichter sein als gestern.“

Sie parkte den Jeep auf einem Feldweg, der parallel zum Wasser verlief. Wir tranken etwas Wasser und verstauten unsere Kleidung und Handtücher dann in einem geschützten Bereich zwischen zwei Felsen. Dann rannten wir nackt und kichernd ins Meer und tauchten kopfüber hinein.

Die Veränderung fegte augenblicklich über meinen Körper hinweg und ich empfand, genau wie Mom gesagt hatte, keinerlei Schmerzen. Auch das eiskalte Wasser fühlte sich angenehm an.

Der Meeresboden sank unter uns, während wir in das offene Meer hinausschwammen. Mom verlangsamte sich und drehte sich zu mir um, damit sie zum ersten Mal ihre Meerjungfrauentochter betrachten konnte. Ihre Augen weiteten sich. „Du bist aus Silber“, rief sie überrascht aus. „Bist du wirklich so schön oder kommt es mir nur so vor, weil du meine Tochter bist und ich nie gedacht hätte, dass dieser Tag kommen würde?“

Ich schaute an mir herab. „Ich hatte auch kein Silber erwartet. Ich hatte überhaupt nicht erwartet, eine Sirene zu sein, also ... alles ist eine Überraschung“, sagte ich und verdrehte meinen Schwanz im Wasser, um zu sehen, wie er sich bewegte.

„Es ist nicht so, als hätte ich in meinem Leben schon

viele Meerjungfrauen getroffen“, sagte Mom, während sie meine im Licht schimmernden Schuppen beobachtete. „Aber ich habe noch nie eine Silberne gesehen. Die, die ich gesehen habe, waren immer farbig, manchmal sogar rosa und orange oder mit deutlichen Mustern wie tropische Fische.“

„Bedeutet das, dass ich langweilig bin? Wie Vanilleeiscreme?“, fragte ich lachend. Es war mir egal, ob ich so gewöhnlich wie ein Thunfisch war, ich war dankbar, eine Sirene zu sein.

Sie lachte mit dem Orchesterklang in ihrer Kehle. „Aber nein! Du bist eher klassisch als trendy. Es passt zu dir.“ Sie sah genauer hin. „Schau dir das an.“

Sie zeigte auf eine kaum sichtbare Musterung, die auf beiden Seiten meiner Hüften herunterlief. Die Rückseite meines Schwanzes war perlweiß, während auf der Vorderseite meine Schuppen silbrig glänzten. Der Übergang war subtil, aber jetzt, da sie mich darauf hingewiesen hatte, unverkennbar.

„Du ist so schön“, sagte Mom leise. Sie betrachtete meine Hände mit den Schwimmhäuten zwischen den Fingern und überhaupt meine Haut, die genauso schimmerte wie ihre unter Wasser. „Du musst aber vorsichtig sein“, sagte sie dann.

„Warum?“

„Helle Farben kommen im Wasser besser zur Geltung als dunkle, und du bist hell und reflektierend. Halte dich von Booten und Menschen fern.“

Ich nickte und wir schwammen weiter. Ich bewunderte meine Mutter durch meine neuen Augen und sah sie klarer als je zuvor während unserer nächtlichen Schwimmzüge, bei denen es immer dunkel gewesen war. Außerdem hatten wir uns damals immer im seichten Wasser befunden, sodass ich sie nie in ihrer wahren Welt hatte sehen können.

Ich hielt mich ein wenig hinter ihr, damit ich sie beobachten konnte. Ihr langes schwarzes Haar floss in den Wellen. Sie hielt ihre Arme an der Seite und machte sich gar nicht erst die Mühe, ihre Schwimmhäute zu benutzen. Ihre Haut war blass und schimmerte im Licht. Ihr Schwanz begann mit einer unglaublichen blaugrünen Farbe an ihrer Taille und endete mit einem dunklen Smaragdgrün an den Spitzen ihrer langen Flossen. Ihr Schwanz war viel länger und kräftiger als meiner. Kein Wunder, sie schwamm viel und ich vermutete, dass ihre Größe ihrer Stärke entsprach.

Sie sah, dass ich sie beobachtete. „Alles in Ordnung?“, fragte sie. Ihre Stimme klang wie hundert Geigen im Chor.

„In bester Ordnung“, antwortete ich, auf meinen eigenen Sirenensaiten spielend. Mein Orchester war kleiner, aber trotzdem Musik. Als wir weiterschwammen, fragte ich: „Warum taten meine Augen so weh, nachdem ich mich verwandelt hatte?“

Sie lachte melodisch. „Du hast jetzt zwei Paar Augenlider.“

„Wie bitte? Ich habe was?“

Sie schoss nach vorne und dann so schnell zu mir zurück, dass ich mir erschrocken die Hand vor den Mund hielt.

„Komm.“ Sie nahm meine Hand und wir schwammen an die Oberfläche.

Wir durchbrachen die sanften Wellen und ich nutzte die Gelegenheit, um zurückzublicken. Das Ufer war nichts als eine ferne, braungrüne Linie.

„Also, was hat es mit den zwei Paar Augenlidern auf sich?“

Sie kam näher. „Ja, schau. Du hast diese.“ Sie blinzelte mit ihren normalen Augenlidern. „Und dann hast du diese.“ Blitzschnell sah ich ein durchsichtiges Lid über ihr Auge gleiten, von der inneren Ecke zur äußeren und dann wieder zurück, während ihr äußeres Lid sich überhaupt nicht bewegte.

„O, verdammt!“ Ich schrak zurück. Das Unterlid war völlig durchsichtig. Geschlossen, würde man nicht einmal merken, dass es da war.

„Es schützt deine Augen, wenn du schwimmst, besonders bei hoher Geschwindigkeit. Auch bei Sturm, wenn du mit heftigen Wellen und Regen zu kämpfen hast.“

Ich stecke die Fingerspitzen in meine Augenwinkel. So fühlte ich das Blinzeln meines durchsichtigen Unterlids. Das erklärte, warum mich der Regen gestern nicht gestört hatte. „Erstaunlich!“

Sie lachte. „Ja, du hast jetzt Sirenenaugen und alles, was dazugehört. Genauso wie das Salz deine Kiemen zum Brennen gebracht hat, so nehmen deine Augen Licht auf und gehen mit Wasser um, wie sie es noch nie zuvor tun mussten. Allein die Tatsache, dass deine Unterlider sich zum ersten Mal von deinen Augenlidern trennen mussten, würde den Schmerz erklären. Ich weiß nicht, ob du das Unterlid die ganze Zeit gehabt hast oder ob es eingewachsen ist, als der Rest sich entwickelt hat.“

Ich blinzelte weiter. Am Anfang war es schwer, das Unterlid getrennt von meinem Augenlid zu bewegen, aber es wurde leichter. Meine Sicht änderte sich, wenn das Unterlid über meinem Auge war, alles wurde scharf und klar, so ähnlich, wie wenn man eine Tauchermaske trägt, nur tausendmal besser.

Mom tauchte wieder unter und ich jagte hinterher und versuchte mitzuhalten. Die Blasen von ihrem Schwanz sprudelten an meinem Gesicht und meinem Körper hinab. Wir spielten wie Delfine. Ich hatte noch nie zuvor ein solches Gefühl von Freiheit oder Freude empfunden, oder eine solche Einheit mit der Welt um mich herum. Ich gehörte hierher.

Die Welt unter Wasser war gigantisch und prachtvoll, so weit meine Meerjungfrauenaugen sehen konnten. Sie war voller Leben! Ich sah Fischschwärme und Delfine. Ich sah Krabben und eine Menge Tiere, die ich nicht einmal identifizieren konnte. Ich konnte auch Müll sehen, der auf dem Boden verstreut war. Ab und zu entdeckte ich auch ein Wrackstück, einen Anker, einen alten Reifen oder einen Gummistiefel. Es war erstaunlich, wie viel Mist ins Meer gekippt worden war.

Während wir schwammen, verlor ich mein Zeitgefühl. Wir stießen durch Wolken von kleinen Fischen und begleiteten in einiger Entfernung einen Schwarm Tümmler und dann eine Buckelwalmutter mit ihrem Kind. Ich war völlig vereinnahmt von diesen herrlichen Geschöpfen und bekämpfte den Drang, näher zu schwimmen und zu sehen, ob ich mit ihnen Kontakt aufnehmen konnte.

Doch alle Gedanken daran, mit den Bewohnern des Meeres zu spielen, verschwanden, als wir tiefer tauchten. Wir sanken sehr schnell ab. Ich fühlte, wie sich der Druck um mich herum veränderte, und mein Körper passte sich auf verschiedene Weisen an. Meine Ohren gaben eine Abfolge von winzigen Quietschlauten von sich, während sie den Druck auszugleichen versuchten.

Die Landschaft unter uns veränderte sich dramatisch und wurde fast wie ein Gebirge, über das wir wie Vögel flogen. Es gab Schluchten und riesige Spalten, Felsblöcke und spindelförmige Felsen, die vom Meeresboden aufragten. Ich erkannte, dass der Meeresboden dem Boden an Land mit seinem abwechslungsreichen Terrain und markanten Orientierungspunkten ähnelte. Eine Meerjungfrau könnte auf diese Weise tatsächlich das Meer kennen lernen; das Gebiet unter ihr würde auf die gleiche Weise vertraut werden, wie mir die Landschaft um Saltford bekannt geworden war.

„Ich verstehe jetzt besser, wie man ein Wrack immer wieder finden kann, wenn man einmal dort gewesen ist", sagte ich zu Mom, während ich das Gelände unter uns beobachtete.

„Es kam dir vorher wie Magie vor, nicht wahr?"

„Ja, aber es ist keine Magie, es ist nur die Kenntnis deiner Umgebung."

„Das ist richtig", sagte sie. Ich konnte das Lächeln in ihrer Stimme hören, als sie vor mir schwamm. „Es ist genauso einfach, das Meer zu navigieren wie das Land, wenn man es einmal kennengelernt hat. Es gibt nur viel mehr davon."

Ein mächtiger Umriss materialisierte sich vor uns in der Finsternis.

„Und da haben wir sie", sagte Mom. Sie drehte sich zu mir um und ich bekam einen weiteren Schock, als ich sah, dass sich ihre Pupillen merklich geweitet hatten. Das helle Blau ihrer Iris war verschwunden und ihre

Pupille hatte sich über die Iris hinaus vergrößert. Das Weiß ihrer Augen war zwar noch sichtbar, aber trotzdem sah es verändert aus. Ich fragte mich, wie groß unsere Pupillen werden konnten. Ich vermutete, dass meine Augen ihren ähnelten.

Wir waren weit unten. Micah hatte gesagt, dass die Sybella neunzig Fuß tief lag. Hier unten gab es aber immer noch Sonnenlicht und jede Menge Leben. Und das Gerippe eines Schiffs.

Ich hatte nicht damit gerechnet, wie riesig sie sein würde. Gänsehaut prickelte über meine Arme, als sie aus der Dunkelheit auftauchte wie ein Geist aus der fernen Vergangenheit.

„Wow“, war alles, was ich hervorbrachte. Nichts, was ich bisher erlebt hatte, konnte es mit diesem Moment aufnehmen.

„Manchmal vergesse ich es“, murmelte Mom. „Ich habe so viele Wracks gesehen, dass ich vergesse, dass sie wirklich eine Verbindung zur Vergangenheit sind und immer eine Geschichte zu erzählen haben. Menschliche Taucher erleben ein Wrack nie so, wie wir es können.“

Ehrfürchtig näherten wir uns. Die Sybella lag aufrecht auf dem Meeresboden, als ob sie langsam von der Oberfläche herunter geschwebt und friedlich in ihrem Sandbett zur Ruhe gekommen wäre. Die beiden vorderen Masten standen noch aufrecht, aber der hintere Mast war abgeknickt und der Rest nirgends zu sehen. Seile schienen willkürlich über das Schiff drapiert und waren mit Algen überzogen, die gemächlich in der Strömung wehten. Das Wrack hatte auf beiden Seiten Bullaugen und eine Bugspitze, die wie die Nase eines

Schwertfischs nach vorne herausschoss. Eine Reling mit schönen Spindeln säumte das Deck. Das Geländer war stellenweise gebrochen, und obwohl auf jeder freien Fläche Algen wuchsen, konnte man die Spindeln erkennen.

„Mom." Ich deutete auf etwas Weißes, das unweit des Wracks halb im Sand vergraben war. Ein menschlicher Schädel.

„Ja", sagte sie. „Wracks sind fast immer auch Gräber. Du wirst dich daran gewöhnen müssen, solche Dinge zu sehen."

Ein klaffendes Loch, wo einst eine Luke eine Leiter verdeckt hatte, führte in den Laderaum. Eine Tür im vorderen Teil des Schiffes stand ebenfalls offen wie der furchterregende Schlund eines Ungeheuers. Meine Anerkennung für den Mut wuchs, den meine Mutter in ihrem Beruf haben musste, Meerjungfrau hin oder her.

„Hör zu." Mom sah mich mit ihren großen schwarzen Augen an. „Ich will nicht, dass du hineingehst. Es ist gefährlich da drinnen, selbst für eine Meerjungfrau. Ich gehe allein hinein und schaue mich um. Du kannst von den Bullaugen aus zusehen, ok?"

„Wie meinst du das, gefährlich?", fragte ich und versuchte meine Enttäuschung zu unterdrücken. „Du hast gesagt nichts im Meer kann uns gefährlich werden."

Sie nickte. „Das stimmt. Aber Wracks sind zerbrechlich, können sich ohne Vorwarnung verschieben und einstürzen, selbst hier, wo es sehr wenig Salz gibt. Ich habe gesehen, wie Taucher plötzlich feststeckten. Und Schlimmeres."

„Bist du jemals verletzt worden?", fragte ich besorgt.

„Nicht ernsthaft, nein. Aber ich will nicht, dass du jetzt

das Risiko eingehst, okay?“

„Okay.“ Ich war neugierig, aber ich verstand ihren Einwand. Bang beobachtete ich, wie sie sich dem quadratischen Loch im Deck näherte, dem mit der Leiter. Sie berührte nichts von dem Schiff um sie herum und ließ sich einfach langsam in den Laderaum treiben, mit kaum wahrnehmbaren Bewegungen ihres Körpers. Das letzte Stück ihres langen Schwanzes verschwand schließlich im Laderaum.

Ich schwamm zur Seite des Schiffes hinunter und spähte durch ein Bullauge. Das Innere des Schiffes war ein Durcheinander von Fässern und Truhen, Kanonen, Treppen und Balken, sowohl aufrecht als auch in Schieflage. Was auch immer mit diesem Schiff geschehen war, es sah aus, als wäre es wie eine Schneekugel geschüttelt worden. Vorsichtig schwamm Mom durch die Finsternis. Sie berührte immer noch nichts. Sie betrachtete nur.

„Es kommt nicht oft vor, dass man ein so altes Schiff wie dieses in so gutem Zustand sieht. Es ist, als wäre es in der Zeit eingefroren“, hörte ich sie durch das Fenster gedämpft sagen.

Ich fand eher, dass der Zustand wie nach einer Bombenexplosion aussah, aber es war das erste Wrack, das ich besichtigte, also verließ ich mich auf Moms Einschätzung.

„Welche Frachten waren auf dem Schiff?“

„Angeblich eine Menge verschiedener Dinge, aber das meiste müsste bis zur Unkenntlichkeit zerfallen sein, auch wenn die Ostsee salzarm ist. Gewürze, Textilien, Wein und Spirituosen, Bücher.“ Sie warf mir einen verschwörerischen Blick zu: „Und Münzen und Gold!“

Ich schauderte, denn sie hatte die Geigen ihrer Stimme in eine Molltonart gestellt, die sie wie ein gieriges Monster klingen ließ. Aber ich wusste auch, dass sie herumalberte, und musste lachen. Wenn es jemanden gab, dem Geld komplett egal war, dann war es sie.

Plötzlich erinnerte ich mich an etwas. Ich konnte nicht glauben, dass wir es vergessen hatten. „Mom!"

„Was?"

„Die Gallionsfigur!"

„Ach, ja. Lass uns mal nachsehen." Sie schwamm auf eine quadratische Kanonenbohrung zu und trieb behutsam durch sie hindurch.

Als wir uns dem Mast von hinten näherten, konnte ich sehen, dass es eine Frauenfigur war. Das ergab Sinn. Das Schiff hieß immerhin *die Sybella* nach Mattis' Frau. Es war wahrscheinlich eine Skulptur von ihr.

Doch dann begriff ich, dass ich mich geirrt hatte. Es war keine Frau, sondern eine Meerjungfrau. Natürlich. Das Symbol der Familie Novak. Ich hätte es wissen müssen. Wahrscheinlich immer noch Sybella, nur hatte der Bildhauer ihr einen Meerjungfrauenschwanz verliehen.

Wir kamen näher und untersuchten die Figur. Die Algen überwucherten sie so stark, dass wir nicht viele Details erkennen konnten. Zum ersten Mal tat meine Mutter etwas, um das Wrack zu beeinflussen. Sie berührte es nicht, sie nahm nur Wasser durch ihre Kiemen auf und stieß es durch ihren Mund in einem gleichmäßigen Strahl aus, der stark genug war, um die Algen zu entfernen, aber die Skulptur nicht beschädigte. Kälte sickerte in meine Knochen, als das Gesicht der Galionsfigur immer deutlicher hervortrat. Erst die länglichen Augen … dann der volle Mund ...

Als die Figur vollständig zum Vorschein kam, stieß ich einen leichten Schrei aus.

Die Figur hatte das Gesicht meiner Mutter.

Kapitel 21

Wir schwebten in betäubter Stille. In Schock. Ich schaute von meiner Mutter auf die Galionsfigur und zurück. Sie waren sich nicht ähnlich. Sie waren *identisch*, sogar der geschwungene Haaransatz an ihrer Schläfe, wo die dunklen Strähnen zurückflossen. Die Skulptur trug eine Miene der Gelassenheit, die Lippen geschlossen und leicht nach oben geschwungen. Ich hatte meine Mutter schon viele Male mit dem gleichen Lächeln gesehen.

„Dieses Schiff ist hundertfünfzig Jahre alt“, stammelte ich schließlich.

Mom blieb stumm. Sie trieb dahin und nahm ihr eigenes hölzernes Spiegelbild in sich auf.

„Wie ist das möglich?“, fragte ich. „Mom!“

„Ich weiß es nicht, Targa“, antwortete sie endlich leise. Sie wirkte nachdenklich, aber ich merkte, wie Wut in ihren Augen wuchs. Mit ihren geweiteten Pupillen sah sie furchteinflößend aus. Plötzlich packte sie die Galionsfigur und tastete nach der Verbindungsstelle zwischen ihr und dem Schiff.

„Was machst du da?“, fragte ich.

„Ich werde sie zerstören.“

„Nein! Mom, das kannst du nicht tun! Du weißt nicht, wie viele Leute davon wissen. Vielleicht kursieren Bilder davon, die du noch nicht gesehen hast. Wenn die Galionsfigur plötzlich verschwunden ist, dann wird Novak vielleicht anfangen, nachzuforschen.“ Ich legte meine Hände auf ihre Arme, wohlwissend, dass ich sie nicht aufhalten konnte, wenn sie entschlossen war, die

Skulptur vom Schiff zu reißen.

„Lass uns bitte einen Moment nachdenken“, flehte ich. „Wenn du sie jetzt zerstörst, dann machst du unsere Lage vielleicht nicht besser, sondern schlimmer.“

Sie zögerte, doch dann zog sie ihre Hände weg. Sie schien auf eine Idee zu kommen. „Also schön. Lass uns gehen.“

Sie schoss mit einer Geschwindigkeit aufwärts, mit der ich kaum mithalten konnte. Wir schwammen in angespanntem Schweigen. Was wir entdeckt hatten, war zu verstörend, um darüber zu sprechen. Konnte es wirklich sein, dass Martinius meine Mutter zufällig auf die Galionsfigur hingewiesen hatte?

Schließlich versuchte ich Kontakt zu meiner Mutter aufzunehmen. Keine einfache Aufgabe, denn sie schwamm so schnell wie ein Blitz: „Martinus bat dich ausdrücklich darum, dir die Galionsfigur anzuschauen. Er muss es gewusst haben!“

Die Angst in meiner Stimme war deutlich zu hören. Unsere Sirenenstimmen waren viel ausdrucksstärker als unsere menschlichen.

„Wir werden es herausfinden“, antwortete sie, ohne sich umzudrehen.

„Wie willst du ihn fragen, ohne uns zu verraten?“ Ich verkniff mir ein Stöhnen. Mein Schwanz hatte begonnen, vor Anstrengung zu schmerzen, so schnell bewegten wir uns aufwärts.

„Ich denke, ich muss ihn nicht fragen. Es liegt auf der Hand, dass er unser Geheimnis kennt, nicht wahr?“, meinte sie über die Schulter, und ich hörte, wie zornig sie war. „Das hier, der ganze Bergungsauftrag, war seine Art, uns zu sagen, dass er es weiß. Warum sollte die

Galionsfigur sonst nicht auf der Liste der zu bergenden Gegenstände stehen? Niemand sonst im Team weiß überhaupt, dass sie existiert. Er hat mich in seine Bibliothek gerufen, ganz allein ohne Simon, den Projektleiter, und mir dann ausdrücklich gesagt, ich soll die Galionsfigur begutachten."

Ich wusste nicht, was ich sagen oder denken sollte. Sie hatte Recht, es bestand kein Zweifel daran, dass Martinius unser Geheimnis kannte.

„Vielleicht sollten wir nicht zurückgehen", stieß ich aus, sowohl vor Angst als auch vor Erschöpfung, weil es so verdammt schwer war, mit ihr mitzuhalten. Es war ein seltsames Gefühl, mit meinen Kiemen statt meinen Lungen um Sauerstoff zu ringen. „Kannst du bitte langsamer schwimmen?"

Sie wurde nur ein wenig langsamer. Ihre Kiemen bewegten sich so, als würde sie überhaupt nicht schwerer atmen als sonst. Ich hatte den Verdacht, dass sie mit weniger als der Hälfte ihrer Höchstgeschwindigkeit unterwegs war. Offenbar hatte ich noch eine Menge zu lernen, um als Sirene erwachsen zu werden.

„Wir kehren zurück. Ich habe keine Angst vor ihm", sagte sie in einem harten Ton, der mir einen Schauder über den Rücken jagte. Und dann sagte sie gar nichts mehr. Weder im Meer noch als wir an Land gingen und uns zwischen den Felsen am Strand unsere Kleidung anzogen. Bibbernd kletterte ich in den Jeep. Mom schlug die Tür zu, startete den Motor und ließ eine Gischt von Kies unter den Reifen wegspritzen.

Wir fuhren schnell. Meine Haare tropften noch, als wir vor Martinius' Haus hielten. Mom stieg aus und ließ die Tür hinter sich offen. Ich beeilte mich, meinen Gurt zu lösen und ihr zu folgen. Sie sprintete die Vordertreppe hinauf, riss die Tür auf und durchquerte das Foyer.

Ein Angestellter, der ihr offenbar die Tür hatte öffnen wollen, aber zu spät gekommen war, blickte uns überrascht nach, als wir an ihm vorbeirauschten und die Stufen hinaufsprangen.

„Mom“, zischte ich, „was wirst du sagen?“ Ich zwirbelte mein Haar zu einem Dutt zusammen, damit es nicht überallhin tropfte.

„Ich will wissen, was hier gespielt wird“, sagte sie ruhig, aber ihr Tonfall passte nicht zu dem Tempo, in dem sie die Treppe hochlief.

„Mach nichts Verrücktes. Bitte“, flehte ich.

Sie steuerte auf Martinius' Büro im zweiten Stock zu und blieb nicht vor der Tür stehen, sondern schlug sie einfach auf. Ich folgte ihr in den Raum, eine Entschuldigung auf den Lippen. Eine Sekretärin, die am Schreibtisch saß, blickte uns erschrocken an. Martinius war nicht da.

„Wo ist er?“, fragte meine Mutter.

Die Sekretärin ließ sich einen Moment Zeit, ehe sie sagte: „Herr Novak ist in seiner privaten Bibliothek. Brauchen Sie Hilfe?“

Mom drehte sich auf dem Absatz um und stürmte weiter.

„Tut mir leid“, sagte ich zu der Frau. „Danke!“

Ich folgte meiner Mutter in den vierten Stock und zu dem Raum, in dem ich sie und Martinius belauscht hatte.

„Mom, vielleicht solltest du ...“, begann ich, aber sie stürmte auch durch diese Tür. Ich seufzte. „... klopfen.“

Ich betrat eine kleine, gemütliche Bibliothek. Regale säumten die Wände, gefüllt mit Reihen um Reihen antiker Bücher. Auf einer Vitrine stand ein Schiff in einer grünen Glasflasche – ich erkannte die Sybella. Das Kaminfeuer warf einen warmen Schein über die braun gepolsterten Lederstühle, das antike Sofa und den niedrigen Tisch. Die Beine des Tisches waren aus Holz geschnitzte Meerjungfrauen. Wie viel wusste Martinius? Welche Verbindung hatte die Familie Novak zu uns?

Antoni stand beim Kamin und blickte auf, als Mom und ich hereinrauschten. Seine Augen weiteten sich. Er musste denken, dass wir wegen dem, was an diesem Morgen zwischen uns passiert war, kamen. Alle Farbe schwand aus seinem Gesicht. Er öffnete den Mund, aber ich deutete ein Kopfschütteln an, das hoffentlich beruhigend wirkte.

Martinius saß vor dem Kamin, eine Aktenmappe auf dem Schoß. Auch er schaute auf, aber mit Gelassenheit. Er hatte uns erwartet.

„Wir haben –“ Mom hielt inne und bat Antoni mit einer Geste, zu gehen. „Wenn Sie so freundlich wären.“

Antoni und Martinius tauschten einen Blick. Martinius nickte. Antoni ging, und ich schaute ihm in die haselnussbraunen Augen, als er dicht an mir vorbeikam. Sein Duft … Für einen Moment war ich wie weggetreten, dann schloss er die Tür hinter sich.

„Wir haben die Galionsfigur gesehen“, sagte meine Mutter rundheraus. Ich hörte jedoch eine schwache Sirenengeige in ihrer Stimme. „Was jetzt?“

„Setzen Sie sich, Mira“, antwortete Martinius ruhig und wies zum Sofa. Er schloss die Mappe und legte sie beiseite.

„Ich will mich nicht hinsetzen. Ich will, dass Sie mir sagen, was zum Teufel Sie von mir wollen.“

„Bitte“, sagte er. „Ich kann sehen, dass Sie wütend sind. Ich wollte Sie nicht verärgern.“

Mom überlegte einen Moment, dann gab sie nach, zumindest halbwegs, und hockte sich auf die Lehne des Sofas. Ich nahm ebenfalls Platz.

„Sprechen Sie“, befahl Mom.

„Mein Großvater Jan“, begann er, „erzählte mir jeden Abend Geschichten, bevor ich ins Bett ging. Meine Lieblingsgeschichten handelten von Piraten, Geschichten von Mord und Chaos auf hoher See –“

„Kommen Sie zur Sache“, unterbrach meine Mutter mit gefletschten Zähnen.

„Mom“, beschwor ich sie. Ich wollte hören, was er zu sagen hatte. Es gab bisher nichts Bedrohliches an seinem Verhalten.

Martinius ließ die Unhöflichkeit meiner Mutter unkommentiert und fuhr einfach fort: „Aber die Lieblingsgeschichten meines Großvaters handelten von der Sybella. Er dachte sich oft eine wunderbare Abenteuergeschichte aus und rückte die Sybella in den Mittelpunkt. Er machte Mattis zu einem Freibeuter und die Besatzung zu seinen kämpfenden Männern. Sybella war natürlich eine Meerjungfrau, eine magische Kreatur, die Mattis aus den Klauen eines Kraken retten musste.“ Martinius stand auf, ging zu einem der Bücherregale und zog ein in Leder geschlagenes, alt wirkendes Buch heraus. Er setzte sich wieder, legte das Buch auf die Armlehne seines Stuhls und stemmte seine Finger darauf.

„Als Kind ging ich davon aus, dass es nur Märchen waren. Aber als ich älter wurde, stolperte ich über einige Familienaufzeichnungen. Aleksandra, Mattis’ Mutter, hat ein Tagebuch geführt, das ich fand. Sie war beunruhigt, als Mattis mit einer mysteriösen Frau und der Absicht, sie zu heiraten, von den Westindischen Inseln zurückkehrte. Zu dieser Zeit lebte die ganze Familie hier im Haus. Aleksandra konnte die neue Frau ihres Sohnes, Sybella, sehr genau beobachten."

Es kam mir in den Sinn, dass das Buch unter seinen Fingerspitzen höchstwahrscheinlich das Tagebuch war. Neugier entflammte in mir. Ich fragte mich, ob er es uns lesen lassen würde. Dann realisierte ich enttäuscht, dass es sicher auf Polnisch geschrieben war.

„Natürlich", fuhr er fort, „waren sie wahnsinnig verliebt und das war es, was sich Aleksandra für ihren Sohn am meisten wünschte. Aber es ärgerte sie, dass Sybella keine Familie zu haben schien, kein Erbe, keine persönlichen Dokumente, und vor allem, dass sie aus sich selbst so ein Geheimnis machte. Sie war außergewöhnlich schön. Mit langen, schwarzen Haaren, strahlend blauen Augen und blasser Haut. Euch beiden jungen Damen vermutlich nicht unähnlich. Sybella war dafür bekannt, gegenüber allen außer Mattis und ihren Kindern schroff und distanziert zu sein. Irgendwann begann sie sogar mit denen, die sie am meisten liebte, immer weniger zu sprechen. Aleksandra schreibt, dass sie übermäßig viel Zeit unten am Meer verbrachte, besonders nachdem sie ihre Zwillingsjungen bekommen hatte."

Ich beobachtete Mom aus den Augenwinkeln. Sie war fast so unbewegt wie die hölzerne Galionsfigur.

„Jan sagte mir immer, dass Sybella mit Mattis auf dieser letzten Reise mitgesegelt war, aber im Tagebuch steht, dass Sybella in der Nacht vor der Abfahrt verschwunden ist. Mattis war außer sich, aber er ging weder zu den Behörden, noch schickte er einen Suchtrupp los. Nein. Er bemannte die Sybella und stach in See, um nach seiner geliebten Frau zu suchen. Aleksandra schreibt, dass er auch einen der Zwillinge mitnahm, Emun Junior, da er glaubte, Sybella schneller zu finden, wenn er einen ihrer Jungen mitnehmen würde. Eine seltsame Überlegung, finden Sie nicht?“

Er beobachtete uns. Meine Mutter reagierte immer noch nicht. Also fuhr er fort: „Aleksandra notierte in ihr Tagebuch, dass Emun Junior sehr an seiner Mutter hing. Vielleicht dachte Mattis, dass die Anhänglichkeit ausreichen würde, um Sybella auf das Schiff zu locken. Das ergab für Aleksandra nicht viel Sinn und für mich auch nicht, als ich es das erste Mal las. Aber jetzt, wo ich dich getroffen habe, Mira ...“ Er machte eine Pause, um ihr die Möglichkeit zu geben, einige Lücken auszufüllen. Als sie es nicht tat, schlug er leicht die Hände auf den Schoß. „Nun, das Schiff und alle, die an Bord waren, wurden nie wieder gesehen.“

Eine Weile war nur das Knistern des Kaminfeuers zu hören, das fröhlich flackerte und sich nicht im Geringsten darum scherte, welche Anspannung im Raum herrschte.

Martinius sprach leise weiter: „Die wahre Geschichte hinter dem Verschwinden der Sybella musste ein Geheimnis bleiben. Wenn die Versicherung gewusst hätte, dass Mattis das Schiff mitten in der Nacht aussegelte, um nach seiner vermissten Frau zu suchen, hätten sie nie bezahlt.“

Meine Mutter erhob endlich die Stimme: „Novak Shipping ist des Versicherungsbetrugs schuldig?“

Ich schrumpfte bei ihrer dünn verschleierten Drohung innerlich zusammen. Martinius einzuschüchtern, würde unsere Situation nicht verbessern.

Er hielt ihrem Blick stand. „Meine Liebe, die Verjährungsfrist in dieser Angelegenheit ist wohl längst abgelaufen. Die Versicherungsgesellschaft existiert nicht einmal mehr. Ich glaube, sie ging in den 1930er Jahren bankrott, nicht lange nach dem Börsenkrach."

Er zog den Ordner wieder heran und öffnete ihn, um zwei vergilbte Dokumente herauszunehmen, die jeweils in einer Plastikhülle steckten. Er reichte die Seiten meiner Mutter. Sie schwebten einen Moment lang in der Luft zwischen ihnen, bevor sie die Hand ausstreckte und sie nahm. Die erste Seite zeigte Bleistiftskizzen der Galionsfigur aus verschiedenen Blickwinkeln.

„Zeichnungen, die der Bildhauer für Mattis anfertigte, damit er sie genehmigen konnte, während das Schiff noch gebaut wurde."

Wir starrten auf die Bleistiftskizzen. Meine Mutter hätte genauso gut für den Künstler posiert haben können. Mom widmete sich dem zweiten Dokument. Es zeigte dasselbe Motiv, nur in Farbe. Die Augen, die uns anblickten, waren wie übernatürlich strahlendes Eis, die Haare so schwarz, dass sie bläulich glänzten, und die Haut fast durchschimmernd weiß.

„Wie viele Leute haben das gesehen?", fragte meine Mutter.

„Diese Dokumente waren immer im Privatbesitz meiner Familie, nicht in den Archiven der Firma. Meine Frau und mein Sohn waren die letzten neben mir, die sie gesehen haben, aber wie ich schon erwähnte, sind sie verstorben. Ich hatte vor, die Skizzen rahmen und ausstellen zu lassen, aber ich bin nie dazu gekommen."

Meine Mutter erstarrte sichtlich, aber Martinius öffnete die Mappe schon wieder und holte ein weiteres Dokument hervor. Es war ein Ausdruck eines Nachrichtenartikels und enthielt ein Foto mit einer Bildunterschrift.

„Sie können sich vorstellen, wie überrascht ich war, als ich bei meiner Suche nach einem Bergungsteam für die Sybella darauf stieß." Er reichte ihr den Ausdruck.

Die Überschrift lautete: Bergungsteam Blue Jackets rettet kostbares Erbstück aus einem versunkenen Schiff.

Ich erkannte das Foto wieder. Es war vor weniger als einem Jahr aufgenommen worden. Simon schüttelte einer Dame mit einem großen Hut die Hand und zeigte seine Zähne in einem breiten Grinsen. Tyler, Eric und Micah waren auch alle auf dem Foto zu sehen. Und natürlich stand neben Simon meine Mutter. Die Bildunterschrift lautete: *Margaret Stowe ist begeistert, die Brosche ihrer Mutter wiederzuhaben, nachdem ihr Luxuskatamaran durch einen verrückten Unfall kenterte.*

Ich erinnerte mich an diesen Auftrag. Es war kein verrückter Unfall gewesen, sondern ein alkoholisierter Kapitän, der am Steuerrad eingeschlafen war.

„Und dann ging ich auf die Website der Blue Jackets und sah mir die Liste der Mitarbeiter an. Da warst du wieder und sahst mich direkt mit Sybellas Augen an", duzte er sie jetzt leise. Er zog einen weiteren Ausdruck hervor. Zu sehen war meine Mutter in ihrer Arbeitsjacke.

„Sybella", murmelte Martinius. Seine Stimme schwankte, sodass wir beide aufblickten. Mein Herz zog sich zusammen bei seinem Anblick. Er weinte nicht, aber in seiner Miene rangen Schmerz und Freude.

Kaum hörbar sagte er: „Du bist nach Hause gekommen."

Kapitel 22

Ich konnte nicht atmen. Meine Mutter … sie war … Nein, sie war Mira MacAuley! Die Frau des verstorbenen Nathan MacAuley. Ich hatte keine Geschwister, ich war das erste und einzige Kind meiner Mutter. Das hatte sie mir gesagt.

„Du verstehst das falsch“, sagte sie zu Martinius, jetzt auch per Du. Ihre Stimme klang viel sanfter, als ich sie jemals mit jemandem außerhalb unserer Familie hatte sprechen hören. „Ich bin nicht Sybella.“

„Bitte leugne es nicht“, sagte Martinius, lehnte sich in seinem Stuhl zurück und streckte seine Handflächen aus. „Wie kannst du dir diese Bilder ansehen und mir sagen, dass du das nicht bist?“

„Weil es wahr ist. Ich bin nicht deine lange verlorene Urgroßmutter oder Ururgroßmutter oder was auch immer. Es ist unmöglich“, sagte sie.

Martinius sah sie an, als könne er nicht glauben, dass sie es angesichts all der Beweise noch bestritt. Ich fragte mich, ob sie ihn als nächstes für verrückt erklären und den armen alten Mann dazu bringen würde, seine eigene Vernunft in Frage zu stellen. Ich verstand die Notwendigkeit, unsere wahre Identität zu schützen, aber ich war mir nicht sicher, wie sie das alles wegrationalisieren konnte. Hier standen wir auf zwei Beinen, aber unsere Haare waren nass, und wir hatten die Galionsfigur besichtigt, ohne ein Boot und Tauchzeug ausgeliehen zu haben. Martinius wusste, was wir waren.

Er öffnete den Mund, aber meine Mutter kam ihm

zuvor: „Wir können eine sehr, sehr lange Zeit leben, das ist wahr. Aber ich bin noch jung für eine Sirene."

Ich sah sie überrascht an. Sie hatte es zugegeben. Martinius atmete vor Erleichterung auf, aber er sah immer noch verwirrt aus.

„Ich bin bei weitem nicht so alt wie dein Schiff. Meine Tochter ist siebzehn und sie ist mein erstes und einziges Kind. Ich habe das Meer verlassen, um meinen Mann zu finden, als ich erst neunzehn war."

Martinius sah nicht überzeugt aus.

„Schau", fuhr sie fort, „ich gebe zu, dass ich das bin, wofür du mich hältst. Und Sybella war es auch, daran habe ich keinen Zweifel, aber Sybella ist wahrscheinlich eine Vorfahrin von mir. Meine eigene Mutter starb, als ich noch sehr jung war. Ich hatte das Glück, allein überlebt zu haben. Sie hat mir nicht viel über meine Abstammung erzählt. Meerjungfrauen führen keine Familienstammbücher und ich kannte nie eine andere Verwandte."

Fast schien es, als würde er anfangen, an sich selbst zu zweifeln. Er nahm die Dokumente wieder aus den Händen meiner Mutter.

„Aber diese Bilder", sagte er und hielt sie hoch. „Du bist sie. Sie ist du."

Mom schüttelte den Kopf. „Es tut mir leid. Schau dir meine Tochter an. Wir sehen uns sehr ähnlich. Wir geben unsere Gene an unsere Töchter weiter. Es ist wahrscheinlich, dass ich mit Sybella verwandt bin, aber ich kenne sie nicht. Ich wäre gar nicht erst nach Gdańsk gekommen, wenn ich den Namen erkannt hätte. Glaubst du, ich hätte meine Tochter an einen Ort gebracht, an dem die Leute wissen könnten, was sie ist?"

Nun schenkte er ihr langsam Glauben, aber er wollte es nicht, das war deutlich.

„Es ist wahr, Martinius“, fügte ich hinzu. „Ich kenne meine Mutter. Sie würde nicht lügen.“

Sie warf mir einen dankbaren Blick zu und sagte dann mit echtem Mitgefühl: „Es tut mir sehr leid. Du warst sehr freundlich zu uns. Und ich vertraue dir, darum spreche ich so frei. Ich halte es für wahrscheinlich, dass Sybella tatsächlich eine Sirene war. Du bist der einzige Mann, den ich je getroffen habe, der weiß, dass wir existieren. Und ich hoffe, du erkennst, wie wichtig es ist, dass es so bleibt.“

„Weiß Antoni es?“, platzte ich heraus.

Martinius schüttelte den Kopf. „Nein. Niemand. Glaubst du, sie würden mich die Kontrolle über meine Gesellschaft behalten lassen, wenn ich anfangen würde von Meerjungfrauen zu sprechen?“ Er kicherte trocken.

„Also haben wir dein Wort, dass du es keiner Seele erzählen wirst?“, hakte meine Mutter nach.

„Natürlich“, sagte er beleidigt. „Ich habe kein Interesse daran, meinen Ruf zu ruinieren und mein Geschäft zu verlieren.“ Er wurde nachdenklich. „Meinst du, dass du sie für mich finden könntest? Sybella. Ich bezahle dir, was immer du willst …“

Meine Mutter schüttelte den Kopf, bevor er überhaupt fertig war. „Du weißt nicht, was du da verlangst, Martinius. Es wäre unmöglich. Es gibt über 330 Millionen Kubikmeilen Meer da draußen und wir sind von Natur aus Nomaden. Sie könnte überall sein. Sie könnte auch schon ans Salz verloren sein.“

„Ans Salz verloren?“, wiederholte Martinius.

„Wenn eine Sirene genug Zeit im Salzwasser

verbringt, verändert sie sich. Sie wird zu einer ursprünglichen Kreatur mit sehr wenig Erinnerung daran, wo sie gewesen ist oder wen sie gekannt hat. Selbst wenn ich sie finden würde, und die Chance ist praktisch gleich Null, könnte sie sich vermutlich nicht an Mattis erinnern. Und ich werde nicht versuchen, eine ans Salz verlorene Sirene mit Süßwasser zu zwangsernähren."

„Ich verstehe", sagte er resigniert.

Wir saßen eine Zeit lang in Stille.

„Nun, ich bin dankbar, so weit gekommen zu sein. Ihr könnt euch nicht vorstellen, welche Anstrengungen die Novak-Familie unternommen hat, um die Sybella zu finden", sagte Martinius, als er steif auf die Beine kam. Auch wir standen auf. „Und ich freue mich trotz allem, dass eine der Geschichten, die Jan mir erzählte, als ich klein war, tatsächlich stimmt. Sybella war oder ist wirklich eine Meerjungfrau, wenn sie noch am Leben ist. Wie sehr wünschte ich, dass er heute hier wäre, damit ich ihn fragen könnte, ob er es schon immer gewusst hat oder ob er es sich nur ausgedacht hat, um die Ohren seines jungen Enkels zu erfreuen." Dann hob er seine buschigen Augenbrauen und sah Mom an. „Du wirst bleiben und das Projekt zu Ende bringen, hoffe ich?"

„Was denn sonst?" Mom lächelte. „Die Jungs kämen ohne mich nicht weit."

Martinius lachte, aber es klang eher tapfer als fröhlich. Auch als er sagte: „Dann habe ich noch mehr, wofür ich dankbar sein kann."

„Es gibt ein Problem", sagte meine Mutter. „Eins, das ich vor Montag und im Geheimen lösen muss."

„Und das wäre?", fragte Martinius, nun wieder ganz

der Geschäftsmann.

„Mein Team darf die Galionsfigur nicht sehen. Ich habe die Algen entfernt und meine Ähnlichkeit mit der Figur ist eine Gefahr für meine Tochter und mich. Ich bitte daher um deine Erlaubnis, sie vom Schiff zu entfernen.“

Vielleicht kaufte Martinius ihr die Aufrichtigkeit ihrer Bitte ab, aber ich kannte Mom. Sie bat nicht wirklich um Erlaubnis, sondern informierte ihn, *dass* sie es tun würde. Am Montagmorgen würde die Sybella keine Galionsfigur mehr haben. Mom würde alles tun, was nötig war, um uns zu beschützen.

„Ich hatte vor, nur die Fracht bergen zu lassen“, sagte Martinius. „Die Sybella selbst soll in Ruhe gelassen werden. Aber ich verstehe deinen Wunsch.“ Er überlegte. „Ich kann dir eine Kiste für die Galionsfigur geben. Wenn du garantierst, dass das Schiff bei der Trennung nicht beschädigt wird, dann hast du meine Erlaubnis, sie zurückzuholen. Allein und im Geheimen. Obwohl ich mir vorstellen kann, dass es selbst für euch beide eine schwierige Aufgabe sein wird.“

„Das lass meine Sorge sein. Wichtig ist nur, dass die Kiste verschlossen wird. Niemand darf hineinsehen“, antwortete meine Mutter. „Können wir arrangieren, sie dir persönlich zu bringen? Am besten nachts. Wo willst du sie aufbewahren?“

„Hier in meine persönliche Bibliothek kommt niemand, den ich nicht explizit darum bitte. Außer dir natürlich“, fügte er mit einem Lächeln im Mundwinkel hinzu. „Bist du damit einverstanden? Wir können sie verschlossen lassen. Wenn du erst einmal weg bist, wird es letztlich kein so sensibles Thema mehr sein.“

Sie nickte sichtlich bemüht. Lieber hätte sie die Galionsfigur zerstört und jede Verbindung zwischen Sybella und uns ausgelöscht. Aber Martinius hatte ihr Herz gerührt, und außerdem hatte er kein Motiv uns zu entlarven. Es stand auch für ihn zu viel auf dem Spiel.

Meine Mutter streckte ihre Hand aus. „Auf unser Vertrauen ineinander."

„Auf Vertrauen." Er schüttelte auch meine Hand.

Kapitel 23

Martinius veranlasste, dass uns eine wasserdichte Kiste hinten auf einen Truck geladen wurde, auf die das Firmenlogo gedruckt war. Da für den Tauchgang in der folgenden Woche mehrere solcher Kisten angefertigt worden waren, konnten wir einfach behaupten, diese für Testzwecke zu verwenden.

Nach Einbruch der Dunkelheit fuhren wir zur kleinen Bucht hinunter und gingen zum zweiten Mal an diesem Tag ins Meer. Ich war noch nie als Meerjungfrau nachts geschwommen, und ich versuchte meine Nervosität in den Griff zu bekommen. Es war kein Ausflug; wir hatten einen Auftrag. Ohne Zeit zu verlieren, schwammen wir zum Wrack. Ich war erstaunt, wie effizient unsere Augen in der Dunkelheit funktionierten. Das Wrack war jetzt fast so sichtbar für mich wie tagsüber.

Nach dem feierlichen Abkommen mit Martinius hatte ich mir vorgestellt, dass meine Mutter die Galionsfigur auf eine behutsame, respektvolle Art und Weise losbrechen würde. Damit lag ich falsch. Zuerst blies sie die restlichen Algen an der Galionsfigur mit ihrem Wasserhauch weg, sodass das Holz nicht so glitschig war. Danach riss sie die Skulptur ohne Skrupel mit bloßen Händen vom Schiff weg. Das wassergetränkte Holz stöhnte und quietschte, als sich die Nägel lösten. Die Galionsfigur hinterließ ein leeres Feld.

Ich betrachtete das nackte Holz. „Meinst du nicht, das sieht verräterisch aus? Man sieht doch, dass das kürzlich entfernt worden ist.“

„Das glaube ich nicht“, sagte Mom. „Die Figur steht

nicht auf der Liste der Bergungsobjekte, und Menschen haben so wenig Bewegungsfreiheit und Zeit, wenn sie diese Tauchgänge machen, dass sie keine Zeit damit verschwenden, Bereiche des Schiffes zu erkunden, die für ihre Aufgabe nicht von Interesse sind." Sie gab sich einen Ruck: „Ich würde mir keine Sorgen machen, aber ich werde ein Auge darauf haben."

Ich bot Mom an, dass wir die Galionsfigur zusammen trugen, aber sie wollte davon nichts hören. Sie trug die Figur ganz allein den Weg zurück an Land. Einerseits war ich froh, weil das viele Schwimmen bei ihrem Tempo mich bereits an meine Belastungsgrenze brachte, andererseits war ich enttäuscht. Bis jetzt hatte ich überhaupt keine Hilfe geleistet. Als wir am Ufer ankamen und unsere Flossen gegen Beine tauschten, ließen wir die Figur erstmal im seichten Wasser und gingen zum Wagen. Wir trugen die leere Kiste zum Strand hinunter, wo wir sie unter Wasser tauchten, um sie mit Meerwasser zu füllen. Wir ließen die Galionsfigur in die Kiste treiben und stellten sicher, dass kein Teil aus dem Wasser ragte. Bevor wir die Kiste verschlossen, standen wir noch einen Moment da und betrachteten das hölzerne Gesicht im Mondschein.

„Es ist nur ein Zufall, dass sie dir so ähnlich sah, meinst du?", fragte ich.

Mom hielt ihren Blick nachdenklich auf ihr Abbild gerichtet. Vielleicht, um meinem Blick nicht begegnen zu müssen. „Nein, es ist wahrscheinlich kein Zufall. Ich bin fast sicher, dass Sybella irgendwie mit uns verwandt ist. Ich habe genug Meerjungfrauen getroffen, um zu wissen, dass sie in Farbe und Form so unterschiedlich sind wie die Menschen. Vielleicht sogar noch unterschiedlicher."

Ich spürte einen leichten Schauder. Aber ich wollte nicht über die Möglichkeit nachdenken, dass Martinius vielleicht doch richtig lag. Stattdessen sagte ich: „Ich frage mich, ob sie noch am Leben ist, und wenn ja, ob sie sich an ihre Vergangenheit erinnert."

Mom zuckte mit den Achseln, dann schloss sie die Kiste. „Ich bezweifle, dass wir das jemals herausfinden werden. Ich wäre zwar neugierig auf sie, aber nicht genug, um ein Leben lang vergeblich nach ihr zu suchen." Sie überprüfte die Schlösser doppelt.

„Soll das Wasser in der Kiste das Holz haltbar machen?", fragte ich, als wir unsere Fracht zum Strand trieben, einer von uns auf jeder Seite.

„Genau", nickte sie. „Wenn wir das Holz einfach so austrocknen ließen, würde die Figur mit Lichtgeschwindigkeit verrotten. Nicht, dass mir das etwas ausmachen würde."

„Wie aufmerksam von dir." Ich runzelte die Stirn. „Du hast wohl echt eine Schwäche für den alten Burschen."

Sie schnaubte ein kleines Lachen, ohne zu antworten.

Gemeinsam hievten wir die mehrere hundert Pfund schwere Kiste auf die Ladefläche des Trucks. Ein Kinderspiel. Es war irgendwann nach vier Uhr morgens, als wir zum Anwesen zurückkehrten. Die Gänge waren menschenleer. Wir benutzten den Lastenaufzug, um unsere Fracht in den vierten Stock zu bringen.

Martinius war noch auf, wachgehalten von der Vorfreude auf seine Lieferung. Er sah müde aus, aber seine Augen glänzten, als er uns die Tür öffnete. Wir schoben die Kiste in seine Bibliothek. Er zog die zusammenklappbaren Seiten der Kiste weg, um die

Figur anzuschauen. Er streckte eine Hand aus, als ob er sich wünschte, sie berühren zu können, und murmelte einige Worte auf Polnisch zu sich selbst. Es klang, als ob er mit einem geliebten Menschen sprach. Endlich drehte er sich zu Mom um: „Ich bin immer noch nicht sicher, ob ich dir glauben soll. Du kannst nicht leugnen, dass die Ähnlichkeit verblüffend ist.“

„Das ist sie“, stimmte sie zu, deutete jedoch ein Schulterzucken an, um seine Hoffnung nicht wieder aufleben zu lassen.

„Vielen Dank“, sagte er schließlich. „Ich hatte nicht vor, die Galionsfigur vom Schiff zu entfernen, aber ich würde lügen, wenn ich behaupten würde, nicht froh zu sein, einen Grund dafür bekommen zu haben.“

Wir wünschten ihm eine gute Nacht und gingen zurück in unsere Suite.

Mom schlief bis zum Mittag des nächsten Tages, aber ich war früh wach und konnte vor Aufregung über die große Veränderung in meinem Leben nicht im Bett bleiben. Ich zog mir eine Hose und ein T-Shirt an und ging hinunter, um etwas zu essen zu finden. In einem Speisesaal im Erdgeschoss, in dem die Angestellten der Firma mittags verköstigt wurden, fand auch das Frühstück für die Blue Jackets statt. Es war noch niemand vom Team da, nur Edith und das Dienstmädchen deckten den Tisch. Als ich eintrat, entschwand das Dienstmädchen Richtung Küche, um wenig später mit einem Tablett voller Dinge zurückzukehren, die schon fertig waren: frisches Brot, Butter, Marmelade, Käse und Schinken, dazu Joghurt und Müsli mit Früchten. Ich bedankte mich und begann eins nach dem anderen zu verputzen. Edith beäugte mich, aber das war mir egal. Wann immer mein Tablett sich zu leeren begann, brachte das Dienstmädchen mir mehr Brot, eine Schüssel frisches Rührei, Lachs mit Meerrettich und dann sogar Pfannkuchen, die offenbar eigens für mich gemacht worden waren.

Die Lachsscheiben erinnerten mich daran, wie ich meine Mutter als kleines Kind einmal gefragt hatte, ob es sie nicht zu einem Kannibalen machte, wenn sie Fisch aß. Sie hatte gelacht und erklärt, dass es nicht anders sei als Landtiere zu essen, wenn man ein Mensch war. Meerjungfrauen mussten keinen Fisch essen, um in der Wildnis zu überleben, aber die meisten taten es wohl. Ich wischte mir gerade den Mund an einer Serviette ab, als Antoni an der offenen Tür vorbeiging. Er musste mich aus den Augenwinkeln gesehen haben, denn er tauchte wieder auf und trat ein.

„Ich habe dich gestern gesucht. Wo warst du?"

Vielleicht kam mir seine Frage nur misstrauisch vor, weil ich etwas zu verbergen hatte. Ich ergriff mein Wasserglas und trank es in einem Schluck aus. Ich würde in Antonis Gegenwart so viel Süßwasser brauchen, wie ich nur kriegen konnte.

„Ich habe den Tag mit meiner Mutter verbracht. Wie geht es deinen Rippen?", fragte ich und versuchte, kühl und distanziert zu klingen.

Antoni trat näher. Sein Duft … Ich hatte das Gefühl, zu schwanken.

„Es geht mir gut. Können wir reden?", fragte er.

„Ich glaube nicht, dass das nötig ist." Ich erhob mich und verließ den Speisesaal.

„Ich muss wissen, woran du dich erinnerst. Was mit uns im Wasser passiert ist", sagte er, während er mir folgte.

Das wollte er also.

„Was glaubst du, was passiert ist?“, wich ich aus, um Zeit zu schinden, während mein Verstand nach einer plausiblen Ausrede suchte. Ich hätte wissen müssen, dass er die Sache nicht einfach vergessen würde.

„Du verheimlichst mir etwas, Targa. Warum sagst du mir nicht, was vorgefallen ist?“ Der flehende Klang in seiner Stimme ließ mich innehalten. Ich drehte mich zu ihm um. Er brauchte eine Erklärung und ich konnte ihm keine geben, jedenfalls nicht die, die der Wahrheit entsprach.

Ich schloss meine Augen und rief die schlafenden Geigen in meiner Kehle wach. „Du bist ohnmächtig geworden“, sagte ich, öffnete meine Augen und schaute direkt in seine. Die Musik strömte aus meinem Mund und überspülte ihn. Sein Gesicht war ganz reglos. „Ich bin zu dir geschwommen und habe meine Schwimmweste als Paddelbrett benutzt. Dann habe ich dich ans Ufer gezogen und bin losgelaufen, um Hilfe zu holen. Die Angestellten im Bootshaus haben dich aber schneller gefunden.“

Er wiederholte langsam, was ich gesagt hatte, als ob die Worte in seinem Geist versinken und seine neue Realität werden würden. Gänsehaut lief mir den Rücken hinunter. Er glaubte alles; ich konnte sehen, wie die Geschichte *seine* Geschichte wurde. Die Geigen in meiner Stimme wollten weiter klingen, aber ich schob sie mit Mühe beiseite, räusperte mich und sagte mit normaler Stimme: „Du solltest dich immer noch ausruhen, Antoni.“

Er schien beim Klang meiner menschlichen Stimme

aus der Hypnose zu erwachen, aber er sah nicht mehr verwirrt aus. „Danke, dass du mir das Leben gerettet hast“, sagte er leise.

Ich nickte und lächelte, aber ich fühlte mich furchtbar. Ich hatte meine Sirenenkräfte zum ersten Mal eingesetzt, um einen Menschen zu täuschen. Eine schwache Welle der Übelkeit überrollte mich. Ich wandte mich zum Gehen.

Er folgte mir immer noch. „Können wir auch über das reden, was danach passiert ist?“

Ich blieb stehen, wobei ich darauf achtete, Distanz zu wahren. „Gut, sprich.“

„Hier?“ Er wies durch den Gang.

„Warum nicht hier?“ Ich machte noch einen Schritt zurück und verschränkte die Arme. Mir wurde klar, dass ich defensiv wirkte, dabei wollte ich nur nicht wieder die Sirene in mir wecken. Ich ließ meine Arme fallen.

Er kam näher und senkte seine Stimme. „Nur für ein paar Minuten. Habe ich mich so schlecht benommen, dass du jetzt nicht einmal mit mir sprechen willst? Die Arbeit deiner Mutter fängt gerade erst an. Du wirst noch eine Weile hier sein. Willst du mir wirklich den ganzen Sommer aus dem Weg gehen?“

Mein Verstand schwirrte wieder davon. Seine haselnussbraunen Augen, sein weicher Mund und der Klang seiner Stimme vereinnahmten mich vollständig, trotz des Wassers, das ich gerade in mich hinein gekippt hatte. Ich trat rückwärts und erkannte mit Verärgerung, dass meine Körpersprache und das, was ich sagen wollte, wieder einmal im Widerspruch zueinander standen: „Du hast dich nicht schlecht benommen. Nie. Ich will nur nicht dafür verantwortlich sein, dass du gefeuert wirst."

„Und ich weiß das zu schätzen, aber es wird noch mehr Verdacht erregen, wenn wir uns plötzlich aus dem Weg gehen. Meinst du nicht?"

Sein Duft wurde wieder wahrnehmbar. Mein Herz beschleunigte sich, meine Haut begann zu kribbeln. „Würdest du bitte damit aufhören?"

„Womit aufhören?"

Er stand so nah bei mir. „Ich kann nicht mehr klar denken."

Er hatte die Dreistigkeit zu grinsen. Natürlich hatte er keine Ahnung, wie schwer das für mich war. Die Schritte und Stimmen der Blue Jackets, die zum Frühstück wollten, kamen aus der Halle. Ich packte sein Handgelenk und zog ihn durch die nächste Tür, betete, dass der Raum leer sein würde. Das war er auch. Wir befanden uns in einem Büro mit mehreren Tischen, die für das Wochenende verlassen waren.

„Bleib bitte stehen. Und komm mir, um Himmels Willen, nicht so nah." Ich trat von ihm weg und meine Gedanken klärten sich ein wenig.

„Du bist eine sehr seltsame Frau." Er grinste immer noch. „Das gefällt mir."

„Flirte nicht mit mir, Antoni. Du machst es nur noch schwieriger."

„Ich will dich, Targa", sagte er leise und benutzte meine eigenen Worte gegen mich. Seine Augen verdunkelten sich vor Verlangen. Ich hatte es schon tausendmal in den Gesichtern der Männer gesehen, wenn sie meine Mutter ansahen.

Ich stieß ein frustriertes Stöhnen aus. „Willst du deinen Job verlieren? Bitte … halte dich von mir fern. Sag

Martinius, dass ich dich nerve. Bitte ihn, jemand anderen zu beauftragen. Oder noch besser, sag ihm, dass ich lieber allein bin. Ich brauche keinen Babysitter." Das war sicherlich wahr. Nun, da ich eine Meerjungfrau war, wollte ich im Meer sein und keinen Kaffee am Ufer eines Kanals trinken.

„Ich kann nicht aufhören, an dich zu denken." Er trat doch näher.

„Tu es nicht", warnte ich.

„Was nicht tun? Das hier?" In zwei Schritten war er bei mir. Ich hatte keine Chance. Wir taumelten zusammen rückwärts, bis mein Rücken dumpf gegen die Wand prallte. Seine Hände glitten um meine Taille und sein Mund bedeckte meinen. Sein Duft umgab mich wie eine Wolke. Die Sirene in mir erwachte unter seinen Berührungen und Strom schien durch jede Zelle meines Körpers zu fließen.

Er hob mich vom Boden und drückte mich gegen die Wand. Seine Zunge fand meine, als der Kuss hart und tief wurde. Seine große Hand glitt meine Shorts hinauf und schlossen sich um meinen Hintern, die Finger spreizten sich zu meiner Mitte hin. Noch nie zuvor hatte mich jemand so berührt. Ich keuchte und schlang mein Bein um seine Taille. Seine andere Hand strich meinen Rücken hoch und seine Finger krümmten sich von hinten über meine Rippen und streiften die Unterseite meiner Brust.

Er atmete über mein Gesicht, seine Lippen glitten über mein Ohr und er sog tief den Duft meiner Haare ein.

„Was hast du mir angetan?", flüsterte er. „Dein Geruch, dein Geschmack. Du hast mich verzaubert."

„Ich habe dich verzaubert?", wiederholte ich wie

betäubt mit geschlossenen Augen. Irgendwo jenseits meiner Betäubung funkte etwas. Ich riss die Augen auf. „Verzaubert“, sagte ich erneut. Er wollte die Sirene. Nicht den Menschen. Ich wand mich, bis er mich absetzte. Ich duckte mich aus dem Kreis seiner Arme und entfernte mich aus dem Wirkungsgebiet seines Geruchs.

„Ja, ich habe dich verzaubert, Antoni.“ Ich hörte eine Geige in meiner Stimme, schluckte hart und versuchte, sie zu unterdrücken.

Ich konnte ihm ansehen, dass er mir nicht zuhörte. Dass er nicht in der Lage war, zu denken. Obwohl das Morgenlicht durch die Fenster strömte, flackerte ein dunkles Feuer in seinen Augen.

„Das ist nicht real“, sagte ich heftig, und endlich war die Sirenenmusik aus meiner Kehle gewichen.

„Ich weiß nicht, was du meinst.“

Wurde der Junge nie wütend? Ich ahnte, dass er nur gehen würde, wenn ich ihn verletzte.

„Ich habe dich ausgetrickst“, sagte ich mühevoll und senkte den Blick. „Ich habe dich verführt. Ich habe ... Ich wollte nur sehen, ob ich dich dazu bringen kann, deine Professionalität abzulegen.“ Ich ging zurück, als er auf mich zukam. „Es war eine Mutprobe von meinen Freundinnen. Ich schätze, ich kann ihnen sagen, dass ich gewonnen habe.“

„Du lügst“, sagte er sanft. „Du lügst, um mich zu beschützen. Du brauchst das nicht zu tun. Was ich vorhin über meinen Job gesagt habe. Ich kann damit umgehen. Wir werden vorsichtig sein.“

Das klang nicht nach dem echten Antoni. Er verhandelte, obwohl meine Worte deutlich gewesen waren.

„Ich lüge nicht." Ich trat weiter zurück, als er näher kam.

„Ich weiß, dass du es auch fühlst. Es ist real. Es ist Magie, das zwischen uns, Targa."

Magie. Wenn er wüsste, wie sehr er Recht hatte. Ich musste jetzt den Todesstoß ausführen, sonst würde ich meine Entschlossenheit verlieren. Ich wollte ihn, aber nicht auf diese Weise – nicht mit Sirenentricks. „Ich empfinde nichts für dich. Ich habe dich wegen einer Mutprobe verführt und es tut mir leid. Es tut mir so leid, dass ich das getan habe. Jetzt bin ich an der Reihe, mich bei dir zu entschuldigen."

Das dunkle Feuer in seinen Augen erlosch. Sein Blick suchte in meinem, suchte verzweifelt nach Gewissheit, dass ich log. Er sah nicht wütend aus. Nur verletzt.

„Wie du willst, Targa", sagte er leise. Er wartete noch eine endlos lange Sekunde, bevor er aus dem Raum ging und mich allein ließ.

Ich atmete lang und tief aus. Dann trat ich gegen einen Bürostuhl. Er rollte auf quietschenden Rädern über den Teppich und kippte dann um. Es war zum Schreien. Ich konnte jeden Typen haben, den ich wollte. Aber wie sollte ich jemals wissen, ob er mich wollte?

Kapitel 24

Ohne Antoni sah mein Leben in Polen völlig anders aus. Ich tat mein Bestes, um zu vermeiden, dass wir uns über den Weg liefen. Morgens, wenn meine Mutter mit dem Team tauchen ging, verließ ich das Haus und ging zum Meer. Ich zog meine Kleider zwischen den Felsen aus und erkundete die Ostsee in meiner neuen Gestalt. Ich wusste, wo die Sybella lag und gab Acht, weit weg von ihr und dem Tauchteam zu bleiben. Auch von den Schifffahrtswegen, die am Dieselgeruch leicht zu erkennen waren, hielt ich mich fern. Aber es gab auch so mehr als genug zu sehen. Immer weiter drang ich ins Meer vor, genoss das Spiel der Strömungen, die träge durchs Blau tastenden Sonnenstrahlen, die dichte, schwere Finsternis der Tiefe. Die Welt unter Wasser war voller Wunder, und bei den Geschwindigkeiten, die ich erreichte, und der Sicht, die ich hatte, blieb mir nichts verborgen.

Ich spielte mit Delfinen und Orcas, die mit mir herumtollten, als wären sie Welpen. Ich schloss mich einem Schwarm von Hunderttausenden von fliegenden Fischen an und verbrachte einen ganzen Morgen damit, ihre Luftsprünge nachzuahmen, um zu sehen, wie hoch ich fliegen konnte.

Wann immer ich eine Meereskreatur in Not fand, half ich ihr, so gut ich konnte. Meistens hatten sie sich in Plastik verheddert. Ich war schockiert darüber, wie viel Abfall im Wasser trieb. Wie konnten die Menschen diesen schönen Ort als Müllhalde benutzen? Ich lieh mir ein riesiges Fischernetz aus dem Bootshaus von Novak und begann bald, nichts anderes mehr zu tun, als Müll einzusammeln.

Jedenfalls den, den man einsammeln konnte. Ich sah Dutzende von Schiffswracks. Die meisten waren gar nicht so alt, auch wenn sie völlig verschrottet waren. Ich lernte die verschiedenen Arten von Schiffen kennen. Fischereischiffe, Schoner und Fähren, Wikingerboote, sogar ein paar Flugzeuge aus dem Weltkrieg. Ich war erstaunt, wie viele Maschinen und Gefährte sich auf dem Meeresboden befanden. Ich sah sogar ein Wrack, das sich auf einem älteren Wrack abgesetzt hatte.

Nachts forschte ich nach den Geschichten hinter diesen Katastrophen. Schätzungen gingen von bis zu drei Millionen Wracks auf dem Meeresboden aus, und es gab alle möglichen Ursachen – Brände, Kollisionen, fahrlässige Seemannschaft, Motorschaden, Stürme, Eis, Versicherungsbetrug, Instrumentenausfall, Schwefelwasserstoffblasen, Unterwasservulkane, auf Grund gelaufene Schiffe, Seeschlachten. Die Liste ging weiter und weiter.

Eines Tages, als ich gerade das Wrack eines großen Dampfers erkundete, bemerkte ich, dass es dunkel wurde. Ich vermutete, dass es schon Abend geworden war und ich mein Zeitgefühl verloren hatte, denn das konnte unter Wasser leicht passieren. Als ich Richtung Oberfläche schwamm, schien das Licht grüner als sonst. Und dann sah ich es: Eine dicke Schicht schleimigen, grünen Breis trieb auf dem Wasser.

Meine Kiemen öffneten und schlossen sich, ohne Sauerstoff zu finden. Ich fühlte mich, als würde ich ersticken. Ich tauchte wieder hinab, wo das Wasser klar war, und schwamm am Meeresboden entlang, bis das grüne Licht gelb wurde, und tauchte dann wieder auf.

Um mich herum war die Oberfläche sauber, aber nicht weit entfernt bedeckte der grüne Brei das Meer – eine schier endlose Schicht blasiger Schleim. Das musste die Algenblüte sein, von der Antoni gesprochen hatte. Ich war erschüttert.

Aber auch wenn einiges von dem, was ich im Meer entdeckte, beunruhigend war, fühlte ich mich sorglos, wann immer ich schwimmen konnte. Es wurde meine Meditation. Alle Traurigkeit, alle Grübeleien schmolzen dahin. Und ich war nicht ein einziges Mal um meine Sicherheit besorgt. Ich fühlte mich zu verbunden mit den Geschöpfen des Meeres, sogar mit den Raubtieren.

„Mom“, fragte ich eines Abends, als wir eine Tasse Tee vor dem Schlafengehen tranken. „Kannst du mehr darüber erzählen, wie man ans Salz verloren geht? Du weißt schon, was du Martinius erzählt hast. Es klang nicht nach dem normalen Sirenenzyklus von Salz- und Süßwasser.“

„Es ist ganz anders, das stimmt. Sich ans Salzwasser zu verlieren ist nichts, was eine Meerjungfrau jemals mit Absicht verfolgen würde“, erklärte sie. „Manchmal, wenn eine Meerjungfrau mit Salz übersättigt ist, macht ihr System eine weitere Veränderung durch. Normalerweise passiert das einer Sirene, die den Drang verspürt, an Land zu kommen und einen Gefährten zu finden, aber so weit draußen im Meer ist, dass sie es nicht rechtzeitig zum Süßwasser schafft. Das Salz löscht alles Menschliche in ihr aus, und ihr bleibt nur der animalische Instinkt. Wenn es so weit gekommen ist ...“ Sie schüttelte den Kopf. „Dann gibt es kein Zurück mehr.“

Ich konnte mir vorstellen, wie sich eine solche Übersättigung von Salz anfühlte. Schon das bisschen Salz, das es in der Ostsee gab, schien die Sorgen meines menschlichen Lebens wegzuspülen, aber all die Probleme und der Stress kamen zu mir zurück, sobald ich an Land ging. Mein Sirenen-Bewusstsein verblasste dann wieder, und manchmal brach das Menschen-Bewusstsein mit solcher Wucht über mich herein, dass es mir den Atem raubte.

Und dann dachte ich an Antoni. Ich wusste, dass auch er an mich dachte. Und dass er sich fragte, wo ich mich herumtrieb, denn manchmal verriet mir das Dienstmädchen augenzwinkernd, dass er im Haus herumpirschte, als wartete er darauf, mir zu begegnen. Aber wir begegneten uns nicht, denn ich wich ihm mit der Gerissenheit einer Undercover-Agentin aus. Nun, es würde nicht ewig so weitergehen. Immerhin war es seine Aufgabe, auf mich aufzupassen, und ich ahnte, dass Martinius früher oder später darauf drängen würde, dass er mir irgendwelche Sehenswürdigkeiten zeigte.

Normalerweise hätte ich in so einer Situation mit meinen Freundinnen gesprochen, aber abends lag ich im Bett mit meinem Telefon in der Hand, die Finger schwebten über der Tastatur und tippten doch nichts. Ich wollte meinen Freundinnen erzählen, was passiert war, was ich durchmachte. Aber ich durfte es nicht. Unter der Freude über meine große Veränderung entfaltete sich eine Einsamkeit und Melancholie, die ich mit niemandem teilen konnte.

Auch von den Mädchen kamen seltener Nachrichten, als ich erwartet hatte, aber das passte mir gut. Ich war sowieso die meiste Zeit unerreichbar. Von Saxony hörte ich, dass sie Italien liebte und dass sie sich mit dem kleineren Jungen, Isaia, sehr gut verstand. Sie hatte auch ein paar süße italienische Typen kennengelernt, die alle ziemlich gegensätzlich klangen, und sie war sich nicht sicher, welcher ihr am besten gefiel – typisch, ich konnte sie mir bildhaft vorstellen. Georjayna sagte, dass Irland nicht das war, was sie erwartet hatte, aber dass Jasher endlich seine menschliche Seite zeigen würde, immerhin.

Mein Telefon zwitscherte eines Nachts spät und weckte mich, kurz nachdem ich eingeschlafen war. Ich drehte mich um und schaute auf den Bildschirm.

Saxony: Habt ihr in letzter Zeit von Akiko gehört?

Georjayna: Nö, nicht, seit sie in Kyoto angekommen ist. Und ihr?

Ich: Nein, ich auch nicht. Sollten wir uns Sorgen machen?

Saxony: Na ja, sie hat gesagt, dass sie weit weg sein wird, also hat sie vielleicht keine Verbindung.

Ich: Ich bin sicher, das ist der Grund.

Saxony: Würde mich nicht wundern, wenn sie uns einfach vergessen hat.

Georjayna: Na, da hast du's. Sie wird schreiben, wann sie will. Akiko, wenn du das siehst – wir hoffen, dass du Spaß hast, lass uns irgendwann wissen, dass du lebst, ok?

Ich schaltete mein Telefon ab, drehte mich um und schlief fast augenblicklich wieder ein. Wenn es eine Freundin gab, um die ich mir nie Sorgen machte, dann war es Akiko. Sie war klitzeklein und ruhig, aber sie war die klügste und einfallsreichste Person, die ich kannte. Ich vertraute darauf, dass sie schreiben würde, wenn sie konnte.

Am nächsten Abend begleitete ich Mom erneut auf einen Ausflug zur Sybella. Sie wollte das Wrack präparieren, sodass das Team reibungslose Tauchgänge haben würde. Wir taten gerade genug, um die Artefakte gut sichtbar zu machen und aus gefährlichen Winkeln zu entfernen, aber nicht so viel, dass das Team etwas bemerken würde. Mom kommentierte, dass ich mich inzwischen viel sicherer mit meinem neuen Körper bewegte, und traute mir mehr zu als letztes Mal. Ich durfte sogar ins Innere des Schiffes schwimmen.

Wir bewegten ein Stück Holz, das aussah, als befände es sich in einer wackeligen Lage und könnte sich verschieben. Wir befreiten Kisten und Fässer von verwickelten Seilen. Eine Aufgabe, für die ein menschlicher Taucher womöglich Stunden gebraucht hätte. Sanft legten wir Artefakte auf dem Meeresboden frei und bliesen den Sand zurück, um gerade so viel zu enthüllen, dass die Männer sie leicht entdecken konnten. Mom zeigte mir, wie ich meinen Schwanz und meine Schwimmhände benutzen konnte, um die Meeresströmungen zu imitieren und den Sand teilweise auf natürliche Weise über dem Gegenstand abzulagern. Wir waren immer darauf bedacht, Algen oder Seepocken zu hinterlassen.

In den frühen Morgenstunden kehrten wir zurück. Während der Autofahrt lobte mich Mom, ohne mich anzusehen, aber ich hörte ihr an, wie stolz sie war. Und ich hatte wirklich viel gelernt. Durch meine Kiemen konnte ich mittlerweile sauerstoffreiches Wasser, salzhaltigeres Wasser und verunreinigtes Wasser unterscheiden. Mein Schwanz war nicht nur ein mächtiges Antriebssystem, er konnte auch Strömungen und feine Temperaturschwankungen sowie Mineralien erkennen, die mich auf etwas Metallisches oder Künstliches im Wasser oder auf eine natürliche Mineralienablagerung im Meeresboden aufmerksam machten. Da waren Ablagerungen im Meeresboden, für deren Entdeckung Bergbau-, Gas- und Ölfirmen getötet hätten.

„Du siehst auch in deinem jetzigen Zustand anders aus“, bemerkte Mom. „Ist es dir schon aufgefallen?“

Ich nickte. Obwohl ich so viel aß wie drei Bodybuilder, war ich schlanker geworden, muskulöser und biegsamer, und ich bewegte mich anders als vorher.

„Ich glaube, die Haushälterin merkt auch etwas“, sagte ich. „Ich versuche, meinen Energiebedarf so unauffällig wie möglich zu decken, aber Edit kommentiert inzwischen schon meinen Appetit.“

Mom grinste und zuckte die Schultern. „Ein Mädchen muss essen.“

In den folgenden Tagen, als die Tauchgänge losgingen, brachten die Blue Jackets jeden Tag Bergungsartefakte an die Oberfläche. Ich hatte immer nasses Haar, wenn ich sie zu Hause erwartete, um ihnen beim Ausladen zu helfen, und sie schüttelten die Köpfe und sagten, ich sei genau wie meine Mutter. Micah zeigte mir, wie man die Artefakte markierte und im eigens für die Sybella eingerichteten Konservierungslabor reinigte und katalogisierte. Vieles von dem, was sie mitbrachten, musste in Meerwasser getränkt bleiben, bis es einen speziellen Prozess durchlief, um an der Luft nicht zu zerfallen, so wie die Gallionsfigur.

Die Männer feierten ihre Erfolge bei ausgelassenen

Abendessen.

Simon hielt ein Glas Bier hoch und wir anderen hoben auch unsere Gläser, um anzustoßen: „Auf unser beispielloses Glück!“

„Glück?“, wiederholte Eric, etwas rotgesichtiger als sonst. „Geschicklichkeit trifft es eher. So etwas wie Glück gibt es bei einer Bergung nicht. Auf uns, die Besten der Welt, und auf unsere Boni!“

Darauf tranken alle. Ich warf Simon einen Blick zu, aber er war zu glücklich, um sich darüber aufzuregen, dass Eric ihn auf diese Weise berichtigt hatte.

Martinius hob eine Augenbraue, sicher wegen Erics schamloser Freude über die Bezahlung, doch zu Simon sagte er nur: „Wahrhaftig, Sie scheinen Ausnahmetalente zu haben.“

Ich wusste, was er damit meinte, und lächelte meinen Teller an.

„Wir engagieren nur Meister. Unsere Taucher sind sehr erfahren, sie haben tausende von Tauchgängen hinter sich, vielleicht sogar zehntausende“, antwortete Simon stolz. Er lehnte sich näher zu Martinius vor. „Sie mag es nicht, wenn ich sie hervor hebe, aber Mira ist bei weitem die begabteste Taucherin, die ich je getroffen habe. Ich weiß, Sie haben ein oder zwei Artikel gelesen, aber die können ihr unmöglich gerecht werden. Sie tut so, als würde sie es hassen, aber niemand, der so gut ist, könnte jemals das Tauchen hassen. Ihr bei der Arbeit zuzusehen ist fast unheimlich“, sagte er, kaum lauter als ein Flüstern.

„Ist das so?“ Martinius sah zu Mom herüber und sie verbarg ein kleines Lächeln hinter ihrer Serviette.

Kapitel 25

Ich wusste, dass ich Antoni nicht für immer ausweichen konnte, aber ich wünschte, unser Wiedersehen hätte an einem anderen Tag stattgefunden. Ich war morgens mit meinem Netz ins Meer gegangen, um Müll einzusammeln. Ich zog gerade das volle Netz über den Strand, als ich Antonis Auto neben dem Truck von Martinius entdeckte, den ich mir geliehen hatte, angeblich, um einen Ausflug zu einem fernen Strand zu machen.

Ich ließ den Wind die nassen Strähnen aus meinem Gesicht streichen und atmete tief durch. Was auch immer er mir zu sagen hatte, ich musste einen kühlen Kopf bewahren und stark bleiben. Immerhin war ich bekleidet, weil ich geistesgegenwärtig genug gewesen war, meine Kleidung direkt beim Wasser zwischen den Felsen zu verstecken. Fünfzehn Minuten früher hätte er mich allerdings in Meerjungfrauenform gesehen. O, Gott. Oder *hatte* er mich gesehen?

Er stieg aus dem Auto und sah mich an, die Hände in den Hosentaschen. Seine entspannte Haltung beruhigte mich. So stand niemand da, der gerade beobachtet hatte, wie eine Meerjungfrau an Land ging. Nichtsdestotrotz war ich mir ängstlich der Veränderungen bewusst, die mein Menschenkörper seit meiner Wiedergeburt durchgemacht hatte und die Antoni hier, im hellen Sonnenlicht, nicht verborgen bleiben konnten. Mein Haar hatte sich von dunkelbraun zu blauschwarz verdunkelt, genau wie das meiner Mutter, und war mit einer erstaunlichen Geschwindigkeit gewachsen. Meine

Augen hatten eine übernatürliche blaugrüne Farbe angenommen, die der meiner Mutter nicht unähnlich war. Ihre waren mehr blau als grün, meine mehr grün als blau. Meine Sommersprossen, Adern und Narben hatten sich geglättet und meine Haut hatte einen undurchsichtigen Schimmer bekommen. All dies war subtil, aber ich wusste, dass es anderen Leuten auffiel, denn ich bekam viel mehr Blicke als früher.

Antoni kam über den Sand auf mich zu. Mein Herz drehte sich ein wenig und ich merkte, wie sehr ich ihn vermisst hatte. Und verdammt, dass er auch wieder so gut aussah. Er hatte eine Fliegersonnenbrille auf der Nase und trug ein weißes Poloshirt mit dem aufgestickten Meerjungfrauenwappen der Nowaks, rote Shorts und marineblaue Seglerschuhe. Polnische Jungs schienen sich gern ordentlich anzuziehen, im Gegensatz zu den Jungs zu Hause, denen die zerrissenen T-Shirts und Hosen halb herunterfielen. Und ich machte gerade auch keinen besseren Eindruck, mit meinen sandigen Kleidern, die an meiner feuchten Haut klebten, und dem Netz voll Müll im Schlepptau.

„Was in aller Welt ...“ Er nahm seine Sonnenbrille ab. „Ich dachte, ich würde dich vielleicht dabei ertappen, wie du ein schmutziges Buch liest und dich auf einem Strandtuch räkelst, aber das ist schmutziger, als ich dir je zugetraut hätte. Hast du eine Kleinstadt in die Luft gesprengt?“

Ich hatte aufgehört, den Müll zu ziehen, und versuchte so zu tun, als wäre die Last zu viel für mich. „Willst du mir zuschauen oder hilfst du mir?“

Er klemmte seine Sonnenbrille am Kragen fest und schnappte sich eine Ecke des Netzes. Zusammen schleppten wir es auf die Ladefläche des Trucks. Es fiel fast über.

„Targa, wie hast du das alles allein geschafft?“, fragte er nach Atem ringend.

„Allein? An diesem Haufen war die ganze Gesellschaft beteiligt. Alle, die ihren Müll achtlos ins Meer werfen oder am Strand liegen lassen.“

Ich konnte sehen, dass meine Worte ihn trafen, aber er sah weg und schwieg eine Weile, ehe er endlich sagte: „Jeden Sommer organisiere ich eine Gruppe von Freiwilligen, die gegen die Verschmutzung von Meer und Stränden vorgehen. Ich hasse, wie viel sich ansammelt.“ Er schluckte und fragte mit festerer Stimme: „Wo hast du das Zeug gefunden? Das sieht aus, als wärst du die ganze Küste Polens entlanggewandert.“

Seine Formulierung kam mir gerade recht. Er sollte ruhig denken, dass ich Müll vom Strand aufhob, anstatt das Netz meilenweit über das Meer zu ziehen. Tatsächlich hatte ich nur so viel zusammengetragen, weil ich gelernt hatte, mit meinem Schwanz feinste Strömungen wahrzunehmen. Müll neigte dazu, sich zu sammeln, wo die Strömungen auf der Wasseroberfläche zusammentrafen und Strudel bildeten. Inzwischen war ich gut darin geworden, diese Orte zu finden.

„Ich habe meine Zeit hier nicht verschwendet“, sagte ich ausweichend. „So, jetzt muss ich den Wagen zurückbringen. Die Müllkippe schließt um drei Uhr. Danke für deine Hilfe.“ Ich ging auf die Fahrerseite. Ich hoffte, er würde mich nicht fragen, ob ich einen internationalen Führerschein hatte. Denn den hatte ich nicht.

„Targa“, sagte er, und sein Ton ließ mich innehalten.

Es klang nicht so, als würde er an meinen fehlenden Führerschein denken. „Ich weiß, dass du mir ausweichst. Aber bitte lass mich nur eine Minute mit dir reden."

Ich drehte mich nicht zu ihm um. „Also gut, rede."

Mein menschliches Ich wusste, dass ich unnötig unhöflich war, aber mein Sirenen-Ich hatte kein Mitleid, sondern wollte nur eins: die Gefahr, die er darstellte, auf Abstand halten.

„Du ... siehst anders aus", sagte er.

Ich erwiderte nichts. Er hatte keine Frage gestellt, und ich hatte keine Lust, mir irgendeine dumme Ausrede auszudenken.

„Wie kannst du jetzt noch blasser sein als bei deiner Ankunft? Hast du nicht jeden Tag draußen verbracht? Du warst jedenfalls nicht zu Hause."

Ich drehte mich zu ihm um, in der Hoffnung, dass Angriff die beste Verteidigung war: „Bist du hergekommen, um über meinen Hautton zu reden?"

„Nein, bin ich nicht." Er seufzte. „Ich bin gekommen, um dir zu sagen, dass es nicht nötig ist, dass du mich meidest, als hätte ich eine ansteckende Krankheit. Und zweitens ..." Er hielt inne und suchte nach Worten. „Du hast mit mir geflirtet, um vor deinen Freundinnen anzugeben. Du hast dich entschuldigt. Und ich nehme deine Entschuldigung an. Können wir jetzt einfach Freunde sein? Ich brauche dich wirklich, wirklich … um Englisch zu üben."

Jetzt grinste er wieder wie der Antoni, mit dem ich die erste Woche hier verbracht hatte. Ich wünschte, ich könnte zu meinen alten Gefühlen zurückkehren, die neuen waren so kompliziert. Meine Abwehr ließ ein wenig nach. Ich war unendlich dankbar, dass der Wind seinen Duft von mir wegwehte.

„Was ich getan habe, war unglaublich kindisch und gemein“, sagte ich.

Er zuckte die Achseln. „Ich war auch mal ein Teenager. Ich erinnere mich, was für Scheiß man da anstellt.“

Ich unterdrückte ein Lachen. Es war das erste Mal, dass ich ihn *Scheiß* sagen hörte, und es klang komisch mit seinem Akzent.

Er zog die Augenbrauen hoch. „Freunde?“

„Freunde“, stimmte ich zu. „Aber lang bin ich eh nicht mehr hier.“

„Ja, die Bergungsarbeiten gehen viel schneller als gedacht. Ich hatte gehofft, du würdest das nicht zur Sprache bringen“, seufzte er. „Schau Targa, ich … empfinde etwas für dich. Wenn das, was du gesagt hast, wahr ist ...“

Also war er immer noch nicht überzeugt. Ich konnte nicht sagen, ob ich darüber glücklich oder traurig war. In mir tobte ein Chaos.

„Wenn das, was du gesagt hast, wahr ist, dann bin ich glücklich, dich einfach nur getroffen zu haben. Du bist einzigartig und ich kann nur hoffen, dass es in meiner Zukunft eine Frau geben wird, bei der ich mich so fühle wie in deiner Nähe.“

Dieser süße Monolog war so bescheiden, so verletzlich und so ehrlich, dass ich mir wie der größte Mistkäfer vorkam. Wie konnte ich nach so einer Rede denken, dass seine Gefühle für mich nicht echt waren? Ich war ihm so viel wert, dass er auf Abstand ging und mir Freundschaft anbot, weil er glaubte, dass ich das wollte. Mit dem Begehren, das eine Sirene auslöste, hatte das nichts zu tun.

Ich wollte ihn anspringen und mit Küssen bedecken. Ich wollte ihm sagen, dass er mein Herz aus meiner Brust explodieren ließ. Er ließ Geigen in meine Stimme steigen, ob ich wollte oder nicht. Ich hätte vor Frustration schreien können.

Stattdessen log ich ihn abermals an: „Ich hoffe auch, dass es diese Frau in deiner Zukunft gibt.“ Etwas welkte in mir wie eine von der Sonne verdorrte Blüte.

Er trat vor, um mich zu umarmen, und ich wandte mich von ihm ab und öffnete die Tür des Wagens. „Hilfst du mir, diese abscheuliche Ladung Müll loszuwerden?“ Ich stieg ein und schloss die Tür.

Ich sah aus den Augenwinkeln, wie er vor dem geöffneten Fenster stand. Ich konnte seinen Blick nicht erwidern. Ich drehte mich zur Beifahrerseite und schnappte mir eine Flasche Wasser. Eine heiße Träne glitt mir über die Wange und ich wischte sie wütend weg. Dann exte ich die Wasserflasche.

„Kein Problem“, sagte er. „Ich fahre dir nach, damit du mich nicht zu meinem Auto zurückfahren musst.“

Ich nickte und er verschwand.

Während er mir zur Müllkippe folgte, konnte ich den Strom der Tränen nicht aufhalten. Ich schluchzte nicht; meine Augen wollten einfach nicht aufhören zu tränen. Das war neu. Weinten Meerjungfrauen so?

Als wir ankamen, musste ich mein Gesicht mit Wasser aus der Flasche bespritzen, um meine Tränen notdürftig zu verbergen. Aber Antoni beobachtete mich beim Abladen des Mülls genau. Ich konnte ihn immer noch nicht ansehen, und ich behielt meine Sonnenbrille auf. Nicht mehr lange, sagte ich mir. Nicht mehr lange, und ich würde abreisen und nie wiederkommen. Aber die Gefühle, die mit diesem Gedanken kamen, halfen keineswegs, meine Tränen zum Versiegen zu bringen.

Kapitel 26

Ich brach auf der Couch in unserer Suite zusammen. Es war nach dem Abendessen und ich fühlte mich satt und müde und spürte die Erschöpfung der letzten Tage. Vermutlich hätte ich sechzehn Stunden durchschlafen können. Aber ich hielt mich mit meinem Handy wach, bis Mom zurückkam.

Meine Augenlider hatten schon begonnen sich langsam zu schließen, als die Tür aufflog und Mom hereinkam. Sie hatte einen harten Ausdruck im Gesicht. Etwas musste sie verärgert haben.

„Entschuldigung, Sonnenschein.“ Sie schloss die Tür mit mehr Sorgfalt, als sie sie geöffnet hatte. „Ich wusste nicht, dass du hier schläfst.“

Ich richtete mich auf. Seit wir in Polen waren, hatten sich die Manieren meiner Mutter merklich verbessert, während meine sich deutlich verschlechterten. Sie hatte viel Zeit in fast salzlosem Wasser verbracht, eine große Änderung gegenüber dem Atlantik, während in mir die Sirene erwacht war.

„Möchtest du einen Tee?“, fragte ich. Wir hatten es uns zur Gewohnheit gemacht, wann immer es sich einrichten ließ, abends vor dem Schlafen noch einen Tee zusammen zu trinken.

„Nein, danke.“ Sie ließ sich auf dem Stuhl gegenüber von mir sinken und legte ihre Finger an die Schläfe, als ob sie Kopfschmerzen hätte. „Es ist Ericll Was für eine Nervensäge.“

Eric benahm sich seit unserer Ankunft daneben. Er wirkte am Esstisch mürrisch und unsympathisch, war unhöflich sowohl zu den Novak-Angestellten als auch zu seinen Teamkollegen, und bei der Arbeit fiel er offenbar immer wieder durch einen Mangel an Konzentration und Vorbereitung auf.

„Seit wann kümmert es dich, wie deine Kollegen sind?“, fragte ich. „Oder hat er diesmal wirklich Schaden angerichtet?“

„Als angenehm konnte man Eric ja noch nie bezeichnen, aber in letzter Zeit hat er nochmal so richtig aufgedreht. Sonst hatte ich immer den Ruf, die stacheligste Person im Team zu sein, aber stachelig ist gar kein Ausdruck für ihn. Er ist ein richtiger Bastard.“ Sie seufzte und lehnte sich zurück. „Simon hat mit Martinius Leistungszulagen ausgehandelt, bevor er den Vertrag unterschrieben hat, das macht er immer. Die Bezahlung sollte teilweise davon abhängen, wie erfolgreich der Tauchgang ist, und wir sind immer erfolgreich, also ist es gut, es auf diese Weise zu regeln. Der Kunde ist auch zufrieden, denn es bedeutet, wenn er nicht das bekommt, was er will, dann kostet es ihn nicht so viel. Aber da der Tauchgang wie ein Uhrwerk abläuft, hat Eric Simon gedrängt, die Vertragsbedingungen neu zu verhandeln.“

„Das kann er nicht machen“, sagte ich. „Das ist total unprofessionell.“

„Ganz genau. Keine Ahnung, wie er auf diese verrückte Idee gekommen ist. Er hat Simon so sehr damit bedrängt, dass Simon auf dem Deck der Brygida auf ihn losgegangen ist. Es gab ein paar Handgreiflichkeiten. Wir anderen sind schließlich dazwischen gegangen, aber für einen Moment haben wir uns zurückgehalten, weil es einfach befriedigend war, zu sehen, wie Eric endlich mal einen auf den Deckel kriegt."

„Hat er dann aufgehört?", fragte ich, zog den Teebeutel aus meiner Tasse und setzte ihn auf die Untertasse. „Eric, meine ich."

„Nein, es ist schlimmer geworden", sagte sie und warf die Hände hoch. „Heute Abend beim Abendessen brachte Eric es tatsächlich vor Martinius zur Sprache. Kannst du das glauben?"

„Schon wieder? Was hat er gesagt?" Ich war entsetzt vor Fremdscham. Allerdings überraschte mich, wie sehr sich meine Mutter darüber ärgerte; ich hatte sie noch nie so aufgewühlt von irgendwelchen Streitereien bei der Arbeit erlebt.

„Martinius bedankte sich bei uns, weil wir heute einen besonderen Schatz geborgen haben: handgeschnitzte Stuhllehnen", sagte sie.

„Das ist nicht das, was ich mir unter einem Schatz vorgestellt habe, aber erzähl weiter."

„Eigentlich sind sie wirklich cool. Wie auch immer, Großmaul Eric sprang ein und sagte, dass der Vertrag geändert werden sollte, sodass uns ein Prozentanteil vom Wert jedes Artefakts gezahlt wird. Und nicht nur das, er verlangte auch einen zusätzlichen Bonus, wenn wir jeden einzelnen Gegenstand auf der Liste bergen, was beim Tauchen nie passiert und eine Sonderleistung wäre."

So viel Dreistigkeit war erstaunlich. Ich war für eine Weile sprachlos. Dann fragte ich: „Werdet ihr wirklich jeden einzelnen Gegenstand auf der Liste bergen?"

„Ja. Das Team weiß es noch nicht, aber ich weiß es. Ich habe bereits alle Gegenstände ausfindig gemacht und geplant, wie und wann wir alles finden werden. Alles bis auf eine Sache, aber die steht nicht auf der Ladeliste, also zählt es nicht."

„Und was ist das?"

„Die Schiffsglocke." Sie schnappte sich meine Tasse und nahm einen Schluck.

„Oh, richtig. Martinius sagte das beim Essen am ersten Abend", erinnerte ich mich.

„Aber was Eric da vorschlug, war nicht nur lächerlich, sondern auch beleidigend. Ich meine, der arme Martinius", sagte sie. „Das hat der Kerl nicht verdient."

„Wow, Mom", sagte ich, wirklich beeindruckt. „Wir könnten noch einen Menschen aus dir machen. So viel Anstand und Taktgefühl!"

Sie lachte. „Das muss der Mangel an Salz sein. Die Ostsee saugt bei jedem Tauchgang das Salz aus meinem System. Bald werde ich ein Softie sein, wie du." Sie stellte meine Teetasse auf den Tisch.

„Ich weiß nicht so recht. Manchmal fühlt es sich so an, als wäre ich auf dem besten Weg, die Stachelbeere zu werden, die du sonst immer warst. Ich wollte dich eigentlich wegen der ganzen Salzsache noch was fragen. Ist es wirklich so anders, wenn man im Atlantik schwimmt?"

„Ein Unterschied wie Tag und Nacht." Sie zögerte. „Es ist als würdest du statt eines sanften Ponys einen wilden Hengst reiten. Keine gute Metapher, das gebe ich zu."

Ich schüttelte den Kopf. „Nein, die Metapher ist gut. Und ich glaube, ich werde jetzt schlafen und vom Atlantik alpträumen."

Sie grinste. „Gute Nacht. Ach, übrigens: Martinius plant eine Party für uns und seine Angestellten nächste

Woche, um das Ende des Projekts zu feiern. Vielleicht kannst du davon träumen."

„Ah." Eine Party war wohl naheliegend, nachdem Martinius' Familie anderthalb Jahrhunderte lang nach der Sybella gesucht hatte. In Gedanken ging ich meine Kleidung durch, und überlegte, ob ich irgendetwas Passendes finden könnte.

Mom blickte mit schmerzerfülltem Gesichtsausdruck an die Decke und sagte: „Freunde von Martinius und prominente Mitglieder der Gesellschaft sind eingeladen worden, auch Würdenträger und Politiker aus skandinavischen und europäischen Ländern. Um Abendgarderobe wird gebeten. Das habe ich mir extra gemerkt, weil ich wusste, dass du fragen würdest."

„Dafür haben wir nichts Passendes eingepackt. Ich meine, was wir haben, geht nicht als Abendgarderobe durch, oder?"

„Nö." Sie stand auf und streckte sich. „Wir werden einkaufen gehen müssen."

Kapitel 27

Die meisten Mädchen träumten vermutlich davon, mit einem Bündel Bargeld loszuziehen, um sich ein Abendkleid zu kaufen. Und bis vor kurzem hätte ich ebenfalls zu diesen Mädchen gezählt. Aber jetzt wollte ich lieber Müll aus einem Gewirr von Seetang fischen. Ich hatte überhaupt keine Lust, mehr Zeit an Land zu verbringen als nötig, und was interessierte mich überhaupt noch mein Aussehen?

„Ich weiß“, sagte meine Mutter mit Einfühlungsvermögen, „jetzt, wo du eine Sirene bist, gibt es nichts Langweiligeres als Shoppen. Aber ich habe etwas Bargeld für dich, einen Vorschuss für deine Hilfe beim Präparieren der Sybella. Damit solltest du etwas Schönes bekommen.“

„Danke, Mom“, sagte ich und gab ihr eine Umarmung. Es wäre mir nie in den Sinn gekommen, dass ich dafür bezahlt werden würde, sie begleitet zu haben. „Oder glaubst du, Martinius hätte etwas dagegen, wenn ich seine Sekretärin bitte, für mich einkaufen zu gehen?“, fragte ich. Es war nur halb ein Scherz.

„Warum bestellst du nicht einfach etwas online, Schätzchen?“, sagte Mom. Sie hatte es wahrscheinlich satt, mir beim Jammern zuzuhören.

Ich blinzelte überrascht. „Du bist ein Genie!“ Ich küsste ihre Wange.

„Ich bin nicht irgendein alter Fisch, ich bin auf der Höhe der Zeit.“

„Die Tatsache, dass du gerade ‚auf der Höhe der Zeit‘ gesagt hast, bedeutet, dass du es nicht bist“, lachte ich.

„Aber das ist eine tolle Idee. Was wirst du für ein Kleid anziehen?“

„Eines unserer Meetings diese Woche findet in einem Labor in Gdańsk statt, ich werde im Anschluss einfach in einen der Läden dort gehen und etwas aussuchen. Dafür brauche ich dreißig Sekunden.“

Ich bekam die Lieferadresse von Novaks Anwesen von Antoni und lieh mir die Kreditkarte und den Laptop meiner Mutter. Innerhalb einer Stunde hatte ich ein einfaches schwarzes Babydoll-Kleid gefunden. Als ich versuchte, die europäischen Größenangaben in Zentimetern zu verstehen, kam Mom in mein Zimmer.

„Lass mal sehen, was hast du gefunden?“ Sie drehte den Bildschirm zu sich um. „Du machst Witze, oder? Das willst du bestellen?“

„Was ist daran falsch?“, fragte ich defensiv.

„Es lässt dich aussehen, als wärst du zwölf. Rutsch rüber.“

Ich machte Platz für sie. „Seit wann bist du ein Modeguru?“

„Nur weil ich mich nicht gern herausputze, heißt das nicht, dass ich nicht weiß, wie man sich herausputzt.“ Sie blätterte durch die Kleider auf der Seite für Maßanfertigungen, die ich gefunden hatte. „Das hier ...“ Sie drehte den Bildschirm wieder zu mir. „Das eignet sich besser für eine Gala, meinst du nicht auch?“

Es war ein Kleid, das sich auch für eine Krönung geeignet hätte. Trägerlos und körperbetont, mit Rüschen auf dem Rücken und einem Farbverlauf, der oben mit hellem Aquamarin begann und unten in Marineblau endete, war es eine Anspielung auf mein neues Sirenendasein. Die Seide war von Hand bemalt worden, mit einer Salztechnik, die Muster hinterließ, die an wirbelndes Wasser erinnerten, und die Rüschen hinten waren schräg geschnitten, sodass sie fast an einen Fischschwanz erinnerten. Vielleicht wurde mir deshalb ein wenig bang bei der Vorstellung, es zu tragen. Ich schwieg.

„Wenn du etwas anderes als das bestellst, erwürge ich dich mit deinem eigenen Bikini." Mom rutschte von meinem Bett und verließ das Zimmer.

Ich starrte auf das Kleid. Ich hatte noch nie etwas auch nur annähernd so Schönes getragen, und irgendwie fiel es mir schwer, mich darin zu sehen.

Kurzerhand gab ich meine Größenangaben ein und klickte auf ‚Abschicken'. Erledigt. Danach vergaß ich das Kleid, bis es zwei Tage später ankam. Ein Klopfen an unserer Tür wecke mich am Morgen und als ich aus dem Bett tapste, um zu öffnen, stand Antoni mit einer großen Schachtel in der Hand da.

„Dein Kleid ist angekommen", sagte er grinsend.

Ich klopfte ihm auf die Schulter, nahm die Schachtel und schloss die Tür.

„Darf ich es sehen?", kam seine Stimme durch die Tür.

„Mom!" rief ich in Richtung ihres Zimmers. „Gibt es jemanden, dem du nicht von diesem Kleid erzählt hast?"

„Nein, Schatz", rief Mom aus ihrem Schlafzimmer.

„Schamlos!", brüllte ich zurück.

„Ist das ein Nein?", hörte ich Antoni mit einem unterdrückten Lachen.

„Fort mit dir!", rief ich kichernd zurück.

Ich riss die Schachtel auf und fühlte mich angesichts meiner Aufgeregtheit ein wenig verlegen. Da war also immer noch ein menschliches Mädchen irgendwo in mir.

Ich schlug das Seidenpapier zurück und das Kleid fiel mir wie ein Wasserfall in die Hände.

Mom kam aus ihrem Badezimmer. Sie nahm die Zahnbürste aus dem Mund, um mich aufzufordern: „Probier es an."

Ich zog mich aus, öffnete vorsichtig den Reißverschluss auf der Rückseite des Kleides und stieg hinein. Ein Schauder lief mir über den Rücken, als der Stoff kühl und glatt über meine Haut strich. Ich hielt die Vorderseite an meine Brust, während Mom den Reißverschluss für mich zu machte. Das Kleid schmiegte sich um meinen Körper, ohne zu kneifen oder zu hängen.

Ich drehte mich um, um mich zu präsentieren. Moms Gesichtsausdruck sagte alles. Ihr fiel keine neckende Bemerkung ein. Sie sagte nur leise: „Geh dich ansehen."

Ich ging ins Schlafzimmer, wo ein großer Garderobenspiegel stand. Ich lehnte die Tür an, um mit der Person allein zu sein, die dort im Spiegel auftauchte.

Ich hob eine Hand vor den Mund. Es war eine Katastrophe. Ich sah aus wie eine Betrügerin. Wie ein kleines Mädchen, das Verkleiden spielte, und jeder würde es sofort durchschauen.

„Targa? Was denkst du?" Mom steckte den Kopf herein. Mein Ausdruck bereitete ihr sichtlich Sorge. „Was ist los? Gefällt es dir nicht?"

„Ich will nicht mehr auf die Party gehen, Mom. Ich kann das nicht tragen. Ich fühle mich nicht wie ich."

Mom trat hinter mich und strich mir die Haare von den Schultern. Sie schaute in mein Gesicht im Spiegel und ich schaute in ihres. Ihres war ein Gesicht, das über so ein Kleid gehörte nicht meines. Wir sahen uns zwar sehr ähnlich, aber sie war älter, weiblicher. Und ich sah jung aus, unfertig.

„Liebling, schau dich an und antworte mir. Siehst du ein schönes Mädchen, da im Spiegel?“

Ich überwand mich und richtete den Blick auf mich. Und ja, ich wusste, dass ich Schönheit besaß. Ich nickte. Das Mädchen nickte mit mir.

„Nun, ich nicht“, sagte sie. „Weißt du, was ich sehe?“

Ich schüttelte den Kopf.

„Ich sehe eine Kreatur, die so selten ist, dass die Menschen nicht einmal glauben, dass sie existiert. Ich sehe ein unbesiegbares Wesen, das erst am Anfang eines Lebens steht, das sich über mehrere Jahrhunderte erstrecken wird.“ Ihre Stimme verwandelte sich in eine ruhige Streichersinfonie. Die Härchen an meinen Armen stellten sich auf, aber sie war noch nicht fertig. Die Geigen wuchsen, während sie sprach. „Ich sehe eine Kreatur, die an Orte gehen wird, von denen die Menschen nur träumen können. Ich sehe jemanden, der mit allem begabt ist, was sie braucht, um Liebe zu finden, mit oder ohne ihre Sirenenfähigkeiten.“

Ihr Körper war leuchtend geworden, als ob eine Million mikroskopisch kleiner Lichter in Wellen unter ihrer Haut strömten. Es erinnerte mich an die biolumineszierenden Algen, die nachts manchmal die Ufer des Meeres zierten. Ihre Augen nahmen ein noch strahlenderes Blau an und leuchteten von innen heraus. Ihre Stimme war sanft, aber erfüllt von Macht. Es war, als würde man einem hundertköpfigen Orchester zuhören, das tief und leise anspielte. „Ich sehe eine junge Frau, die weiß, wann sie ihrem Ziel nachjagen und wann sie ein Opfer bringen muss. Ich sehe eine lebende Legende, einen wahr gewordenen Mythos. Ich sehe eine

Meerjungfrau."

Ich war wie versteinert. Ein paar Momente der Stille vergingen. „Kein Wunder, dass die Menschen dich unwiderstehlich finden", sagte ich schließlich. „Wenn es so wichtig für dich ist, trage ich das Kleid eben."

Sie lachte, ihre Musik verebbte und ihre leuchtende Haut und ihre Augen verdunkelten sich auf normal. Sie ließ mein Haar los und küsste mich auf die Wange. „Trage das Kleid. Oder nicht. Tu, was immer dich glücklich macht. Komm einfach zur Party. Ohne dich wird es dort todlangweilig sein."

Kapitel 28

Ich trug das Kleid nicht. Ich probierte es ein halbes Dutzend Mal an und begann es in der Heimlichkeit meines eigenen Zimmers fast zu mögen, aber ich wusste, dass ich mich in der Öffentlichkeit nicht wohl darin fühlen würde. Es war zu auffällig, zu übertrieben, als würde ich um Aufmerksamkeit betteln. Und überhaupt, für eine Sirene mit allen Möglichkeiten, Männer anzuziehen, war das Kleid ein ernsthafter Overkill.

Also gab ich es zurück und wählte ein schwarzes, knielanges Trägerkleid mit einer Spitzenauflage. Es war elegant und bequem. Es kam mit einem Spitzenüberwurf, den ich über meine Schultern fallen lassen oder als Schal tragen konnte. Ich bestellte auch ein Paar schwarze Vintage-Pumps und eine schwarze Clutch, in die ich mein Handy und einen Lipgloss stecken konnte. Ich wickelte mein Haar in einen französischen Twist auf und wählte ein einfaches Paar Perlenohrringe. Mein Outfit war formell genug, um dem Anlass angemessen zu sein, aber einfach genug, um in der Menge unterzugehen. Ich fühlte mich gut.

Mom wählte ein smaragdgrünes Säulenkleid aus Krepp, ein winziges Paar Smaragdstecker, die mein Vater ihr geschenkt hatte, und eine passende Halskette und ein Armband. Mit locker hochgestecktem Haar und ohne einen Stich Make-up sah sie einfach umwerfend aus.

Wir wurden zusammen mit den Blue Jackets in die Stadt transportiert. Die Party sollte in einem Hotel in Gdańsk stattfinden, aber ich wusste nicht, was genau mich erwartete. Abgesehen von Schulpartys und ein paar Hochzeiten war ich noch nie auf formellen Veranstaltungen gewesen. Sobald wir am Eingang des Hotels ankamen, öffnete ein Diener die Tür. Wir traten auf einen roten Teppich und sahen zu dem riesigen Steingebäude auf, das wir betreten sollten. Es war kein Hotel. Es war eine Burg.

„O, mein Gott!“, murmelte Mom.

„Ja“, ächzte ich.

Wir betraten die Lobby, die ein großer, zum Himmel offener Innenhof war; nur die Sitzbereiche und die Rezeption waren mit Steinbögen überdacht. Ein Schild mit der Aufschrift ‚Novak Stoczniowców Bracíz‘ und ein Pfeil durch eine gewölbte Doppeltür zeigte uns den Weg. Wir gingen einen langen steinernen Flur hinunter, der mit antiken Möbeln und Rüstungen gesäumt war. Von irgendwo ertönte gedämpfte klassische Musik, und als wir uns einer Doppeltür näherten, wurden wir von einem Mann und einer Frau in schwarzen Anzügen begrüßt.

Im Saal dahinter erwarteten uns Leute in Ballkleidern und Smokings, die Champagnergläser in den Händen hielten. So hatte ich mir den europäischen Adel immer vorgestellt. Ich sah sogar ein paar Diademe und fürstlich rote Schärpen. Während ich den Blick über das Meer aus weißen und grauen Haaren schweifen ließ, wurde mir klar, dass ich bei weitem die jüngste Person im Raum war.

Einige Führungskräfte von Novak begannen uns die Hände zu schütteln. Martinius und Antoni waren auch da. Als ich vor Antoni trat, nahm er meine Hand, um sie zu küssen. Seine Bewegung war vollendet höflich.

„Schön, dass du hier bist“, sagte er zu mir und drückte meine kleine, kühle Hand in seiner großen, warmen.

„Danke, ähm, ich freue mich auch.“

Martinius war als nächstes dran. Er nahm meine Hand und schaute mir direkt in die Augen. „Du weißt, dass du hier immer willkommen sein wirst, Targa. Komm nach Hause, wann immer du willst.“

„Danke Martinius, das ist sehr freundlich. Herzlichen Glückwunsch, dass du dein Ziel endlich erreicht hast. Ich freue mich für dich“, sagte ich.

Mit Trauer bemerkte ich, dass seine Hand und sein Kopf ganz leicht zitterten. Es waren nicht die Nerven. Es war das Alter. Ich hatte das Zittern noch nie zuvor bemerkt und ich fragte mich, was ihm das Projekt körperlich und geistig abverlangt hatte.

„Vielen Dank, meine Liebe. Ohne dich und deine Mutter wäre das nie passiert.“ Er klopfte mir auf die Hand und ließ mich dann gehen, um meine Mutter zu begrüßen.

Ich war vom Zuhören ihres Austausches abgelenkt, als mir klar wurde, dass er sein Anwesen als mein ‚Zuhause‘ bezeichnet hatte. Die Vorstellung, dass Martinius mir ein zweites Zuhause geben wollte, erfüllte mich mit Wärme. Aber würde ich jemals zurückkommen? Würde ich Antoni oder Martinius jemals wiedersehen? Würde ich jemals wieder in der Ostsee schwimmen? Mir war, als würde etwas aus meiner Brust gesaugt bei all der Ungewissheit.

Runde Tische waren über die Hälfte des Raumes verteilt. Ich hatte noch nie so schöne Gedecke aus Silberbesteck, Porzellan, Kristall und handgeschriebenen Namenskarten gesehen. Die Blumenarrangements erinnerten mich an das erste Abendessen, das wir mit Martinius gehabt hatten, nur war dieses noch prächtiger. Auf einer Bühne spielte ein kleines Orchester.

„Schau mal." Mom zeigte auf eine entfernte Ecke des Ballsaals. Durch eine Reihe von sich langsam bewegenden Menschen konnte ich Tische sehen, aber nicht, was die Menge anzog.

„Was ist da?"

„Artefakte aus der Sybella. Sollen wir nachsehen?" Sie nahm meine Hand.

„Unbedingt!"

Mom schnappte sich auf dem Weg zwei Champagnergläser von einem Kellner und reichte mir eins. „Nur eins", sagte sie und schenkte mir ein Lächeln.

Wir stießen an und nahmen einen Schluck. Der Champagner war süß und sprudelnd. Wir näherten uns der Ausstellung. Auf vier langen Tischen, die mit Marinetüchern bedeckt waren, lagen die Artefakte. Für jedes gab es ein Etikett mit einer Beschreibung – Flaschen mit Wein, Wodka und Cognac, die noch verkorkt waren, ein Dutzend verschiedener Münzsorten in allen möglichen Formen, Größen und Metallen. Ohrringe, Knochenporzellan und Silberbesteck, Kerzenständer, Messer und Rüstungsteile.

„Dies ist eine der handgeschnitzten Stuhllehnen, von denen ich dir vorhin erzählt habe." Mom zeigte auf eine seltsam geformte Holzschnitzerei. Wenn ich nicht gewusst hätte, was es war, hätte ich die Stuhllehne nicht erkannt. Es gab keinen Sitz und keine Beine, nur eine Platte aus geschnitztem Holz mit zwei Pfosten.

„Siehst du die Gesichter?" Sie umriss die Form mit ihrem Finger. Da waren zwei bärtige Männer im Profil,

Rücken an Rücken, sodass sie von der Mitte des Stuhls wegblickten. Ihre Münder standen wütend offen.

„Freundlich“, sagte ich.

„Martinius hat einen Historiker engagiert, der den Ursprung der Stühle recherchiert. Meine Vermutung ist, dass ein Militärgeneral oder jemand ähnliches sie beauftragt hat. Vielleicht sollten sie an einem Verhandlungstisch eingesetzt werden.“

„Wohin sollten sie geliefert werden?“ Ich bewunderte die feinen Details in den Bärten der Männer. Ihr Haar wirbelte um ihre Köpfe wie ein Strudel im Meer.

„Zum Hafen von Tallinn in Estland. Oft war der Hafen, in den diese Waren geliefert wurden, aber nicht ihr endgültiger Bestimmungsort. Sie wurden von anderen Lieferdiensten abgeholt und weiter ins Landesinnere gebracht.“

„Wäre das bei den meisten dieser Artefakte der Fall gewesen?“, fragte ich.

Sie nickte. „Bei vielen von ihnen, ja. Sobald Novak sie in den Hafen gebracht hätte, wäre ihre Arbeit getan.“

Wir hörten uns die Fragen und Spekulationen der Leute um uns herum an. Englische Dialekte vermischten sich mit kanadischen und amerikanischen und polnischen Akzenten sowie mit anderen, die ich nicht erkannte. Es wurden mindestens drei Sprachen gesprochen und alle waren erfüllt von Ehrfurcht und Faszination.

Wir bestaunten Rosenkränze, silberne Kerzenlöscher und Tapire, eine Schere, eine Schnupftabakdose, juwelenbesetzte Manschettenknöpfe, eine Sammlung von Gewürzdosen und formschöne Öl- und Essigflaschen.

„Sieht alles anders aus, jetzt, wo es aus dem Wasser ist, oder genauso wie damals, als du sie zum ersten Mal gesehen hast?“, fragte ich meine Mutter.

„Alles, was du hier siehst, ist gereinigt worden, also sehen die Gegenstände viel besser aus als bei der Bergung. Wir haben viel mehr geholt als das, was hier steht, darum vermute ich, dass sie nur die schönsten Objekte ausgestellt haben. Und die stabilsten.“

Ein älterer Mann vor uns in der Schlange hatte uns belauscht. Er drehte sich zu uns um und fragte mit britischem Akzent: „Entschuldigen Sie, aber gehören Sie zu dem Tauchteam, das die Sybella entdeckt hat?“ Andere um uns herum sahen meine Mutter mit Interesse an.

„Entdeckt, nein. Geborgen, ja“, antwortete sie.

Eine Frau mit weißen Haaren sagte zu dem Herrn, der gefragt hatte: „Siehst du, Liebling, wie sich die Zeiten geändert haben? Heutzutage sind Frauen auch Bergungstaucherinnen.“ Dann fragte die Frau mich verschmitzt: „Willst du auch Taucherin werden?“

„Das hatte ich nicht vor, bis ich hierherkam“, sagte ich.

Mom lächelte mich an. Ich nippte am Champagner, während die Unterhaltung mit dem älteren Paar weiterging. Bald fühlte ich mich warm und entspannt und machte mir keine Sorgen mehr, nicht dazuzugehören.

Als sich herumsprach, dass meine Mutter eine Rettungstaucherin war, wurde sie schnell zu einem Mittelpunkt des Interesses. Die Gäste wollten jedes Detail über die Tauchgänge wissen, wo das Schiff war, in welchem Zustand es sich befand und wie die Bergungsaktion durchgeführt worden war. Alle möglichen Fragen kamen auf sie zu, eine nach der anderen. Die Sybella war eine Legende, und es berührte diese Leute zutiefst, dass sie gefunden worden war.

Mom litt zusehends unter der Aufmerksamkeit, ihr Blick huschte von Gesicht zu Gesicht. Die Leute waren einfach nur neugierig, aber Mom begann zu stottern und ich spürte förmlich, wie es ihr schwerer und schwerer fiel, höflich zu bleiben. Ich überlegte, wie ich meine Mutter aus diesem Verhör befreien konnte, als ein vertrauter Geruch über mich hinwegwehte. Er löschte alle Gedanken aus und machte meine Knie schwach. Ich fühlte seine Hand auf meinem Rücken und meine Augen schlossen sich vor unwillkürlicher Freude über die Berührung.

„Meine Damen und Herren“, sagte Antoni, „es wird nach dem Abendessen eine Präsentation mit Videoclips und Animationen geben, damit Sie die Bergungsarbeiten nachvollziehen können.“

Ein zufriedenes Raunen dröhnte aus der Menge, dann zerstreute sie sich langsam. Meine Mutter holte tief Luft und begann sich zu entspannen. Sie schenkte Antoni ein Lächeln, was von ihr kommend so etwas wie einem Ritterschlag entsprach.

Antoni erwiderte ihr Lächeln und blickte dann auf mich herab. „Du tanzt hoffentlich später mit mir“, sagte er, seine Hand immer noch auf meinem Rücken.

„Natürlich wird sie das“, sagte meine Mutter mit einem untypischen Anflug von Sanftmut.

„Gut“, sagte er und ging.

„Warum hast du das gesagt?“ Ich schoss ihr einen eisigen Blick zu.

„Wolltest du nein sagen? Er ist ein lieber Junge, Targa.

Entspann dich, es ist nur ein Tanz“, antwortete sie. „Lass uns unsere Plätze suchen.“

Ich folgte ihr mit gemischten Gefühlen. Sie wusste, wie verwirrend mein Verhältnis zu Antoni war, wie einfach meine Vernunft in seiner Nähe versagte. Also warum ermutigte sie mich, mit ihm zu tanzen? Es sah ihr nicht ähnlich, sich einzumischen, erst recht nicht, um für einen Typen Partei zu ergreifen. Ich fragte mich, ob der Mangel an Salz in ihrem Körper auch dafür verantwortlich sein konnte.

Mom und ich machten uns auf den Weg zu unseren Sitzplätzen. Wir saßen an einem Tisch in der Nähe des Haupttisches, an dem Martinius zusammen mit Ehrengästen und Novak-Angestellten sitzen würde. Ich erkannte die Namen von Simon und Eric; die anderen vier Namen waren polnisch.

Als alle sich eingerichtet hatten und der Raum ruhiger wurde, trat eine dunkelhaarige Frau in einem grauen Satinkleid ans Mikrofon. Sie sprach auf Polnisch und die Tiefe ihrer Stimme überraschte mich. Als sie mit ihrer Rede fertig war, wechselte sie ins Englische. Sie hatte einen stärkeren Akzent als Martinius oder Antoni und so hatte ich Mühe, alle ihre Worte zu verstehen, aber ich genoss den Klang ihrer Stimme so sehr, dass es mir nichts ausmachte.

„Willkommen Freunde, Familie und Kollegen“, sagte sie. „Mein Name ist Hanna Krulikoski, Finanzchefin von Novak Stoczniowców Braciz. Wie viele von euch wissen“, fuhr sie fort, „erlebte die Familie sowie die Firma Novak 1869 eine herzzerreißende persönliche und berufliche Tragödie. Der Verlust von Mattis Novak und seiner Frau Sybella bedeutete beinahe das Ende für die

Firma. Die Sybella, unser Prestigeschiff, ging auf See verloren, zusammen mit unserer Firmenführung und der kostbaren Fracht. Seit über hundertfünfzig Jahren ist die Familie Novak auf der Suche nach der Sybella und hat die Hoffnung nie aufgegeben."

Sie gab einen kurzen Überblick über die Geschichte und wie das Schiff entdeckt worden war, bevor sie Martinius vorstellte. „Ich bin erfreut und geehrt, diejenige zu sein, die Sie zur Feier der Bergung der Sybella willkommen heißen darf und unseren Freund, Kollegen und Chef ans Mikrofon bittet, Martinius Joseph Novak."

Der Ballsaal füllte sich mit Applaus und alle standen auf, als Martinius sich auf den Weg nach vorne machte. Ich sah mich um und dachte daran, dass weder meine Mutter noch ich jemals einen Raum voller Leute erleben würden, die uns so sehr bejubelten wie diese Leute Martinius.

Auch er sprach zuerst in seiner Muttersprache, bevor er ins Englische überging. Er dankte allen herzlich für ihr Kommen und ärgerte jemanden namens Otto, dass dieser nur wegen des Wodkas auftauchte. Die Menge lachte, als ein kahlköpfiger Mann mit rotem Gesicht aufstand und einen kleinen Kristallkelch mit einer klaren Flüssigkeit darin hochhielt.

„Viele Leute glaubten, es sei töricht von uns, Jahr für Jahr weiter nach dem Wrack der Sybella zu suchen. Wir sind über die Jahre gnadenlos verspottet worden, weil wir gutes Geld für unsere Besessenheit ausgegeben haben. Aber Sie alle ..." Er öffnete die Hände und brachte sie dann mit einem lauten Klatschen zusammen und umklammerte sie in einer aufrichtigen Geste der

Dankbarkeit. Es hätte an jedem anderen komisch ausgesehen, aber es passte zu einem älteren Gentleman wie Martinius. „Sie haben verstanden, dass ohne Besessenheit eine Aufgabe wie diese nur ein Traum ist. Sie sind hier, weil Sie nie mit Ihrer Unterstützung gezögert haben und nie aufgehört haben zu glauben, dass Sybella eines Tages gefunden werden würde."

Während er sprach, erschienen hinter ihm vier junge Männer. Es schien, dass sie etwas Schweres schoben. Als die große schwarze Box in Sichtweite gerollt wurde, fühlte ich, wie das Blut aus meinem Gesicht floss und eine Welle von Schwindel über mich hinwegfegte. Meine Sicht verschwamm an den Rändern. Ich erkannte die Kiste sofort. Es war die, in die meine Mutter und ich die Galionsfigur gelegt hatten.

Kapitel 29

Auch Mom erkannte die Kiste. Sie ergriff meine Hand unter dem Tisch und drückte sie.

„Was macht er da?“, stieß sie leise aus. „Wir hatten eine Abmachung.“

„Diese Feier ist unser Dank für Ihren andauernden Glauben an unsere Suche. Es ist ein Dank für die harte Arbeit aller Beteiligten. Und es ist eine Feier anlässlich der Heimkehr unserer lange verlorenen Sybella.“

Die große Kiste kam neben Martinius zum Stehen. Ein Scheinwerfer leuchtete darauf.

„Wir gehen. Jetzt!“, zischte meine Mutter.

Ich nahm einen tiefen Atemzug, um meine Nerven zu beruhigen. Derselben Eingebung folgend, schnappten meine Mutter und ich unsere Wassergläser und leerten sie. Dann schoben wir unsere Stühle leise zurück und standen auf. Ich war dankbar, dass alle Aufmerksamkeit auf Martinius gerichtet war. So konnten wir zu den Türen schleichen, ohne dass jemand uns aufhielt.

Wir hatten Martinius vertraut. Wir hatten ihm geglaubt, als er versprochen hatte, die Galionsfigur geheim zu halten. Sein gutmütiges Lächeln, seine Dankbarkeit – bei der Erinnerung wurde mir fast schlecht.

„Bitte schließen Sie sich mir an, um sie wieder zu Hause willkommen zu heißen“, donnerte seine Stimme aus den Lautsprechern. „Ich präsentiere Ihnen … Sybella!“

Ich musste mich nicht umsehen, um zu wissen, dass die Kiste geöffnet worden war. Martinius begann zu klatschen, und die Menge schloss sich an und alle erhoben sich. Die Leute reckten ihre Hälse, um den Inhalt zu sehen, und Aufseufzen erfüllte die Luft.

Mom griff meine Hand und ich folgte ihrem Blick. Im Inneren der Kiste befand sich nicht die Galionsfigur, sondern eine große Bronzeglocke. Mom und ich starrten uns an. Dann brach sie in ein Lachen aus, das fast irr klang. Ich stöhnte auf, denn ohne es zu merken, hatte ich die Luft angehalten. Die Erkenntnis, dass er uns nicht verraten hatte, überflutete mich mit Erleichterung. Aber noch konnte ich es nicht ganz glauben. Ich hielt eine Hand über mein Herz, in dem Bemühen, das Klopfen zu beruhigen, und schloss mich dann zögerlich dem Applaus an.

Wir waren noch nicht sehr weit gekommen, also gingen wir zurück zu unseren Plätzen und setzten uns am Ende des Beifalls zusammen mit den anderen Gästen hin. Niemand schien überhaupt bemerkt zu haben, dass wir uns hatten verdrücken wollen, nur Eric spähte verständnislos zu uns herüber.

Als mein Herz sich beruhigte, betrachtete ich das bronzene Artefakt, von dem meine Mutter mir gesagt hatte, dass es nie gefunden worden sei. Die Schiffsglocke hatte einen Riss, sah aber ansonsten vollständig aus. Es gab eine Inschrift, die ich aus dieser Entfernung nicht lesen konnte, aber ich wusste, dass sie mit dem Datum beschriftet sein müsste, an dem die Sybella gebaut worden war. Alle unterhielten sich über die schöne Glocke. Ein paar Leute von weiter entfernten Tischen kamen sogar näher, um einen besseren Blick auf sie zu werfen.

„Wie konntest du nicht wissen, dass sie die Glocke gefunden haben?“, flüsterte ich meiner Mutter zu.

Sie schüttelte verblüfft den Kopf. „Ich hatte keine Ahnung.“ Sie lehnte sich zu Simon, der auf ihrer anderen Seite saß, und fragte ihn danach.

Er nickte und sagte: „Wir haben sie rund dreihundert Meter vom Wrack entfernt gefunden. Du warst nicht dabei, weil es ein Samstag war.“

Sie schlug ihm auf den Arm, und er tat so, als müsste er sich vor ihren Schlägen ducken.

„Und du hast mir nichts gesagt“, schimpfte sie. „Wie konntest du es mir verschweigen?“

Er hielt die Hände hoch. „Ich dachte, du wüsstest es. Hat dir denn keiner davon erzählt?“

Sie drehte sich wieder zu mir um und rollte mit den Augen. „Niemand erzählt mir irgendetwas.“

Eric grinste, sichtlich zufrieden, ein Geheimnis vor dem Superstar des Teams gewahrt zu haben. Es war ein Zeugnis dafür, wie schlecht die Beziehung meiner Mutter zu ihren Kollegen war, dass sich kein einziger die Mühe gemacht hatte, ihr von der Glocke zu erzählen, nicht einmal Micah.

Es war gut, dass nichts, was ihre Kollegen taten, die Gefühle meiner Mutter verletzen konnte, aber ich war für uns beide gekränkt. Ich warf Eric einen harten Blick zu, aber er besaß nicht den Anstand, sich das Grinsen zu verkneifen.

Ich blickte zu Martinius. Hätte er nicht geahnt, dass das Herausrollen einer identischen Aufbewahrungskiste uns in Panik versetzen würde? Oder war er davon ausgegangen, dass meine Mutter von der Glocke wusste?

„Gib ihm keine Schuld“, murmelte mir Mom zu. „Er hatte wohl nichts Schlechtes vor. Und es ist auch gut, dass die Blue Jackets etwas ohne meine Hilfe gefunden haben."

Sie sagte es ohne jegliche Bitterkeit oder Verachtung, aber gerade deshalb brach mir das Herz. Wieder einmal wurde ich an das Opfer erinnert, das sie für mich erbrachte, und daran, wie erbärmlich ihr Arbeitsleben war. Meine Unterlippe zitterte und ich nahm einen Schluck Champagner. Plötzlich wurde mir etwas bewusst: Jetzt, da ich auch eine Meerjungfrau war, welche Ausrede hatte ich da noch, Mom weiterhin an ihr Menschendasein zu fesseln?

Als der erste Gang des Abendessens, ein Arrangement aus komplizierten Häppchen, vor uns lag, verspürte ich keinen Appetit mehr. Mom bemerkte, dass ich gehäutete Traubenhälften auf meinem Teller herumschob, und fragte: „Was ist los, Targa? Du bist in letzter Zeit doch immer hungrig?"

Ich zwang mich zu einem Lächeln und spießte ein mehrschichtiges Häppchen auf, steckte es mir in den Mund und kaute. Es schmeckte viel zu köstlich für meine Gemütslage. Aber ich tat, als würde ich es genießen, denn ich wollte Mom diesen Abend nicht verderben. Also kaute und schluckte ich, kaute und schluckte. Das Abendessen bestand aus sechs Gängen. Beim vierten war ich satt und als die Videopräsentation losging und das Dessert kam, fühlte ich mich schläfrig.

Das Video war gut gemacht und beinhaltete Interviews mit Leuten von Novak sowie den Blue Jackets. Die Animation zeigte den Zustand des Wracks und demonstrierte, wie die Artefakte sicher von der Baustelle entfernt wurden. Sogar die animierte Version des Schiffes hatte keine Galionsfigur. Martinius hatte sein Wort gehalten.

Meine Mutter wurde in dem Video nicht interviewt, aber ich sah sie in einigen der Clips im Hintergrund. In einem arbeitete sie in ihrer Taucherausrüstung auf dem Deck der Brygida, in einem anderen wippte sie neben dem Schiff im Wasser und schaute auf, als sie mit Simon sprach, der neben ihr auf dem Deck kniete und Anweisungen gab. Oder vielleicht nahm er Anweisungen von ihr entgegen. So oder so, sie wirkte unglücklich und ich bemerkte, wie unbequem ihre Tauchausrüstung sie am Hals zog, während sie arbeitete. Sie sah aus wie jemand, der seinen Job hasste. Nein, schlimmer noch, sie sah aus wie jemand, der sein Leben hasste.

Nachdem das Video endete, begann das Orchester wieder zu spielen. Im Nu tanzten ein paar ältere Paare unter den matt schimmernden Kronleuchtern der Tanzfläche. Ich fühlte mich, als wäre ich in eine lange vergangene Ära zurückgereist. Und als das Kind meiner Zeit, das ich nun mal war, nahm ich mein Handy und schoss ein paar Fotos von den Tänzern, dem Orchester und dem Raum.

Ich schickte die Bilder in unseren Gruppen-Chat und ließ meine Freundinnen wissen, wo Mom und ich uns befanden und dass wir den Abschluss des Projekts feierten. Ich stellte mein Handy auf Vibration und es surrte wenig später.

Saxony: Heilige Scheiße, Targa. Warum wurde ich nicht eingeladen?

Georjayna: Was hast du da an? Schick ein Foto von dir und deiner Mutter.

Ich bat Simon, ein Foto von meiner Mutter und mir zu machen, wie wir vor der Schiffsglocke standen. Meine

Mutter hasste es, für Fotos zu posieren, aber sie tat es für mich. Sie lächelte sogar halbwegs. Ich schickte das Foto.

Georjayna: Aaaaaaaaahhhhh! Ihr seht fantastisch aus.

Saxony: Bella ragazza!

Mein Telefon war eine Weile still, aber etwa zehn Minuten später vibrierte es wieder.

Akiko: Hallo, Leute. Nettes Kleid, Targa.

Saxony: Wer ist das?!

Georjayna: *SIE LEBT*

Akiko: Scheint so.

Ich: Alles in Ordnung? Wir haben uns schon gefragt, wann wir von dir hören würden.

Akiko: Alles ok. Ich muss los. Tut mir leid, ich habe nur ein paar Sekunden Zeit.

Saxony: *Warte!*

Ich: Was machst du da, bist du jetzt Spionin für einen Geheimdienst in Japan?

Aber sie war schon weg. Was auch immer für Geschichten sie uns erzählen würde, wenn wir uns wiedersahen, sie sollten besser gut sein.

Mom gähnte irgendwann, beugte sich vor und fragte mich, wann ich gehen wollte. Es gab einen Fahrdienst, der die Leute auf Wunsch zu ihren Häusern und Hotels brachte.

Ich wollte gerade antworten, dass ich bereit war zu gehen, als Moms Blick sich auf etwas oder jemanden hinter mir konzentrierte. Ich drehte mich um und schaute in Antonis Gesicht.

Er streckte seine Hand aus. „Ein Tanz?"

Ich schluckte. „Sicher", sagte ich zittrig und legte meine Hand in seine.

„Versuch nicht so aufgeregt auszusehen", lachte er, als

er mich auf die Tanzfläche führte. „Ich verspreche, dich danach ins Bett gehen zu lassen. Im Ernst, wie alt bist du, achtzig?“

Sobald er seine Hand auf meine Taille legte und mich zu sich zog, verfluchte ich meine Mutter. Sein Duft umgab mich und meine Gedanken verschwanden und verwandelten sich in Bedürfnisse. Ich ergriff seine Hand fester, atmete tief ein und schwelgte in der Wahrnehmung seiner Handfläche auf meinem Rücken. Sie fühlte sich dort so natürlich an. Ich schloss meine Augen und legte meinen Kopf an seine Brust. Ich hörte sein Herz schlagen, langsam und gleichmäßig. Wärme strahlte von ihm aus und umhüllte mich. Ich fühlte mich schwindelig vor Sehnsucht und schloss meine Augen.

„Sei vorsichtig, die Leute schauen“, sagte er, so dass nur ich ihn hören konnte, aber es klang nicht unfreundlich. Er wich kaum merklich zurück, um wieder Abstand herzustellen.

Ich schämte mich nicht. Aber ich kämpfte um die Kontrolle. Mein Verstand kam mir wie Finger vor, die verzweifelt versuchten, ein schlüpfriges, sich drehendes Ding festzuhalten; und es ging nicht, unmöglich, und ich wusste auch gar nicht mehr, wozu eigentlich …

Ich hielt inne. „Es tut mir so leid, Antoni, ich kann nicht.“ Ich stieg auf die Zehenspitzen und küsste seine Wange, nur um jedem, der zuschauen könnte, zu zeigen, dass wir keinen Streit hatten. Das letzte, was ich wollte, war, Drama zu erzeugen. Aber es kostete Mühe, mich loszureißen; ich wollte so sehr meine Lippen an seiner warmen Haut lassen.

Nur für einen Moment, als ich mich umdrehte, um von ihm wegzugehen, sah ich die Verwirrung und

Enttäuschung auf seinem Gesicht. Schon wieder ließ ich ihn stehen. Mein Herz schmerzte, aber ich konnte nicht in seinen Armen bleiben. Ich würde ihn nur unglücklich machen. Ich kehrte zu unserem Tisch zurück, wo meine Mutter bereits stand und mir den Umhang entgegenhielt.

„Alles okay?“, fragte sie leise.

Ich nickte fest. „Lass uns gehen.“

Sie legte einen Arm um mich und wir schlüpften an der Seite des Ballsaals zum Ausgang. Ich spürte Antonis Blick, der uns folgte. Und die Wärme seiner Hand an meinem Rücken, als wir schon längst im Auto saßen und durch die Dunkelheit rauschten.

Kapitel 30

Der Himmel wölbte sich riesig und strahlend blau ohne eine einzige Wolke über uns – perfekt, um zu fliegen. Wir hatten unsere Sachen gepackt, die Ausrüstung war verladen, und alles, was noch zu tun blieb, war, zum Flughafen zu fahren. Viele Mitarbeiter von Novak waren vor das Haus gekommen, um uns zu verabschieden, auch Edith, das Dienstmädchen und der Sicherheitswärter, der mich nach dem Sturm ins Haus getragen hatte. Es gab herzliche Worte und Schulterklopfen und sogar die eine oder andere Umarmung. Edith kniff mir in die Wangen und sagte Dinge auf Polnisch, die sehr lieb und auch ein wenig ermahnend klangen. Mom schüttelte mit der für sie typischen Kühle nur Hände. Zwischen ihr und den fast ausschließlich männlichen Angestellten von Novak herrschte eine spürbare Verlegenheit.

Martinius war natürlich dabei und bedankte sich abermals bei allen. Zu mir sagte er: „Ich habe ein Geschenk für dich“, zog einen Umschlag aus seiner Jacketttasche und reichte ihn mir. „Ich habe einen Auszug aus Aleksandra Novaks Tagebuch für dich übersetzen lassen. Ein Abschnitt, der sich mit Sybella und dem Wrack befasst.“

Ich nahm ergriffen den dicken Umschlag entgegen. „Wow“, stammelte ich, öffnete den Umschlag und spähte hinein. „Danke, Martinius. Ich habe mir gewünscht, ich könnte es lesen. Woher wusstest du das?“

Er lächelte. „Weil ich an deiner Stelle dasselbe wollen würde. Du wirst Antoni mitteilen, wenn du wieder sicher in Kanada angekommen bist?“

Ich schaute ihn überrascht an und fragte mich, wie viel er über Antoni und mich wusste. Möglichst gelassen versuchte ich zu antworten: „Natürlich, das kann ich tun.“

Er nickte, seine Hand an einen Stock geklammert. „Versprich einem alten Mann, dass du und deine Mutter eines Tages zurückkommen werdet.“

„Ich weiß nicht, ob ich dieses Versprechen geben kann. Aber ich kann dir sagen, dass ich sehr gerne wiederkomme.“ Ich meinte es aufrichtig.

Ich bemerkte, wie sich ein dunkelhaariger, breitschultriger Mann aus dem Novak-Team meiner Mutter näherte. Ich konnte mich nicht daran erinnern, seinen schwarzen Bart oder seine lockigen Haare, die sich um seine Ohren kräuselten, schon einmal gesehen zu haben. Da er tief gebräunt und wettergegerbt war, vermutete ich, dass er ein Besatzungsmitglied von einem der Novak-Schiffe war. Diese Leute arbeiteten den ganzen Tag draußen und hatten laut Antoni sehr harte Jobs. Mom schenkte dem Mann ein warmes Lächeln, was mich sofort misstrauisch machte. Während sie redeten, neigten sie ihre Köpfe zueinander. Dann *umarmten* sie sich. Mom hatte nicht einmal Martinius umarmt. Wer war dieser Typ? In diesem Sommer war ich so mit meinem eigenen Leben beschäftigt gewesen, dass ich versäumt hatte, meine Mutter zu fragen, was in ihrem Leben vor sich ging. Ich schämte mich dafür, wie selbstfixiert ich gewesen war. Als sie sich voneinander lösten, bewegte ich mich durch die Menge auf sie zu.

Da fasste mich jemand an der Hand. „Hallo“, sagte Antoni.

Ich zog meine Hand sanft weg. „Hi“, sagte ich, während ich mein loses Haar hinter meine Ohren steckte und meine Arme über der Brust verschränkte.

„Sieht aus, als wäre es so weit. Abschied“, murmelte er.

Ich nickte.

Er sah an mir vorbei und blinzelte in der Sonne. Er schüttelte den Kopf und ein Lächeln flackerte über seinen Mund. „Ich weiß nicht, ich dachte, vielleicht ...“

„Was? Dass ich nach Polen ziehen würde?“ Ich biss mir auf die Lippe. Meine Stimme hatte nicht ironisch sondern bitter geklungen. Ein Teil von mir wollte tatsächlich bleiben. Bei ihm … Es war nicht fair. Anstatt mich zu fragen, ob ich dabei war, einen großen Fehler zu begehen und vor der großen Liebe wegzulaufen, wollte ich im Meer verschwinden, wo all diese Dinge keine Rolle spielten und das Leben einfach war.

„Nun, nein. Eher ...“ Er hielt inne. Und dann sagte er leise: „Ich würde nach Kanada ziehen.“

Ich starrte ihn an. Einen Augenblick stellte ich mir vor, wie wir zusammen wären. Doch dann dachte ich an den Antoni vor meiner Verwandlung. An den jungen, ehrgeizigen Mann, der alles für seine Karriere tat. Diese Worte waren nicht seine. Ich würde ihn niemals alles aufgeben lassen, was er hier hatte, nur um bei mir zu sein. Das wäre Wahnsinn. Aber mein Herz schmolz bei dem Gedanken.

Wir starten einander stumm an. Schließlich härtete sich sein Gesichtsausdruck. „Es tut mir leid“, sagte er.

„Was genau?“

„Was auch immer ich getan habe, das dich beleidigt hat.“

„Du hast gar nichts getan." Ich war beschämt, dass er sich entschuldigte, wo er doch immer so anständig zu mir gewesen war.

„Ja, ja", unterbrach er, „es liegt nicht an mir, es liegt an dir." Er sagte es mit einem Lächeln, aber es gelang ihm nicht seinen Schmerz zu verbergen.

„Es ist wahr", sagte ich lahm.

„Natürlich."

Ich schwieg. Wie sollte ich ihm erklären, wie ich mich fühlte, ohne ihm zu sagen, was ich war? Also streckte ich ihm meine Hand entgegen. „Ich wünsche dir viel Glück. Ich wünsche dir alles Gute und hoffe, dass du das bekommst, was du dir im Leben wünschst. Das tue ich wirklich, Antoni." Ich senkte den Blick. Ich konnte ihn nicht mehr ansehen.

Meine Hand schwebte für einen unangenehmen Moment zwischen uns. Endlich nahm er sie, aber er schüttelte sie nicht, er hielt sie einfach nur. „Schreib mir, wenn du nach Hause kommst, okay?" Er war immer so freundlich. Und dann ... es war nicht einmal ein Flüstern, er formte nur die Worte: „Ich liebe dich." Ich war mir sicher, dass er nicht gewollt hatte, dass ich ihn verstand. Aber mit meinen Sirenenohren hörte ich die Worte in seinem Atem. Ich schluckte hart.

Dann war er weg; verloren in der Menge.

Ich stieg mit Mom und ihren Kollegen ins Auto. Als wir vom Anwesen fuhren, hatte ich das Gefühl, innerlich zu schreien. *Öffne den Sicherheitsgurt, öffne die Tür, renn zurück. Renn zurück zu ihm und ...* Aber ich rührte mich nicht, ich war wie betäubt.

Meine Betäubung hielt an, während wir den Flughafen erreichten, durch die Sicherheitskontrollen gingen und in den Jet stiegen. Ich war bei Antoni geblieben, nur mein Körper war hier. Halb hörte ich, wie Eric und Simon auf den Sitzen vor mir kicherten. Seltsam, sie hatten sich den ganzen Sommer kaum verstanden. Warum waren sie jetzt so gesellig?

„Eine Milliarde Dollar", raunte Eric. „Und die wartet einfach nur darauf, geholt zu werden."

Simon lachte und sagte zu Jeff: „Bin ich der Einzige, der es ironisch findet, dass der Kerl, der uns aus allen Gefahren heraushalten soll, versucht, uns direkt in die dümmste hinein zu ziehen?" Er schüttelte den Kopf und klopfte Eric auf den Rücken. „Ich glaube, du hattest diesen Sommer ein bisschen zu viel polnischen Wodka."

„Wovon redet er da?", raunte ich Mom zu.

„Wenn ich das wüsste." Sie gähnte. „Scheint so, als ob er immer über irgendeine Art von Dummheit redet."

Ich studierte meine Mutter genauer und bemerkte die Falte zwischen ihren Brauen und die Strenge um ihren Mund herum. „Alles in Ordnung, Mom? Kann ich dir etwas bringen?"

„Ich werde es überleben, Liebes", antwortete sie. „Danke, dass du gefragt hast. Ich habe jede Menge Wasser, Ohrstöpsel, eine Schlafbinde und ein Kissen. Wenn du kein Beruhigungsmittel für Pferde hast, kannst du mir nicht helfen. Wie geht es dir?"

„Gut. Bereit, nach Hause zu fliegen. Denke ich."

„Willst du nicht nach Hause?"

„Ich weiß es nicht." Und das tat ich wirklich nicht. Ich war sowohl traurig als auch erleichtert.

„Ich weiß, was du meinst." Sie schaute aus dem Fenster auf die entfernte blaue Linie, die vom Meer zu erkennen war. „Ich mag die Ostsee. Sie ist friedlich."

„Ja. Ich auch.“ Ich sah mich um, um sicherzugehen, dass niemand mithörte, dann flüsterte ich: „Martinius hat mir ein Geschenk gemacht.“

„Ach?“

Ich zog den Umschlag, den er mir gegeben hatte, aus dem Inneren meiner Jacke und reichte ihn ihr. Sie nahm die Seiten heraus und entfaltete sie. Als sie begriff, was es war, schaute sie mich schockiert an. „Das Tagebuch? Eine Übersetzung?“

„Nur den Teil über Sybella. Erstaunlich, nicht wahr?“

Sie war einen Moment sprachlos, dann faltete sie es zusammen. „Ich würde es gerne lesen, wenn du fertig bist.“

Ich steckte den Umschlag wieder ein, um ihn später zu lesen. Das Flugzeug startete. Wir blickten aus dem Fenster und genossen die Aussicht, als Polen unter uns davon schrumpfte. Ich hielt Mom’s Hand, als ich ihre Angst aufsteigen spürte. Wahrscheinlich war ein Flugzeug so ziemlich der einzige Ort, an dem sie nicht furchtlos war.

„Versuch zu schlafen, Mom“, sagte ich.

Sie nickte und schenkte mir ein müdes Lächeln. Dann zog sie die Schlafbinde über ihr Gesicht und machte es sich bequem. Ich hörte zu, wie ihr Atem immer tiefer wurde. Hoffentlich wachte sie erst bei der Landung auf.

Diesmal begann auch ich mich nicht gut zu fühlen. Es war, als ob eine Kraft mich durch den Boden des Flugzeugs nach unten ziehen wollte. Meine Arme waren aus Eisen und mein Kopf wollte sich nach vorne auf meine Brust stürzen. Ich fühlte, wie mein Nacken unter dem Druck ächzte.

So, jetzt wusste ich es. Fliegen hatte einen Einfluss auf

meine veränderte Biologie. Eine Welle der Übelkeit überkam mich. Ich fühlte, wie Schmerz über meine Schläfen kroch. Ich gab der Schwere nach, nahm ein Kissen und rollte mich in meinem Sitz zusammen. Innerhalb weniger Augenblicke versank ich in einer dichten schwarzen Wolke der Bewusstlosigkeit.

„Das wird nie passieren, jetzt lass es einfach gut sein!"

Eine scharfe Stimme ließ mich aufschrecken. Ich öffnete meine Augen und sah mich um. Mom schlief noch, sie hatte Ohrstöpsel drin.

Micah bemerkte, dass ich geweckt worden war. Er deutete erklärend auf Eric und murmelte mir zu: „Leg dich wieder hin."

Mein Mund fühlte sich an, als hätte ihn jemand mit einem Teppich ausgelegt, während ich geschlafen hatte. Ich nahm einen großen Schluck Wasser. „Was geht hier vor?"

Micah lehnte sich verschwörerisch zu mir rüber. „Es ist Eric. Er hat diese bescheuerte Idee und belästigt Simon damit pausenlos. Ich verstehe das nicht. Früher war er so ... vernünftig." Er nahm sein Käppi ab und kratzte sich am Kopf. „Er war der Typ, auf den wir uns alle verlassen konnten, der uns grünes Licht für die Jobs gab, die lukrativ waren, und uns vor den gefährlichen und dummen bewahrte. Da hatte Eric einen unglaublichen Riecher. Seine Instinkte bei so was sind unübertroffen. Abgesehen von deiner Mutter natürlich, aber sie ist eine andere Geschichte." Er schüttelte den Kopf. „Und jetzt? Jetzt hat er sich in einen Risikofreak verwandelt. Muss wohl so was wie eine Midlife-Crisis sein. Oder der Erfolg mit der Sybella hat ihn größenwahnsinnig gemacht. Deine Mutter hat echt nochmal ihr Können bewiesen."

„Was will Eric denn von Simon?"

„Da ist dieses legendäre Wrack im Nordatlantik", erklärte er. „Es wäre wahnsinnig teuer und gefährlich, etwas davon zu bergen. Eric weiß das besser als jeder andere, aber es hält ihn nicht davon ab, davon zu fantasieren."

„Was ist das für ein Wrack?" Was auch immer es war, es wäre weder für meine Mutter noch für mich unerreichbar. Soweit ich wusste, war nichts im Meer für eine Meerjungfrau außer Reichweite.

Micah strahlte, wie immer, wenn das Thema versunkene Schiffen aufkam. „Oh, es ist eine Schönheit. Wer etwas von Wracks versteht, der hat schon so manche Nacht wachgelegen und sich vorgestellt, in die Republic rein zu schwimmen."

„Die Republic, so heißt das Schiff? Wie ist sie gesunken?" Ich nahm noch einen Schluck Wasser, um meine Übelkeit zurückzudrängen.

„Jeder weiß von der Titanic, richtig?"

Ich nickte. „Sicher, jeder und sein Hund."

„Nun, von der Republic weiß praktisch niemand außerhalb von Taucherkreisen. Siehst du, drei Jahre bevor die Titanic unterging, hatte die White Star Line ein weiteres *unsinkbares* Schiff. Die RMS Republik. Aber im Januar 1909, an einem frühen, sehr nebligen Morgen, wurde die Republic von einem anderen Schiff, der Florida, die sich im Nebel verirrt hatte und dreißig Meilen vom Kurs abgekommen war, gerammt. Rumms!" Micah ließ seine Faust in seine Handfläche fallen und ich schrak ein wenig zusammen.

„Warum ist das Unglück nicht so bekannt geworden

wie das der Titanic?", fragte ich.

„Nun, damals war es natürlich überall in den Nachrichten, denn die Republic war ebenso wie die Titanic ein palastartiges Schiff, das viele sehr reiche Leute und wertvolle Fracht transportierte. Aber es wurde nicht zum Mythos wie die Titanic, weil nicht annähernd so viele Menschen starben. Als die Titanic sank ..." Er blies auf seine Fingerspitzen und zerstreute die Luft mit seinen Fingern, was ziemlich gut illustrierte, dass die Geschichte sich wie Feuer verbreitet hatte. „Niemand wollte mehr irgendetwas anderes hören. Die Titanic stellte die Republic in den Schatten, und so wurde sie vergessen. Genau wie die Sybella."

„Wo ist sie untergegangen?" Ich fragte mich, ob meine Mutter jemals an der Wrackstelle gewesen war.

„Im Nordatlantik", sagte er. „Die Republic fuhr gerade in die andere Richtung, zurück nach Europa."

„Und Eric will zu ihr runtertauchen und die Schätze bergen?"

Micah verdrehte die Augen. „Es gibt einen Grund, warum niemand die Schätze je geborgen hat. Das Wrack wurde zwar 1981 gefunden, weniger als fünfzig Meilen südlich von Nantucket, aber es liegt etwa 270 Fuß tief in von Haien verseuchtem Wasser in einer der verkehrsreichsten Schifffahrtsstraßen der Welt."

„Was für Schätze waren an Bord?"

„Man muss eher fragen: Was war *nicht* an Bord? Allein die Besitztümer der betuchten Passagiere sind unermesslich. Dann war da Geld für die Katastrophenhilfe, das nach Italien unterwegs war. Dort hatte es kurz zuvor ein Erdbeben oder einen Sturm oder so etwas gegeben. Gerüchte besagen, dass sogar

Goldbarren für den Zaren von Russland zu der Fracht zählten. Man schätzt den Wert auf über eine Milliarde Dollar. Es ist das kostbarste Wrack der Geschichte, zumindest soweit wir wissen.“ Er lehnte sich in seinem Sitz zurück und gähnte: „Aber wir haben sowieso keine Bergungsrechte, deshalb verstehe ich Eric nicht. Er verdrängt einfach, dass die Gesetzeslage sich verändert hat. Niemand kann die Schätze jetzt noch für sich beanspruchen außer Martin Bayerle, der alte Pirat.“ Er kicherte. „Er ist derjenige, der das Wrack gefunden hat. Eines Tages wird ein Film über diesen Kerl gedreht werden.“

Ich hatte den Namen noch nie gehört. „Glaubst du, er versucht bereits, die Fracht zu bergen?“

„Darauf wette ich. Aber geglückt ist es ihm offenbar noch nicht. Wracks im Nordatlantik mit all dem Salz und den Strömungen...“ Er schüttelte den Kopf. „Sie wird jetzt ein Trümmerhaufen und zerbrechlich wie Seidenpapier sein. Ganz zu schweigen von der Nullsicht da unten. Und wo sollte man auch anfangen, so ein Riesenschiff zu durchsuchen? Bayerle könnte Jahrzehnte da unten verbringen und nie mehr als ein paar White Star Teetassen finden.“

Er kippte seinen Kopf nach hinten und zog sein Käppi übers Gesicht. Ich dachte an das riesige Wrack in der Tiefe des Meeres. Und nicht nur die Schätze, sondern die Geschichten, die mit ihr untergegangen waren. Die Welt war voller vergessener Dinge ... Ich gab der Schwere meiner Augenlider nach und tauchte wieder in die Dunkelheit des Schlafes ab.

Diesmal träumte ich tatsächlich – von einem kolossalen Meeresdampfer, der durch dichten, übernatürlich schimmernden Nebel schwebte, geradewegs in den Tod.

Kapitel 31

Als wir zu Hause ankamen, schwankte ich vor Erschöpfung. Mom schloss die Tür zu unserem Wohnwagen auf und ein Geruch kam mir entgegen, den es nur hier gab: zu Hause. Alles kam mir kleiner und enger vor als ich es in Erinnerung hatte. Hatten wir wirklich immer so zusammengepfercht gelebt? Das Wohnen bei Martinius hatte meine Maßstäbe gründlich verzerrt.

Ich kämpfte gegen das Verlangen an, mich auf dem Boden zusammenzurollen und genau dort zu schlafen.

„Bett“, seufzte Mom, offenbar meine Gedanken erratend.

Wir legten unsere Sachen ab und gingen in unsere jeweiligen Zimmer. Ich zog mich aus, schlüpfte ohne zu duschen ins Bett und schickte Antoni die kürzeste Nachricht der Welt:

Bin da.

Ich wartete nicht auf eine Antwort, sondern schaltete mein Telefon aus und wollte sofort schlafen. Aber ich dachte noch daran, dass ich Antoni wohl nie wieder sehen würde.

Auch als ich aufwachte, galt mein erster Gedanke Antoni. Mein Herz schmerzte buchstäblich. Ich hatte diese Beschreibung bis jetzt immer für sinnbildlich gehalten. Eine heiße Träne rann mir aus dem Auge und versickerte in meinem Haaransatz. Ich schaltete mein Telefon ein und sah, dass er zurückgeschrieben hatte:

Gut. Ich bin froh, dass du sicher zu Hause bist.

Ich schaute auf die Uhr, es war zwei Uhr nachmittags.

Es dauerte einen Moment, bis ich ausgerechnet hatte, dass ich fast zwölf Stunden Schlaf gehabt hatte. Kein Wunder, dass ich wirklich dringend pinkeln musste. Ich stand auf und hörte die Haustür ins Schloss fallen. Mom war also schon auf. Sie klopfte an meine Tür und steckte ihren Kopf herein.

„Du bist auf", sagte sie. Sie sah wie ausgewechselt aus. Ihre Haut war seidig und hell und ihre Augen so klar, als hätte sie nie in einem Flugzeug gesessen. Ihr nasses Haar verriet, was den Wandel bewirkt hatte.

„Du siehst frisch wie ein Gänseblümchen aus." Ich fühlte einen Stich des Bedauerns, dass sie mich nicht geweckt und mitgenommen hatte.

Sie sah es mir an und erwiderte: „Du schienst die zwei Tage Ruhe gebraucht zu haben, ich wollte dich nicht stören."

„Zwei Tage?" Ich erstarrte mitten dabei, mir die Haare zu einem Pferdeschwanz zu binden.

„Es ist Donnerstag."

„Was?!" Wir waren am Dienstag nach Hause gekommen.

„Du bist seit ungefähr ..." Sie schaute auf die Uhr auf dem Nachttisch neben meinem Bett. „… dreiunddreißig Stunden am Schlafen."

„Wie bitte?" Ich war fassungslos. „Und seit wann bist du auf?"

„Ungefähr seit achtzehn Stunden, glaube ich. Komm und frühstücke mit mir", sagte sie über ihre Schulter und verließ mein Zimmer.

Ich ging ins Bad. Als ich frisch geduscht und angezogen herauskam, hatte Mom bereits Gemüse gehackt und einen Karton mit Eiern geöffnet, um

Omelettes zu machen.

„Dreiunddreißig Stunden“, sagte ich und schüttelte den Kopf. „Ein Wunder, dass ich nicht verdurstet bin!“

Mom lachte. „Unsere Körper nutzen Wasser anders als Menschen, du könntest ein Jahr lang schlafen.“

„Gut zu wissen.“ Ich schnappte mir eine Wasserflasche und kippte mir den Inhalt in den Rachen.

Sie zündete den Herd an und gab einen großzügigen Batzen Butter in eine Bratpfanne. „Du bist jetzt erst seit etwas mehr als einem Monat eine Sirene. Ich finde, du schlägst dich ganz gut. Ich habe auch noch eine Theorie. Aber es ist nur eine Theorie. Willst du sie hören?“

„Klar.“ Ich bereitete uns Espresso vor.

„Meine erste Veränderung hatte ich am Little-Manitou-See, an den meine Mutter mich im Urlaub mitgenommen hatte. Es ist so lange her, dass ich nur vage Erinnerungen daran habe. Aber während du geschlafen hast, habe ich ein bisschen über diesen See recherchiert.“

„Ha!“ Ich gab ein sarkastisches Lachen von mir.

„Ich weiß, ich weiß. Das *World Wide Web* ist nicht gerade der Ort, an dem ich am liebsten meine Zeit verbringe.“

„Das ist die Untertreibung des Jahrhunderts.“ Mom trug sogar lieber ihre Tauchausrüstung als vor einem Laptop zu sitzen.

„Willst du wissen, was ich gelernt habe, oder nicht? Undankbare kleine Grille.“ Sie richtete den Schneebesen drohend auf mich, mit dem sie gerade die Eier in einer Schüssel verquirlt hatte.

Ich öffnete meine Arme in einer Geste der Ergebenheit. „Bitte, Dr. MacAuley. Klären Sie mich auf.“

Sie goss die Eier in die Bratpfanne. „Weißt du, wie

hoch der Salzgehalt des Little-Manitou-Sees ist? Achtzehn Prozent. Das ist ziemlich einzigartig. Die Ostsee hat dagegen nur ein Prozent Salz."

„So was lernt man im Internet?"

„Tatsächlich!", überging sie meinen sarkastischen Ton.

Das Omelette war fertig, der Espresso auch. Wir setzten uns an die kleine Kücheninsel und aßen, während sie fortfuhr: „Meine Mutter und ich hätten leicht einen Strand in Thunder Bay finden können, wo wir wohnten. Aber sie wollte das Beste für mich, also brachte sie mich zum salzigsten Wasser, das sie finden konnte. Little Manitou ist eine Tagesfahrt von Thunder Bay entfernt, in Saskatchewan, was kein Ort ist, den die Leute ganz oben auf ihre Urlaubszielliste setzen. Vielleicht dachte meine Mutter, je salziger das Wasser ist, in dem eine Meerjungfrau ihre erste Verwandlung hat, desto stärker wird sie werden."

Ich mochte nicht, wohin ihre Hypothese führte, hörte aber weiter zu.

„Später habe ich mal eine Sirene namens Aris getroffen, die im Iran geboren worden war. Ich traf sie auf den Britischen Jungferninseln, bevor ich in den Norden kam und deinen Vater kennenlernte. Ich selbst war eigentlich erst ein Teenager. Sie war ..." Sie hielt inne und suchte nach Worten. „Sie war wirklich etwas Besonderes. Es ist selten genug, einer anderen Meerjungfrau zu begegnen, es gibt so wenige von uns. Wir schwammen eine ganze Woche lang miteinander. Ich sah ihr zu, wie sie einen riesigen Anker hochzog, der halb im Meeresboden vergraben war, als ob sie einen Kiesel vom Strand auflesen würde."

„Das konntest du nicht?"

„Nein“, sagte sie, erstaunt über meine Einschätzung ihrer Kraft. „Ich bin geschmeichelt, dass du denkst, dass ich es könnte, aber Aris war eine ganz andere Nummer als ich. Ich erinnere mich, dass ich damals dachte, dass sie entweder stärker war, weil sie älter war, oder weil ihre Eltern sich in echter Liebe vereint hatten. Aber weißt du, was es im Iran gibt? Den Urmiasee. Es ist ein See mit einem Salzgehalt, der bis zu achtundzwanzig Prozent betragen kann. Vielleicht geschah ihre erste Verwandlung in diesem See. Und vielleicht hatten ihre Eltern sich noch dazu in echter Liebe vereint.“

„Denkst du, dass das Brackwasser, in dem ich geboren wurde, vielleicht den Vorteil zunichte gemacht hat, den mir deine echte Liebe zu Dad verschafft hat?“

Sie zuckte mit den Achseln.

„Es ist eine interessante Theorie, Mom, aber sie hat eine Menge Löcher. Du weißt nicht, ob diese Aris wirklich im Urmiasee ihr Erwachen hatte oder was für ein Leben sie geführt hat, bevor du sie getroffen hast.“ Wenn ich ehrlich war, gefiel mir nicht, dass ihre Theorie suggerierte, ich sei minderwertig. Da ich in Wasser mit nur einem Prozent Salzgehalt geboren worden war, müsste ich auf der Sirenenskala ganz unten mitspielen.

Sie seufzte. „Ja, ich weiß. Ich habe mich nur gefragt, ob es Einfluss haben wird, dass du in der Ostsee geboren wurdest. Vor allem, da du Wasser in deine Lungen nehmen und ertrinken musstest, um dich zu verändern. Soweit ich weiß, ist das bei keiner anderen Meerjungfrau so gewesen. Als ob es für eine Meerjungfrau nicht schon stressig genug wäre, ein Kind zu bekommen und dann ihre Tochter ihrem Vater wegzunehmen und ins Meer zu bringen. Nun, sagen wir einfach, die Welt hätte viel weniger Meerjungfrauen. Vielleicht überhaupt keine."

Ich grübelte über ihre Theorie nach, als wir unseren Espresso austranken. Wenn sie Recht hatte, könnte mehr Zeit in salzigerem Wasser mich stärker machen? Oder zählte nur, wo ich geboren worden war?

Es klopfte an der Tür. Eine Männerstimme rief: „Kurier!"

Ich ging zur Tür und öffnete sie. Ein kleiner Mann in einer Lieferuniform wischte sich den Schweiß von der Stirn. Die Sonne und die Hitze des Tages kamen durch die offene Tür herein und ich verstand, warum er schwitzte.

„Ich suche nach ..." Er sah auf das Klemmbrett hinunter. „… einer Targa MacAuley."

„Das bin ich", sagte ich.

Mom erschien hinter mir. Der Kurier reichte mir das Klemmbrett und sagte mir, wo ich unterschreiben sollte.

Seine Augen huschten zwischen mir und meiner Mutter hin und her, schnell wie eine Flipperkugel. „Oh, Sie sind Zwillinge?"

Ich sah überrascht auf. Niemand hatte uns jemals zuvor für Zwillinge gehalten. Ich wusste, dass sich meine Gesichtszüge ein wenig verändert hatten, seit ich eine Sirene geworden war, aber so sehr?

„Mutter und Tochter", stellte Mom klar.

Er reichte mir das Päckchen, einen Ausdruck von Ungläubigkeit im Gesicht. Wir verabschiedeten uns und schlossen die Tür.

„Es ist aus Polen", sagte Mom und spähte auf die Briefmarken.

„Ich kann mir nicht vorstellen, was das ist." Ich holte eine Schere aus der Schublade und schnitt das Paket auf.

Unter dem Versandpapier war die Schachtel weiß und hatte ein elegantes Logo in Form eines B, das mir bekannt vorkam. Wo hatte ich dieses Logo schon einmal gesehen? Auf einem Umschlag, der an die Schachtel geklebt war, stand mein Name. Ich öffnete ihn zuerst.

Auf der Karte stand: *Manche Dinge gehören einfach zusammen. Antoni.* Mein Herz hüpfte unter meinen Rippen.

Ich hob den Deckel und zog das Seidenpapier weg, um das Meerjungfrauenkleid zu enthüllen. Ich schnappte nach Luft. Als die kühle Seide zwischen meine Finger glitt, schmerzte mich die Vorstellung, Antoni nie wieder zu berühren, mehr denn je; sein Gesicht, sein Lächeln, seine Gegenwart. Nie wieder …

„Hat er … Wurde das Kleid nie zurückgeschickt?“ Ich sah Mom an und begriff, dass sie davon gewusst hatte.

Sie gab ein kleines Lachen von sich. Ich hielt das Kleid an meine Brust. Antoni. Er würde mit seinem Leben weitermachen und ich mit meinem. Er würde ein Mädchen treffen, sich verlieben, heiraten, Kinder bekommen und vielleicht sogar Novak übernehmen. Und ich? Wie sah meine Zukunft aus?

So oder so, es wäre eine Zukunft ohne Antoni.

Kapitel 32

„Triffst du diese Woche deine Freundinnen?“, fragte Mom, als wir zusammen die Küche aufräumten. Im Laufe der Jahre hatten wir herausgefunden, wie wir uns in der engen Nische bewegen konnten, ohne uns in die Quere zu kommen.

„Nein, es ist noch keine von ihnen zu Hause. Um ehrlich zu sein, ich habe sie vermisst, aber ich bin nervös, sie wiederzusehen“, antwortete ich und spülte den Espressokocher aus.

„Weil du jetzt eine andere bist?“

„Ja. Es war schon nicht leicht, geheim zu halten, dass meine Mutter eine Sirene ist, aber meine eigene Veränderung zu verschweigen … Es fühlt sich fast an, als würde ich sie hintergehen. Sie kennen mich. Ich habe Angst, dass sie merken, dass ich anders bin. Und ich glaube, es wäre auch beunruhigend, wenn sie nichts merken würden.“ In Polen hatte niemand außer Antoni die Veränderungen an meinem Haar, meiner Haut und meinen Augen angesprochen. Wenn meine Freundinnen nichts feststellten, wäre ich zwar erleichtert, aber auch irgendwie enttäuscht. Nein, sie würden etwas sagen, ganz sicher. Nur bei der Vorstellung, ihnen Lügen aufzutischen, wurde mir flau.

„Nun, du musst dir keine Sorgen machen, dass sie es herausfinden werden. Meerjungfrauen sind Märchengeschöpfe. Es wird ihnen nicht einmal in den Sinn kommen. Aber ja, ich denke, sie werden merken, dass du ein bisschen anders bist als vor dem Sommer. Bloß, ist das wirklich so seltsam?“ Sie setzte sich auf die

Couch und nahm ein Buch vom Tisch. Abschließend sagte sie: „Es spielt so oder so keine allzu große Rolle."

„Wie meinst du das? Natürlich spielt es eine Rolle", sagte ich und schwenkte den Arm, wobei ich vergaß, dass meine Hand voller Spülseife war. Der Schaum flog über die Schränke und den Boden. Ich seufzte und bückte mich, um ihn wieder aufzuwischen.

„Deine Freundinnen werden ein ganz anderes Leben führen als du. Bald wirst du nur noch eine liebevolle Erinnerung für sie sein. Hast du dir schon Gedanken gemacht, wie bald du ins Meer gehen möchtest? Wir sollten wahrscheinlich unseren Ausstieg planen, damit wir niemanden allzu sehr vor den Kopf stoßen."

Ich tauchte mit dem Kopf hinter den Küchenschränken auf, die ich geputzt hatte, und starrte sie an. Sie hatte das Buch über Schiffswracks offen auf ihrem Schoß und ihre Kaffeetasse in der Hand. Erst als ich nicht antwortete, blickte sie irgendwann auf.

„Was ist?"

„Du willst weggehen?" Ich stand auf.

„Nun, ich müsste erst ein paar Dinge in Angriff nehmen, den Wohnwagen verkaufen, meinen Job kündigen. Einen Umzug planen, damit niemand denkt, wir sind gekidnappt worden. Ein Konto für dich vorbereiten, damit dir später, wenn du einen Partner finden willst, etwas Geld zur Verfügung steht." Sie grinste. „Es ist etwas heikel, aus dem Wasser zu kommen und ohne Klamotten, Zuhause und Geld dazustehen." Ihr heiterer Tonfall verschwand. „Targa, du siehst aus wie eine Wachsfigur. Was ist los?"

Ich setzte mich mit aufgerichtetem Rücken auf den Stuhl gegenüber von ihr. Meine Hände waren plötzlich eiskalt. „Mom, ich kann nicht einfach gehen. Ich will nicht alles verlieren, meine Freundinnen, die Schule. Dieses Jahr ist mein letztes Jahr an der High School."

Sie blinzelte mich einen Moment lang an. Dann schloss sie das Buch und legte es mit übertriebener Vorsicht auf den Couchtisch. Sie holte tief Luft und sagte dann langsam und mit Nachdruck: „Was?"

„Ich kann nicht glauben, dass du willst, dass ich einfach alles stehen und liegen lasse. Was ist mit meiner Zukunft? Was ist mit Studieren?" Mein Gesicht wurde plötzlich so heiß wie meine Hände kalt. Ich dachte nicht mehr, dass ich ohnmächtig werden könnte, sondern fühlte mich, als hätte ich Fieber.

„Universität? Deine Zukunft?" Ihre Stimme war ungläubig. „Du bist eine Meerjungfrau. Deine Zukunft ist da draußen." Sie zeigte Richtung Meer. „Nicht hier in einem blöden Wohnwagen. Denkst du, du wirst mit einem Leben auf zwei Beinen glücklich werden? Was dachtest du, dass du einfach ein paar Mal in der Woche schwimmen gehst und ansonsten in irgendeiner Schule oder Universität oder bei deinen Freunden hockst?"

„Na ja ... ja."

Sie zuckte zurück, als ob ich sie geohrfeigt hätte. Dann stand sie auf und lief in unserem kleinen Wohnzimmer auf und ab. „Das ist falsch. Das ist so falsch." Sie hielt sich die Fingerspitzen an die Schläfen. Dann begann sie zu reden, als ob ich nicht im Zimmer wäre. „Jahrein, jahraus beten und hoffen, nur um dann die Hoffnung aufzugeben, dass du je erwachen würdest; die Trauer, die Tränen, die Enttäuschung. Dann der Verlust von Nathan, mehr Trauer, mehr Herzschmerz. Dann ein weiteres Jahrzehnt voller Wecker und Rechnungen und

Steuern, und die Blicke und Bemerkungen dieser Männer ertragen.“ Sie spie das Wort ‚Männer‘ wie Gift aus, sodass es keinen Zweifel mehr gab, was sie wirklich für ihre Kollegen empfand.

Während sie weitersprach, hörte ich den Klang ihrer Stimme, aber es hätte genauso gut der Klang unseres Hauses sein können, das um mich zusammenbrach. Scham sickerte aus jeder Zelle meines Körpers, so wie immer, wenn ich an ihr Leben dachte. Sie hatte alles für mich geopfert. Ich wusste, dass sie es hier hasste, das profane menschliche Leben. Sie ertrug alles für mich. Aber zum ersten Mal kämpfte etwas gegen die Schuld an, nämlich die gerechte Wut und die Überraschung, dass sie angenommen hatte, ich würde mein Leben einfach aufgeben, weil ich nun eine Meerjungfrau war.

Sie war immer noch nicht fertig. „Jahrelang habe ich diese höllische Tauchausrüstung getragen und ihren Müll vom Meeresboden aufgesammelt, ich musste ihre Inkompetenz und Gier und ihre ekelhaften Anmachen schweigend hinnehmen. Und jetzt das Wunder, und sie will nicht gehen!“ Sie drehte sich verzweifelt zu mir um. „Warum? Wie kannst du hier bleiben wollen?“

„Mom ...“

Sie setzte sich neben mich und nahm meine Hände. „Targa, Schatz, du gehörst nicht hierher. Ich weiß, dass es alles ist, was du je gekannt hast, aber da draußen wartet so viel mehr. Am Anfang mag es dir hier gut gehen, aber irgendwann fühlst du dich gefangen, du erstickst und musst trotzdem durch all die dummen Reifen springen, um ein menschliches Leben zu führen. All die nutzlosen, frustrierenden Aufgaben. Du wirst gegen Depressionen ankämpfen und der Wunsch, wegzulaufen, wird dich nie verlassen. Du wirst keinen Frieden finden. Deine menschlichen Beziehungen werden ausgehöhlt von dem Geheimnis, das du mit niemandem teilen kannst, und niemand wird dich verstehen. Ständig wirst du vor den Menschen auf der Hut sein müssen, und ihre Aufmerksamkeit wird unerträglich werden. Die Probleme deiner Freunde werden dir immer banaler erscheinen, und du wirst ihnen desinteressiert und gelangweilt vorkommen, was du auch sein wirst, weil du es einfach satt hast, so zu tun, als ob dich ihre Beziehungsdramen interessieren, oder wo es zum nächsten Schlussverkauf von Schuhen geht."

Weniger durch das, was sie sagte, als durch ihren schrillen Tonfall wurde mir klar, wie sehr sie all die Jahre gelitten hatte. Ich hatte gedacht, ich wüsste es, aber sie hatte sich auch vor mir verstellt. Ihre Entscheidung, zu bleiben und mich aufzuziehen, war noch viel grausamer gegen sie selbst gewesen. Erinnerungen an Freunde, die allmählich aufgehört hatten, vorbeizukommen, tauchten in meinem Kopf auf. Als mein Vater noch gelebt hatte, war unser Heim voller Menschen gewesen, Nachbarn, Freunde, Kollegen, irgendwer war ständig da gewesen. Nachdem er gegangen war, verschwanden auch diese Menschen allmählich aus unserem Leben, und jetzt verstand ich, warum.

„Und während du weiter versuchst, ein Mensch zu sein", fuhr sie fort, „wird der Ruf des Meeres nur noch lauter werden, bis er eines Tages völlig unwiderstehlich sein wird und du spontan ins Meer gehst und alle glauben lässt, du seist verunglückt. Vielleicht ist die Scham dann so groß, dass du nie zurückblicken willst und ans Salz verloren gehst. Und wenn das passiert, wirst du sogar für mich unerreichbar sein."

„Mom", begann ich mit einem tiefen Atemzug. „Ich verstehe jetzt besser, was du durchgemacht hast, und ich werde für immer dankbar sein für das, was du geopfert hast. Aber …" Ich hielt inne. Ich konnte einfach nicht sagen, was ich sagen wollte. Es hing so viel davon ab, wie ich mich jetzt ausdrückte. Aber ich wusste nicht, wie wir uns einig werden konnten.

Ich wollte ihr sagen, dass ich zurechtkommen würde, wenn sie jetzt ging. Ihre Arbeit war getan und ich wollte nicht, dass sie weiter leiden musste. Ich wollte ihr sagen, dass ich sie zu sehr liebte, um sie bei mir bleiben zu lassen. Aber ich brachte die Worte nicht über die Lippen. Denn die Wahrheit war, dass ich mich nicht bereit fühlte, sie gehen zu lassen. Ich brauchte sie. Wer sonst auf der weiten Welt würde verstehen, wer ich war, wie ich dachte und was ich brauchte?

Mein Verstand sprang ungebeten zu Antoni und ich lachte innerlich über meine eigene Dummheit. Antoni war für mich auf so vielerlei Weisen unzulänglich. Ich konnte ihm nie sagen, was ich war, er würde mich nie verstehen, und er war auf der anderen Seite der Erde.

Was stattdessen herauskam, war: „Ich bin nicht du, Mom. Vielleicht hat es damit zu tun, dass ich meine erste Veränderung im Brackwasser hatte, aber ich mag mein menschliches Leben, ich liebe meine Freundinnen und ich möchte die Chance haben, zur Uni zu gehen und zu sehen, was ich aus mir machen kann."

Sie legte ihre Hände über ihr Gesicht und ihre Ellbogen auf die Knie. „Das kann nicht sein. Ich kann das nicht hören."

„Mom." Ich legte eine Hand auf ihre Schulter, aber sie reagierte nicht. Ich wusste nicht, was ich noch sagen sollte.

Dann wurde mir klar, dass das, was sie für mich befürchtet hatte, mit noch größerer Wahrscheinlichkeit auch ihr passieren würde. Ich hatte sie immer als unendlich mächtig angesehen, aber auch darüber konnte ich mich nicht mehr belügen, sie war nicht unfehlbar. Eines Tages würde ich aufwachen und sie würde fort sein, weil sie dem Ruf nicht mehr hatte widerstehen können. Und wenn sie dann ans Salz verloren ging? Wenn wir jetzt geordnet und geplant vorgingen, dann hatten wir zumindest eine Chance, uns wiederzufinden.

„Mom ..." Meine Hände zitterten, meine Brust fühlte sich hohl an. „Du solltest gehen." Die Angst, sie zu verlieren, vibrierte in mir, aber dennoch fabrizierte ich die größte Lüge, die ich je erzählt hatte: „Mir wird es gut gehen."

Sie hob nicht den Kopf, sie hob nur eine Hand mit ausgestrecktem Zeigefinger und sagte mir, ich sollte aufhören zu reden. Sie saß für einen Moment so da und ich brachte es nicht über mich, etwas anderes zu sagen. Ich hielt den Atem an.

Dann, ohne ein Wort zu sagen, stand sie auf und verließ das Haus. Die Fliegengittertür schlug hinter ihr zu.

Kapitel 33

Ich lief ihr hinterher und riss die Tür wieder auf.

„Mom, wo willst du hin?“ Obwohl sie schon ein gutes Stück die Straße hinunter gegangen war, brauchte ich nicht zu schreien. Ich wusste, dass sie mich hören würde.

„Was denkst du denn? Zum Meer“, sagte sie, ohne sich umzusehen.

„Für immer?“ Die Frage kam nur als ein Flüstern heraus.

Mom verschwand um die Ecke. Ich stand lange Zeit vor unserem Wohnwagen und wusste nicht, was ich tun sollte. Ich presste meine Hände zusammen und öffnete sie, fühlte mein Herz klopfen. Sollte ich ihr nachgehen? Und dann? Ich lief auf unserer Einfahrt herum, beobachtete die Straße und dachte, dass sie vielleicht zurückkommen würde. Als sie nicht zurückkam, wurde ich so aufgeregt, dass auch ich mich nach dem Meer zu sehnen begann. Ich musste vergessen, wenn auch nur für eine kleine Weile. Ich ging wieder nach drinnen und trank so viel Wasser, wie ich konnte. Es schwappte in meinem Bauch und drohte hochzukommen. Ich wartete einen Moment, dann ging ich los.

Vor meiner Wiedergeburt wäre ich niemals von zu Hause bis zum Meer zu Fuß gelaufen. Wir wohnten in der Nähe, dafür hatte Mom gesorgt, aber es war kein kurzer Spaziergang. Aber als Sirene dachte ich nicht einmal darüber nach. Ich sprintete fast eine halbe Stunde lang und sah zu, wie sich das funkelnde Blau vor mir ausdehnte und so deutlich wie Kirchenglocken am Sonntag nach mir rief.

Ich hatte halb gehofft, dass ich meine Mutter einholen würde, aber vielleicht wäre es das Beste, ihr etwas Zeit allein zu lassen. Ich erlaubte mir nicht die Befürchtung, dass sie für immer gegangen sein könnte. Sie würde nicht gehen ohne auf Wiedersehen zu sagen.

Ich wusste genau, wohin ich wollte. Mom hatte mir vor vielen Jahren ihren Lieblingsprivatstrand gezeigt. Nun, privat war er zwar, aber *Strand* war eine mehr als großzügige Bezeichnung. Es war ein Durcheinander aus gezackten Felsen und schleimigen, moosbedeckten Steinen. Kein Mensch würde dort einen Tag verbringen wollen, geschweige denn dort schwimmen, nicht wenn Sandstrände nur ein paar Meilen weiter lagen.

Ich verstaute meine Kleider in den zerklüfteten Felsen und hielt die Augen offen nach einem Haufen Kleidung, den meine Mutter zurückgelassen haben könnte, aber ich sah nichts. Ich suchte mir einen Weg zum Wasser und glitt hinein. Innerhalb eines Wimpernschlags wurde ich zur Meerjungfrau und schoss hinaus ins wilde blaue Meer. Mein Ärger verflüchtigte sich und meine Sorgen lösten sich auf wie Zuckerwatte. Das war es, was ich brauchte. Ich konnte all die Schuld und Verwirrung, den enttäuschten Blick meiner Mutter und den Schmerz über Antoni von der Strömung fortschwemmen lassen.

Ich hatte keine Angst davor, allein in den Nordatlantik vorzudringen, nicht jetzt. Aber nervös und neugierig war ich schon. Würde ich mich noch mehr verlieren als in der Ostsee? Würde ich die Anziehungskraft des Salzes so stark spüren, dass ich nicht mehr ans Ufer zurückwollte? Was wäre, wenn ich wirklich eine schwächere Meerjungfrau war, nicht in der Lage, die Wirkung des Salzes auf mich abzuwehren?

Aber selbst diese Gedanken begannen einer nach dem anderen zu verblassen, als ich tiefer ins Unbekannte tauchte. Ich stellte mir vor, wie alle Worte aus meinem Kopf segelten, auf den Grund des Meeres schwebten und sich im Sand auflösten. Das Wasser wiegte mich, streichelte meine Haut und Schuppen. Es zerrte sanft an meinen Haaren und wirbelte in winzigen Strudeln zwischen den Schwimmhäuten meiner Finger. Ich stieß ein erleichtertes Lachen aus und schoss aus dem Wasser, um mit einem Vorwärtssalto wieder einzutauchen.

In dem kurzen Moment an der Luft erblickte ich ein Fischerboot in der Nähe. Mein Magen drehte sich um, aber kaum war ich wieder unter Wasser, kicherte ich über den Adrenalinschub, der meine Glieder und meinen Schwanz schwach werden ließ. Es war keine gute Idee, durch die Oberfläche zu springen, wenn ich nicht überprüft hatte, dass ich alleine war.

Ich beschleunigte und tauchte tiefer. Die Welt hier unten war ganz anders als in den dunkleren Gewässern der Ostsee. Sie war klar und hell und voller Leben. Wenn ich gedacht hatte, die Ostsee sei ein geschäftiger Ort, dann war das nichts im Vergleich zum Nordatlantik.

Ich verlangsamte mich, als eine neue Empfindung über mich kam. Das Salz, das in mein System eindrang, ließ meine Haut und Schuppen kribbeln, während es mich sättigte. Ich ließ mich treiben und achtete auf dieses neue Gefühl. Ich saugte Wasser in meine Kiemen und drückte es wieder heraus. Es schien, als würde das Kribbeln mit jedem Einatmen stärker, bis schließlich mein ganzer Körper vibrierte. Der Atlantik war wild und schön und voller Leben. Das konnte ich jetzt wirklich fühlen. Ich schwamm weiter, berauscht davon, wie anders sich mein

Körper anfühlte.

Überall waren Fischschwärme, soweit das Auge reichte. Die Sonne schickte Lichtstrahlen ins Wasser und Wolken aus Krill wirbelten unter der Oberfläche. Weiter unten hofierten sich die nördlichen Seepferdchen in einem eleganten Tanz. Ihre gesprenkelten gelben und braunen Körper drehten sich und krümmten den Schwanz. Ich war verzaubert und verlor mich in der farbenfrohen Meereslandschaft um mich herum. Ich fand eine Horde Tümmler und schloss mich ihrem energischen Spiel an. Ich erspähte einen Buckelwal weit unter mir und tauchte tief, um ihn einzuholen. Ehrfürchtig glitt ich an ihm vorbei und schaute zurück, während sein kluger Blick mir folgte. Er begann zu singen und füllte das Meer mit seinem pfeifenden Lied. Ich sang mit meinen eigenen Geigen zurück und schwamm unter ihn, schaute nach oben und streichelte seine weiche weiße Unterseite.

Ich ließ den Wal weiterziehen und wurde langsamer, da ich eine Veränderung an mir wahrnahm. Ich schaute an mir hinunter, ohne etwas zu entdecken. Oder wurde mein Herz langsamer? Da, ein Herzschlag. Einige Sekunden vergingen. Eine Gänsehaut erhob sich auf meiner Haut. Ich veränderte mich und es geschah schnell. Ich breitete meine Hände vor mir aus und fühlte eine neue Beziehung zum Wasser im Gewebe zwischen meinen Fingern und in meinen Handflächen. Das Wasser drückte von allen Seiten auf mich ein, als würde es mich bitten, mit ihm zu verschmelzen. Ich streckte meine Handflächen aus und schoss rückwärts, mein Haar wogte um mein Gesicht. Ich keuchte, schaute auf meine Hände. Was in aller Welt war gerade geschehen? Der Wal rief in der Ferne, sein Gesang kräuselte sich um mich. Zu ihm gesellte sich eine Abfolge von zwitschernden und quietschenden Geräuschen, die überall widerhallten. Die Geräusche hatten Dringlichkeit. Ich bemerkte die Anwesenheit einer starken Strömung weit links von mir, die durch das Meer rauschte. *Targa*. Erschrocken sah ich mich um. Hatte ich wirklich gerade meinen Namen gehört? *Targa*, sagte das zischende Flüstern. Seine schäumende Stimme war diesmal lauter, scheinbar direkt neben meinem Ohr.

Atargatis.

Das konnte ich nicht richtig gehört haben.

„Hallo?“ Meine Sirenenstimme erwachte zum Leben und füllte das Wasser um mich herum auf eine Weise, wie es noch nie zuvor geschehen war. Es bebte in einem mächtigen Puls von mir nach außen, es prallte sanft an den Fischen ab, die in meiner Nähe schwammen und am Meeresboden unter mir. Es echote zu mir zurück und erzählte mir genau, was um mich herum war: Ich hätte die Fische zählen und ihre Gestalt detailliert beschreiben können, basierend auf den Informationen, die im Echo zurückkamen. Nicht weit entfernt befand sich ein Wrack, seiner Form nach zu urteilen war es ein modernes Fischerboot. Ich wusste, wie weit ich von allem um mich herum entfernt war – von Dingen, die ich nicht einmal sehen konnte. Die Sicht, die mir dieses Echo verlieh, ließ meine Augen im Vergleich geradezu nutzlos erscheinen.

Zum Test gab ich einen weiteren Puls von mir, aber dieses Mal ohne Stimme; er kam allein aus meinem Herzen. Das Echo, das zurückkehrte, sagte mir, wie weit sich jedes Tier, das ich zuvor registriert hatte, seit dem letzten Puls bewegt hatte, und wie sich meine Position zum Meeresgrund in der verstrichenen Zeit verändert hatte.

„Ich habe ein Echolot?!“, sagte ich laut zu niemandem. Ich trieb umher, unfähig, mich in meinem völligen Erstaunen sinnvoll zu bewegen. Ich verlor die Zeit aus den Augen, während ich so verharrte und diesen neuen Sinn verarbeitete.

Schließlich blickte ich auf meine Hände herab. Sie sahen aus wie immer, aber etwas fühlte sich anders an. Ich hob und senkte sie, und da schossen aus jedem meiner Finger Wasserstrahlen. Die kleinen Strömungen liefen zusammen und bildeten ein Strudel zwischen meinen Händen. Ich lachte vor Schreck, und mein Lachen erfüllte das Meer, und das ganze klappernde, knackende und singende Leben des Meeres fegte als Antwort über mich hinweg.

Ich streckte die Hände aus und schickte zwei Fontänen in die Höhe, dann schwenkte ich meine Arme auf und ab und schuf zwei schlangenförmige Strömungen. Ich konnte die Wassermoleküle fühlen. Ich konzentrierte mich, die Augen schmal gekniffen, und erhöhte die Bewegung der Moleküle. Dazu benutzte ich nichts als meine Gedanken. Das Wasser kochte und sprudelte, als es aus meinen Händen schoss. Ich strich in einer fließenden Bewegung um mich und verlangsamte die Moleküle. Das Wasser wurde dick und matschig, halb gefroren. Ich ließ es noch kälter werden, und ein Krachen erscholl, als sich Eis in einer langen Kegelform vor mir bildete. Ich stoppte, geradezu entsetzt über das, was ich tun konnte. Ich sah, wie der riesige Eiszapfen, den ich erschaffen hatte, nach oben trieb und unter Ächzen und Knarren schmolz.

Ich erinnerte mich an das Wrack, das ich zuvor wahrgenommen hatte. Ein weiterer Puls, den ich von meinem Herzen entsandte, verriet mir genau, wo es sich befand. Ich schwamm hin.

Die Informationen, die mir das Echolot gab, waren vielfältig. Dieses Wrack war erst vor kurzem gesunken. Es verfügte über ein vielleicht sechzig Jahre altes Schleppnetz, dessen Umrisse immer noch deutlich zu erkennen waren. Ich schaute mir das Durcheinander an, nahm die Stücke auf und stellte mir vor, wie es intakt ausgesehen hatte. Ich streckte die Hände aus und die Strömungen schossen aus meinen Fingerspitzen. Wie Verlängerungen meiner eigenen Gliedmaßen wirbelten die Ströme um das Wrack herum, und aus zehn wurden unzählige, die alle taten, was ich wollte. Langsam legten die Ströme Bruchstücke des Wracks frei – hier ein Stück Heck, dort ein Stück Geländer, einen Haufen Bretter. Die Ströme arbeiteten zusammen, um die Teile wieder an ihren Platz zu heben und zu halten. Es war wie ein riesiges, dreidimensionales Puzzle. Ich lachte, als ich sah, wie das Boot vor meinen Augen wieder auflebte, und nichts als mein Wille, meine Gedanken hielten alles an seinem Platz. Ich ließ die Strömungen versiegen und das Boot brach wieder zusammen, seine Teile schwebten anmutig herab und krachten mit grauen Sandwolken in den Meeresboden.

Mein Lächeln verschwand, als ich einen unausstehlichen Geruch und Geschmack im Wasser wahrnahm. Diesel.

Kapitel 34

Im ersten Moment glaubte ich, die verpestende Substanz käme aus dem Wrack, aber sie verschwand wieder wie ein Windhauch. Ich irrte umher, bis ich den Diesel wieder wahrnahm. Als er durch meine Kiemen ging, würgte ich und mein Magen verkrampfte sich. Sofort floh ich dorthin, wo das Wasser unverschmutzt schmeckte, um meine Kiemen auszuspülen.

Aber hier nahm ich noch etwas anderes wahr ... etwas Metallisches, das nach alten Kupfermünzen schmeckte. Ich lauschte. Ich hörte keinen Motor, keine Schiffsturbinen. Oder doch – da. Sehr schwach plätscherte Wasser gegen den Rumpf eines Bootes.

Ich stieß einen Impuls mit meinem Herzen aus und das Echo sagte mir, dass sich ein Schiff an den äußersten Rändern meines Echolots befand. Dieses Mal wurde mir bewusst, wie viel Anstrengung mich der Impuls kostete. Meine Augenlider flatterten ein wenig, und meine Glieder kamen mir schwerer vor. Vielleicht war es das Beste, mein Echolot nicht zu oft zu benutzen. Ich schwamm zum Schiff und entdeckte im Näherkommen seltsame Formen darunter. Sie sahen aus wie Torpedos, die wahllos auf den Meeresboden geschossen wurden. Wieso warf jemand Bomben ins Wasser?

Ich tauchte tiefer, um sicherzugehen, dass ich nicht gesehen werden würde, und schwamm auf die Torpedoformen zu. Die Landschaft bestand aus Sand, Algensäulen und felsigem, korallenbedecktem Terrain. Schwärme von Fischen, darunter auch kleine Haie, huschten durch die Sonnenstrahlen, die hier unten blass wie Geister schienen.

Wieder hörte ich Plätschern. Und dann den Aufschlag von einem weiteren bombenförmigen Ding, das ins Wasser geworfen wurde. Der Hauch des metallischen Geschmacks wurde intensiver. Und da wurde mir klar, was es war. Blut.

Ich war jetzt nahe genug, um zu sehen, dass die Dinger keine Torpedos waren. Wolken aus Blut trieben um jede Form herum. Hunderte der weißen und grauen Körper bedeckten bereits den Meerboden. Meine Haut kribbelte vor Entsetzen. Es waren Haie.

Ihre Rückenflossen und Brustflossen waren abgetrennt worden, dann hatte man sie zurück ins Meer geworfen. Wie Müll. Aber sie lebten noch. Sie lebten, um einen qualvollen Tod zu erleiden.

Ich verharrte auf der Stelle. Ein Hai sank an mir vorbei, Blutfahnen hinter sich herziehend. Ein Weibchen. Sie sah mich aus einem großen, schwarzen, rollenden Auge an. Ohne ihre Flossen konnte sie nicht schwimmen, sich nicht bewegen. Sie rang nach Luft. Sie würde ersticken, wenn sie nicht vorwärts schwimmen konnte, um das Wasser über ihre Kiemen fließen zu lassen.

Ich starrte ihr nach, unfähig, etwas für sie zu tun. Ohne Stimme, um ihrer Qual Ausdruck zu verleihen, sank sie auf den Grund, wo bereits Hunderte, vielleicht Tausende von Körpern lagen. Ich hatte selbst das Gefühl, zu ersticken. Meine Augen brannten vor Tränen, aber ich weinte nicht. Ich ballte die Fäuste.

Da sprang der Motor des Bootes über uns an und eine neue Woge von Dieselabgasen schwappte herab. Das Massaker war beendet. Die Menschen da oben hatten ihre Beute, der Rest war ihnen egal.

Aber mir nicht.

Kapitel 35

Ich schoss dem Boot hinterher. Zum ersten Mal in meinem Leben war ich bereit zu töten. Wer auch immer dieses Massaker angerichtet hatte, stand kurz davor, seinen letzten Atemzug zu tun.

Ich schwamm schneller und schneller. Die Wut stachelte meine Bewegungen an. Ich würde das Boot versenken, ich würde ...

Das Netz tauchte so plötzlich vor mir auf, dass ich nicht mehr ausweichen konnte. Selbst mit meinen Kräften konnte ich mich nicht mehr rechtzeitig stoppen. Ehe ich mich versah, steckte ich fest. Das dicke Seil drückte hart in mein Gesicht und umschloss mich. Mein Nacken ächzte vor Schmerz. Ich peitschte mit meinem Schwanz hin und her, das Meer schäumte um mich herum. Blindlings versuchte ich mich zu befreien, aber trotz all meiner Bemühungen verhedderte ich mich nur noch mehr. Ich fühlte mich hilflos wie ein Kind.

Durch das Wasser nahmen meine Sirenenohren Männerstimmen wahr, aber ich konnte nicht verstehen, was sie sagten. Ich zog Wasser durch meine Kiemen und speicherte gierig den Sauerstoff, den es mir gab. Dann ließ ich meinen Schwanz wieder zu Beinen werden und betete, dass sie nicht genau gesehen hatten, was in ihrem Netz zappelte, sondern die aufgewühlten Blasen mich versteckt hatten.

Meine Mutter hatte mir eingebläut, dass niemand, *niemand* je von meinem wahren Wesen erfahren durfte, es sei denn, ich wollte den Rest meiner Tage in einem Aquarium oder einem Labor schwimmen.

Mom, was habe ich getan? Hilf mir! Ich brauche dich.

Der Motor erstarb und das einzige Geräusch war nun das Surren der Winde, die das Netz einzog. Die Seile spannten sich um mich und ich wurde aus dem Wasser gehoben. Ich fühlte mich schwer wie ein Felsbrocken und dabei so verletzlich, nackt und zitternd in dem Netz. Mit jedem Atemzug, den ich mit meinen Lungen machte, löste sich mein Meerjungfraueninstinkt auf. Die Angst, die über mich kam, lähmte meine Gedanken. Was für eine Ausrede sollte ich mir einfallen lassen? Dass ich meilenweit vom Ufer entfernt geschnorchelt hatte? Dass ich mich auf ihrem Boot versteckt hatte und dann schwimmen gegangen war, als sie gehalten hatten, um Haie zu fischen? All das klang lächerlich.

Warum hatte ich nie daran gedacht, eine Waffe mitzunehmen, wenn ich schwimmen ging? Weil ich mich noch nie in Gefahr vor den Kreaturen des Meeres gefühlt hatte. Es war mir nie in den Sinn gekommen, dass ich mich vor Menschen verteidigen müsste. Im Meer war ich diejenige, die Macht über sie hatte, nicht sie über mich. Dachte ich. Wie dumm, wie naiv!

Ich purzelte durch das Netz, als es tief über dem Deck baumelte. Meine Glieder wurden schmerzhaft in Winkel gezwungen, aus denen ich mich nicht freikämpfen konnte. Durch meine wirren Haare konnte ich nicht gut sehen, wer das Netz festhielt. Dann sank ich auf das Deck, niedergedrückt vom Gewicht der Seile. Der Geruch von Blut war überwältigend. Dunkle Lachen schwappten auf dem Boden.

Ich zog meine Beine vor die Brust und bedeckte mich, so gut ich konnte, wie ein menschliches Mädchen es tun würde. Aber unter dem Netz war es unmöglich, sich aufzurichten.

„Heilige Mutter Gottes“, sagte ein Mann. „Eine Meerjungfrau!“

Bitte, bitte hab das sinnbildlich gemeint.

„Sie ist nackt!“, sagte eine andere Männerstimme. Irgendwo erklang ein nervöses Lachen.

Ich schämte mich nicht, nackt gesehen zu werden, diese Gefühlsregung war in der Ostsee gestorben, aber völlig wehrlos, kalt und zitternd unter den Blicken von Fremden zu liegen, ließ mich trocken aufschluchzen. In meinem Kopf war nur Platz für einen Gedanken: Flucht. Flucht! Aber wie?

„Was zum Teufel …?“, meldete sich eine neue Stimme, die sich näherte. Warum kam mir diese Stimme so bekannt vor?

Das Netz wurde geöffnet und von mir heruntergezogen. Endlich war ich in der Lage, mein Haar vom Gesicht zu streichen.

„Targa?“

Ich wusste nicht, ob ich erleichtert oder noch panischer wurde, als er in Sicht kam und ich ihm in die Augen schauen konnte. Es war Eric.

Kapitel 36

„Du kennst sie?“, fragte einer der Männer Eric überrascht.

Der nickte. „Gib ihr die Extra-Shorts und dein Hemd, Donovan. Ich bin gleich wieder da.“ Er verschwand in der Kajüte.

Es schienen nur drei Männer auf dem Boot zu sein. Die Kajüte war zu klein, als dass sich noch mehr Leute darin verstecken konnten. Erics Kumpane hoben das Netz weg, und einer von ihnen benutzte die Winde, um es anzuheben, so dass es hinter dem Boot über dem Wasser hing, während der andere, Donovan, mir die Kleider reichte: eine rote, noch feuchte Badehose und das schmuddelige zerrissene Unterhemd mit Flecken darauf, das er bis jetzt getragen hatte. Die Männer drehten sich tatsächlich um, während ich mich anzog. Der Körpergeruch des Hemdes ließ mich würgen. Es war schlimm genug, dass ich diesen Monstern ausgeliefert war. Und jetzt trug ich auch noch ihre stinkende Kleidung auf meiner Haut.

Eric kam mit einem Paar alter Deckschuhe zurück. Er legte sie vor mir ab und sagte: „Zieh sie besser an, das Deck ist rutschig.“

Ja, das war es. Rutschig vor Blut. Ich starrte zu den Behältern voller frisch amputierter Haifischflossen. Es waren sicherlich hunderte von Pfund. Ich wusste, dass Haifischflossensuppe in vielen Ländern eine Spezialität war und teuer verkauft wurde. Ich wusste auch, dass das Fischen von Haien illegal war, und darüber hinaus völlig unmoralisch.

Ich erhob mich und sah Eric ins Gesicht. „Ich fasse nicht, was du hier machst.“

Er sah überrascht aus, dann wütend. „Was *ich* hier mache? Was, zum Teufel, machst du hier? Weiß deine Mutter davon?“ Er spähte ins Meer hinaus. „Wo ist sie? Wo ist euer Boot?“

„Haifische im großen Stil zu verstümmeln, ist illegal“, fuhr ich unbeirrt fort. „Aber das weißt du bestimmt.“

Ich sah, wie seine Kieferknochen hervortraten. „Spar dir die Moralpredigt, Kleine. Du hast keine Ahnung, um was es hier geht. Und vor allem … wirst du keiner Seele davon erzählen, wenn du weißt, was gut für dich ist. Erst recht nicht deiner Mami.“

Ich konnte nicht mehr an mich halten, meine Stimme wurde schrill: „Du lässt Hunderte von Haien zum Sterben auf dem Meeresgrund zurück, um dir die Taschen zu füllen, und du glaubst, ich behalte das für mich? Du bist ein Krimineller. Ein Mörder.“

Er zuckte zurück, als er den Sirenenklang in meiner Stimme hörte. Ich hatte nicht beabsichtigt, die Geigen zu benutzen, aber ich war so aufgebracht, dass sie von selbst herauskamen. Mit Genugtuung sah ich seine Angst. Die Schatten auf seinem Gesicht bewegten sich, als sich das Boot unter uns drehte.

„Eric“, sagte einer seiner Kumpanen, „Scheiße, schau dir das an.“

Eric und ich drehten uns um. Die beiden Männer blickten ins Wasser. Wir gingen zu ihnen und schauten über die Reling.

Die Oberfläche war schaumig vor Bewegung. Abertausend Fische schwammen in einem perfekten Kreis um das Boot herum. Ich entdeckte unzählige Haie, aber auch Schildkröten, Tintenfische und Delfine, und von allen Seiten kamen noch mehr. Das erklärte, warum das Boot angefangen hatte, sich zu drehen. Die Meeresbewohner erzeugten einen Strudel.

Ich sah einen Blitz aus schwarzen Haaren und bleicher Haut inmitten der sich verdichtenden Menge von Lebewesen. Mein Herz hüpfte und hämmerte dann hart, fast schmerzhaft, in meiner Brust. Sie war hier.

„Hast du das gesehen“, keuchte einer der Männer. Er beugte sich über die Reling des Bootes, um einen besseren Blick zu bekommen.

Plötzlich sprang meine Mutter aus dem Wasser, packte ihn am Nacken und zog ihn mit sich in die Tiefe. Eric und Donovan stolperten kreischend von der Reling zurück.

„Was war das?“, schrie Eric. „Das Ding sah aus wie eine Meer...“ Er brachte es nicht über sich, das Wort auszusprechen. Sein entsetzter Blick richtete sich auf mich.

Ich lehnte mich vor, suchte nach dem Mann und meiner Mutter. Aber sie waren in der ungeheuerlichen Menge verschwunden. Gerade als ich hinabspringen wollte, packte Eric meinen Arm und zog mich zurück. Ich rutschte aus und wir kippten beide um. Ich landete auf Erics Brust und er stöhnte. Wir schlitterten über das blutige Deck.

Meine Mutter schoss ein zweites Mal aus dem Wasser. Sie kam über die Reling geflogen und landete auf menschlichen Füßen.

Eric und Donovan schrien beide auf. Mit einem unheimlichen, zischenden Rasseln, das fast nicht mehr nach einem Lebewesen klang außer vielleicht einer

Klapperschlange, stellte sie sich den Männern entgegen. Ihre Haut reflektierte das trübe Tageslicht, als ob sie noch mit Schuppen bedeckt wäre. Ihre Iris war größer geworden und hatte sich von ihrem schönen hellen Blau in eine goldene Farbe verwandelt, und die Pupille war ein vertikaler schwarzer Schnitt, nicht unähnlich dem Auge eines Hais. Zentimeterlange, rasiermesserscharfe weiße Reißzähne waren in ihrem offenen Maul erschienen. Sie hob eine Hand und richtete sie langsam auf Eric. Statt Fingernägel hatte sie nun Krallen.

Eine Brise wehte über das Boot und bereitete mir eine Gänsehaut. Zum ersten Mal in meinem Leben hatte ich Angst vor meiner Mutter.

Kapitel 37

Ich starrte sie mit offenem Mund an, aber Eric hatte sich schneller wieder gefasst. Er legte seinen Arm um meinen Hals und als ich versuchte, mich zu befreien, spürte ich sein Filetiermesser an der Kehle.

„So hast du es also die ganze Zeit gemacht", zischte er über meinen Kopf hinweg meiner Mutter zu. „Ich wusste, dass mit dir was nicht stimmt. Du bist ein … Freak." Mehr fiel ihm nicht ein. Ich spürte, dass er schwer atmete, und trotz seines angriffslustigen Tonfalls zitterte seine Stimme.

Die Kreatur, die meine Mutter war, reagierte nicht. Es war schwer zu sagen, ob sie Erics Worte überhaupt verstanden hatte.

„Mom?", ächzte ich. Ich hatte immer noch mehr Angst vor ihr als vor Erics Messer. War sie ans Salz verloren gegangen?

„Wenn du willst, dass deine Tochter lebt, wirst du für mich tauchen", rief Eric. Sein Arm schnürte mir die Luft ab. Aber er hielt sich auch an mir fest wie an einem Rettungsring. „Wir fahren zur Republic. Jetzt sofort. Und du wirst jede Unze Gold hochbringen, die in dem Wrack steckt. Dann töten wir deine Brut nicht. Ganz einfach."

Während dieser Rede schienen ihre Mundwinkel kaum merklich nach oben zu rutschen. Konnte das sein? War sie amüsiert? Ihr Aussehen war so fremd, so ohne menschlichen Ausdruck, dass es vielleicht nur ein Zähnefletschen war, das gar nichts mit dem Gesagten zu tun hatte.

Ihre Augen richteten sich auf Donovan wie die eines Raubtiers, das seine Beute abschätzt. Sie holte langsam und tief Luft. Es sah aus, als ob sie sich darauf vorbereitete, einen gewaltigen Windstoß gegen die Männer zu pusten, aber stattdessen atmete sie ein einziges Wort aus: „Sprrriiinng."

Ihre Sirenenstimme erfüllte die Luft mit einem sanften, ungebrochenen Klang. Das Metall des Bootes vibrierte unter uns. Donovan ließ sein Messer fallen.

„Nein!", schrie Eric. „Hör auf damit!"

Donovan hatte seinen Fuß bereits auf der Reling.

„Mom, nein!" Ich wollte, dass diese Männer für ihre Tat büßten, aber nicht so. Erst jetzt, da einer von ihnen mehr als wahrscheinlich tot war, begriff ich, dass ich sie selbst nie aus Rache umgebracht hätte. So grausam ihr Verbrechen auch sein mochte.

Aber es war zu spät. Donovan sprang so gelassen über die Reling, als hätte er beschlossen, ein erfrischendes Bad im Meer zu nehmen. Wir hörten das Platschen, als er im Wasser landete. Und dann viel wilderes Platschen. So laut, dass es beinahe Donovans Schreie übertönte. Aber nur beinahe.

Die Stille danach war noch entsetzlicher. Eric keuchte mir ins Ohr. Ich konnte spüren, wie der Schock ihn durchfuhr und sein Herz hämmerte. Ich fragte mich, ob er einen Herzinfarkt bekommen würde. Ich hätte an seiner Stelle vermutlich einen gehabt.

Die Mutter, die ich nicht wiedererkannte, richtete ihren Blick wieder auf Eric. Er begriff endlich, dass er keine Chance gegen die Kraft ihrer Stimme hatte, und ließ das Messer von meiner Kehle fallen. Er schubste mich auf sie zu. Ich rutschte auf dem Deck aus, fiel auf meine

Knie und dann auf meine Hüfte. Eric war bis zur Reling zurückgewichen und sah sich panisch um, ob es irgendeine Rettung für ihn gab.

„Nein, Mom!“, schluchzte ich. „Bitte tu das nicht.“

Sie schaute zu mir herab. Langsam kehrte das leuchtende Blau in ihre Augen zurück und ihre Reißzähne verschwanden. Ihr Gesicht wurde wieder zu dem, das ich liebte. Und ich erkannte jetzt, dass sie angsterfüllt war. Meine Mutter, ängstlich? Sie half mir aufzustehen.

„Es muss einen anderen Weg geben“, stammelte ich.

Sie sah wieder zu Eric. Er klammerte sich an die Reling, hyperventilierte. Schweiß lief seine Stirn und seinen Hals hinunter.

Sie atmete wieder tief ein, aber bevor sie sprechen konnte, begann Eric vor reiner Panik zu schreien. Er taumelte Richtung Kajüte, schlitterte über das Deck. Seine Hände griffen nach ...

„Vorsicht!“ Ich wollte Mom aus dem Weg der Harpune stoßen, rutschte aber wieder im blutigen Brei aus und fiel ihr zu Füßen, ohne dass sie mehr als einen kleinen Schritt zurückstolperte. Ich hörte das Geräusch des Auslösers und den Aufschlag, als die Harpune sie traf. Ich schrie, als sie über das Geländer zurückfiel. Sie verschwand im Wirbel der Fische. Eine rote Wolke blühte auf und wurde von der Strömung mitgerissen.

Ich schrie wieder, unfähig zu denken, unfähig, Worte zu bilden. Kaum registrierte ich, dass Eric eine zweite Harpune lud. Ich krabbelte hoch und tauchte ins Wasser, bevor er zielen konnte, und landete unbeholfen inmitten der Fischschwärme. Ich riss mir die Shorts ab und atmete durch meine Kiemen. Meine Beine verwandelten sich. Flossen und schuppige Körper stießen mich von allen Seiten an.

„Mom“, rief ich. Ein Tentakel klatschte mir auf die Wange. Ich konnte nichts sehen, mit all diesen Fischen um mich herum. Ich versuchte, die Fische mit meinen Händen beiseitezuschieben. Ein Orca streifte mich und gab einen pfeifenden Laut von sich. Das Wasser rauschte durch meine Kiemen und übertönte meine Gedanken. Ich musste zu klarem Wasser gelangen. Ich schlängelte mich zur Mitte des Strudels, direkt unter das Boot. Aber auch von hier aus konnte ich meine Mutter nirgendwo sehen. Der Strudel aus Meereslebewesen war kolossal, reichte so weit und tief, dass er mir schier endlos vorkam. Wie sollte ich Mom darin jemals finden?

Ich schloss meine Augen und nutzte mein Sonar. Doch ich spürte sie immer noch nicht. Es gab nur einen Grund warum. Sie war gestorben.

Ich sank in die Tiefe. Zu erschüttert, um mich noch zu bewegen. Der Schmerz war so stark, dass ich ihn nicht bewältigen konnte. Ich konnte nicht. Ich wollte nicht.

Ich wollte sterben, ich wollte vergessen, ich ...

Ich wollte ins Salz. Ich erinnerte mich an die Worte meiner Mutter. Wenn ich mich dem Salz hingab, würde der Schmerz verschwinden. Wenn ich mich dem Salz hingab, würde ich alles vergessen. Ich sank tiefer und tiefer.

Meine Heimat war jetzt der Grund des Meeres.

Plötzlich erwachte der Dieselmotor über meinem Kopf zum Leben und riss mich aus meiner Lethargie. Eric wollte wegfahren und seine Kumpane, meine Mutter, mich und die verstümmelten und zum Tode verurteilten Haie einfach zurücklassen.

„Nein, das wirst du nicht“, rief ich durch zusammengebissene Zähne. Ich stellte mich auf die Kräfte ein, die ich erst kürzlich entdeckt hatte. Ich streckte meine Hände Richtung Boot aus, zog so viel Sauerstoff durch meine Kiemen, wie ich konnte, und schickte einen Luftstrom gegen die Turbine. So bildete sich eine perfekte Blase um die Blätter, die sich jetzt ohne jede Zugkraft im leeren Raum drehten. Der Motor ratterte. Das Boot rührte sich nicht vom Fleck. Dieselgestank füllte das Wasser. Sollte Eric ruhig seinen ganzen Treibstoff verbrauchen!

Ich tauchte noch tiefer, bis zu den Felsen am Meeresboden. Vielleicht könnte ich den Strudel, den die kreisenden Fische geschaffen hatten, irgendwie benutzen. Ich streckte die Hände aus und konzentrierte mich darauf, den Strudel stärker werden zu lassen. Das Wasser reagierte und ließ sich von meinen Gedanken so leicht wie ein Vorhang aus hauchdünnem Stoff zurückschieben. Ich stellte mir vor, wie Eric an Bord verrückt wurde, völlig verängstigt und verwirrt darüber, warum sein Motor durchdrehte, während er tiefer und tiefer in den Strudel sank. Und tatsächlich … das Boot lag nun schräg im Strudel und kreiselte, kreiselte abwärts in den sich vertiefenden Trichter, den die Meeresbewohner und ich erzeugten.

Das Boot trudelte immer schneller abwärts in die Mitte, wo das Wasser schwand. Ich ließ mich in den Kreis der Fische hineinsaugen. Flossen stießen gegen mich, Tentakel wickelten sich um mich. Ich sah, wie das Boot an mir vorbei kreiselte, in die genau andere Richtung.

Der Wunsch, das Wasser oben auf das Boot krachen zu

lassen, war immens. Ich wollte sehen, wie es in Stücke zerschlagen und Eric von Haien zerrissen wurde. Aber ich wartete. Der Trichter war nun eine Schlucht, und das letzte Wasser rollte zurück und legte den Meeresgrund frei. Der Rumpf des Bootes kam zum Vorschein. Es kippte auf die Seite. Ich ließ mich fallen und landete auf menschlichen Füßen im nassen Sand und Seegras.

Kaltes Tageslicht strömte in das riesige Loch in der Mitte des Strudels. Haileichen lagen auf den Felsen, den Korallen und im Sand. Der Meeresboden sah aus wie ein Schlachtfeld.

Ich ging um das Boot herum. Eric klammerte sich an seinen Harpunenwerfer. Der steile Winkel des Bootes hatte ihn gegen das Fenster der Kajüte gepresst. Er war weiß wie ein Laken.

„Lass die Waffe los und komm runter“, sagte ich mit meiner Sirenenstimme.

Er gehorchte, sprang mit wackeligen Beinen vom Boot herunter. Seine Füße landeten auf den Felsen. Er zitterte so stark, dass er sich kaum aufrecht halten konnte.

„Sieh dich um“, sagte ich. Ich stand Eric gegenüber, mit dem Rücken zur Wasserwand mit den wirbelnden Fischschwärmen, die an uns vorbeizogen und uns beobachteten. „Sieh dir an, was du getan hast.“ Er betrachtete die Leichen, die um uns herum verstreut lagen. Er fasste sich an den Kopf. Tränen liefen ihm über die Wangen.

„Wer bist du?“, stammelte er.

Ich stand tropfend vor ihm, meine Nacktheit nur verhüllt von meinem Haar, das in Strähnen auf meiner weißen Haut klebte. „Ich bin das Meer.“ Meine Sirenenstimme ertönte mit voller Wucht, Echos kamen von überall her, als ob sogar die Fische im Chor mit mir sprechen würden. „Ich gehöre nicht euch. Ich existiere nicht, damit ihr plündern und vergewaltigen könnt, wie ihr wollt. Deine Taten bleiben nicht ungesehen. Und auch nicht ungestraft.“ Tränen strömten aus meinen Augen, strömten und strömten heiß über mein Gesicht.

Auch er krümmte sich und begann durch seine Hände zu weinen, als ob sein Herz zerbrechen würde. „Es tut mir leid. Es tut mir so leid.“

„Hast du es verdient zu leben?“

Er sah mich durch feuchte Wimpern an, über Hände, die seinen Mund bedeckten. Ein tiefes Stöhnen in seiner Kehle war seine einzige Antwort.

„Kämpfe für uns, Eric. Nicht gegen uns. Du bist mehr als das, besser als das. Wende deine Energie gegen diejenigen, die uns ausbeuten. Beschütze uns. Denkt daran, dass ihr uns braucht und wir euch brauchen.“

Er senkte den Kopf und nickte und schluchzte erstickt. Er schlang seine Arme um seine Brust, Tränen tropften von seinem Kinn. All sein Stolz und seine Arroganz waren verschwunden, seine Schultern sackten zusammen, schwer vor Scham. „Das werde ich.“

„Versprich es uns.“

„Ich verspreche es“, flüsterte er.

Ich ließ Wasser von der Säule um uns herum über den Meeresboden zurück zum Boot rinnen. Das Wasser schwemmte die Haikadaver in seine Richtung. Er trat rückwärts, strauchelte in seinem Entsetzen. Leichen stießen gegen seine Beine und von Blut getrübtes Wasser stieg um ihn, und zwar schnell. Schon erreichte es seine Taille. Er wankte auf das Boot zu, während es sich knarrend aufrichtete. Eric begann zu schwimmen, graue Kadaver drängten sich um ihn herum. Er kletterte am Boot hoch, fiel über die Reling und auf das Deck.

„Erinnere dich an die Stimme des Meeres", sagte ich, das Wasser stieg bis zu meinem Kinn und hob mich vom Meeresgrund. Ich änderte meine Stimme, um ihm einen Befehl zu geben: „Warte, bis ich dir sage, dass du gehen sollst."

„Ich werde warten, bis du mir sagst, dass ich gehen soll", wiederholte er.

Ich tauchte zurück in den Mahlstrom, der sich langsam auflöste und das Boot zurück an die Oberfläche hob.

Kapitel 38

Als das Boot an die Oberfläche zurückkehrte, lösten sich auch die Fischschwärme auf. Die Meeresbewohner schwärmten aus, als hätte die Musik für ihren magischen Gesellschaftstanz geendet, und in der Leere, die sie zurückließen, entdeckte ich eine reglose Gestalt.

„Mom!“

Sie wirkte klein und verloren im tiefen Blau. Eine Wolke aus Blut umgab sie. Ich schwamm hin und rollte sie zu mir herum. Ihre Augen waren geschlossen. Das Blut quoll aus einem Loch direkt unter ihrem Schlüsselbein. Die Harpune war glatt durch sie hindurchgegangen.

„Mom?“ Die Angst in meiner Stimme wurde durch meine Sirenengesänge verstärkt.

Ihre Augenlider flatterten. Das Raubtierhafte war aus ihren Zügen verschwunden, keine Reißzähne mehr, keine Haifischaugen oder scharfen Krallen. Sie war nur noch Mira, meine Mutter und sie lebte!

Sie bemühte sich um ein schmerzhaftes Lächeln. „Es tut mir leid. Ich habe dich enttäuscht.“

„Nein, nein, Mom, das hast du nicht.“ Ich schaute auf die Wunde und fühlte mich, als sollte ich sie bedecken. Ich legte eine Handfläche über das Loch in ihrer Brust, und die andere Handfläche über das Loch in ihrem Rücken. Ich schloss meine Augen und stellte mich auf das Wasser und das Salz in ihr ein. Ich fühlte, wie die Energie des Meeres in mich strömte.

„Targa … was machst du?“ Ihre Stimme wurde kräftiger.

Ich konnte ihr nicht antworten, ich war zu sehr auf ihre Wunde konzentriert und beobachtete vor meinem geistigen Auge, wie die zerrissenen Ränder ihres Fleisches und die gebrochenen Knochen zusammenwuchsen. Ich fühlte, wie etwas aus meinen Gliedern in sie strömte. Ich öffnete meine Augen, schläfrig wie nach einer Ohnmacht, und zog mich zurück.

Sie starrte mich an. Dann blickte sie auf sich selbst herab. Ihre Wunde war verschwunden.

„Wie ...“ Sie drehte ihren Arm, fassungslos, dass es ihr keine Schmerzen bereitete. Dann berührte sie mein Gesicht mit ihrer Hand, als könnte sie nicht glauben, dass ich echt war – dass das hier wirklich geschehen war.

Ich wäre ebenso erstaunt gewesen, wenn die Erschöpfung sich nicht wie eine Bleidecke über alles gelegt hätte. Mein Kopf kippte zurück, ich wollte schlafen … Als ich die Augen wieder öffnete, erblickte ich Donovans Körper, der an der Oberfläche trieb. Meine Mutter folgte meinem Blick.

„Denkst du, es ist zu spät?“, fragte ich.

Sie sah mich zärtlich an und sagte: „Du bist besser als ich. Mitfühlend, genau wie dein Vater es war. Mir ist der Dreckskerl da oben egal. Aber wenn es dich glücklich macht ...“

Meine Mutter schwamm zu dem reglosen Mann hoch.

Ich sammelte meine Kräfte und sandte einen Puls aus meinem Herzen aus. Noch eine andere menschliche Form trieb im Wasser – Erics zweiter Kumpan. Er war schon fast einen halben Kilometer vom Boot weggetrieben. Etwas stimmte nicht mit seinem Umriss, er schien unvollständig zu sein.

Als ich hinschwamm und den Körper sah, musste ich tief durchatmen. Blut trübte das Wasser um ihn herum und ein großer Teil seines Oberschenkels fehlte. Die Wunde hatte die halbkreisförmige Form eines Haifischmauls. Ich schluckte hart, und ein großer Hai erschien in meiner Peripherie. Er umkreiste den Körper.

Ich drehte mich um und schwamm zum Boot zurück.

Mom kümmerte sich bereits um Donovan. Sie hatte ihn auf das Boot gehievt und versuchte ihn wiederzubeleben. Eric saß in der Kajüte und beobachtete meine Mutter wie ein Gespenst. Vielleicht hatte er nach allem, was er gesehen hatte und noch immer sah, den Verstand verloren. Es fiel mir schwer, Mitleid mit ihm zu haben.

Mom drückte die Brust des Mannes mit ihren Händen zusammen und massierte sein Herz. Ich hörte, wie seine Rippen knackten, und fragte mich, wie oft sie das für einen Ertrunkenen schon getan hatte. Sie wirkte routiniert und emotionslos. Schließlich atmete Donovan wieder von allein. Er hustete und stöhnte.

Mom stand auf und warf Eric einen Blick zu. „Ihr werdet euch der Küstenwache stellen. Ihr werdet die Konsequenzen eures Verbrechens tragen. Und ihr werdet euch nicht daran erinnern, heute Meerjungfrauen gesehen zu haben.“ Ihre Stimme vibrierte in der Luft.

Eric wiederholte alles wie ein Schlafwandler, aber Donovan sagte nichts. Blankes Unverständnis spiegelte sich auf seinem Gesicht.

„Donovan?“, fragte ich, aber er reagierte nicht.

„Es gibt nichts, was wir tun können“, sagte meine Mutter. „Er muss Hirnschäden davongetragen haben. Unsere Stimmen sind nutzlos für ihn. Es tut mir leid,

Liebes. Ich habe es versucht." Sie glitt zurück ins Wasser.

Ich betrachtete Donovan. Er schaute zum Himmel auf, aber sein Blick wirkte blind. Würde er jemals genesen? Wie würde sein Leben von diesem Tag an aussehen?

„Lass uns gehen", sagte Mom. Ich nickte matt.

„Du kannst gehen", sagte ich zu Eric, und er half Donovan aufzustehen, und die beiden bewegten sich unbeholfen in die Kajüte. Der Motor knatterte los, und Mom und ich entfernten uns vom Boot. Die Sonne blinzelte am Horizont durch die Wolkenbänke.

Wir tauchten unter und legten unsere Arme umeinander. Ich fühlte, wie meine Augen heiße Tränen ins Meer entließen. Wir schwammen zusammen nach Hause. Wir unterhielten uns nicht. Im Salzwasser schienen die Dinge einfach und klar zu sein.

Aber als ich auf meinen Beinen aus dem Meer stieg und Luft in meine Lungen strömte und die Schwerkraft sich mit voller Wucht auf mich legte, fühlte ich mich völlig ausgelaugt – mental, körperlich und emotional. Der Heimweg zu Fuß kam mir endlos vor, beschwerlich und hoffnungslos. Ich versuchte, meine eigenen Gefühle nicht zu ernst zu nehmen, denn vor Erschöpfung kam mir alles finster vor. Endlich erreichten wir unser Zuhause. Aber beim Eintreten wurde mir klar, dass der Wohnwagen sich nicht mehr wie ein Zuhause anfühlte. Er war nur ein Schutzraum, ein wackeliges Versteck in einer riesigen, fremden Welt. Meine Mutter drückte meine Schulter, als wir die Tür hinter uns schlossen, als erriet sie meine Gedanken. Diese kleine Geste der Fürsorge reichte, um mich wieder zu beruhigen.

Ich begann das Abendessen vorzubereiten. Wir redeten

immer noch nicht. Es war selten, dass wir während des Essens nicht miteinander sprachen, aber wir waren beide am Ende unserer Kräfte und ratlos, was wir sagen sollten. Es gab keine verletzten Gefühle mehr wegen unseres Streits. Nur eine Pattsituation, die durch nichts aufzulösen war.

In dieser Nacht schliefen Mom und ich beide in ihrem Bett. Das hatten wir nicht mehr getan, seit mein Vater gestorben war. Wir sprachen nicht darüber, ich kroch einfach zu ihr unter die Decke. Sie schien nicht überrascht.

Kapitel 39

Ich schwamm in leuchtend blaugrünem Wasser, der Meeresboden war reich an farbenfrohen Korallen und schönen tropischen Fischen. Kleine weiße Haie flankierten mich von allen Seiten und blieben bei mir, während ich schwamm, und ahmten jede meiner Bewegungen nach. Wir kreisten im Wasser, ihre kühlen Körper schmiegten sich an meinen, dann breiteten sie sich aus und schwammen davon, nur um wieder zu mir zurückzukehren. Eine Gruppe Seekühe gesellte sich zu uns und trieb langsam um mich herum, die Bewegung des Wassers wirbelte meine Haare auf. Seeschlangen und Aale schlängelten sich spiralförmig um die Seekühe, tanzend zu einer Melodie, die in unseren Herzen bebte.

Ich öffnete meine Augen und schaute direkt in Moms Gesicht. Ich fühlte einen Stich der Enttäuschung. Es war ein so schöner Traum gewesen, dass ich wieder einschlafen wollte.

Mom schaute mich nur an. Sie hatte womöglich schon länger beobachtet, wie ich geschlafen hatte. Sie lächelte. „Guten Morgen, Sonnenschein. Gut geschlafen? Du sahst so friedlich aus."

Ich nickte und rieb mir die Augen. „Ich hatte einen schönen Traum. Wie lange bist du schon wach?"

„Eine Weile. Ich denke darüber nach, was gestern passiert ist."

„Ja." Ich stieß einen langen, langsamen Atemzug aus und rollte mich auf den Rücken.

„Es hat sich herausgestellt, dass meine Mutter die ganze Zeit Recht hatte", sagte sie leise, und ich drehte meinen Kopf, um sie anzuschauen. Ihre Augen leuchteten. „Die Liebe, die dein Vater und ich hatten ..." Ihre Stimme zitterte vor Emotionen, was selten genug vorkam. Sie schluckte. „Diese Liebe hat ein Element erzeugt." Eine Träne glitt ihr über die Wange. „All die Jahre dachte ich, dass meine Mutter entweder gelogen oder sich geirrt hat. All die Jahre war ich so bitter enttäuscht." Sie strich mir eine Haarsträhne aus der Stirn und lächelte. „Aber sie hatte Recht."

Ich dachte an meinen Vater, Nathan, und der Kummer schmerzte wie seit Jahren nicht mehr. Er hatte nie erfahren, was seine Liebe mir geschenkt hatte. Und er hätte es auch nicht erfahren, wenn er heute noch am Leben wäre.

Ich nahm die Hand meiner Mutter und drückte sie. „Du hast nicht einmal die Hälfte von dem gesehen, was ich kann, Mom."

„Wie meinst du das?"

Ich erzählte ihr von allem: meinem Echolot und meiner Fähigkeit, Wasser zu kontrollieren – was passiert war, nachdem sie angeschossen worden war, und was ich mit Eric und seinem Boot getan hatte – vom riesigen Malstrom, mit dem ich ein Loch im Meer geschaffen hatte. Sie hörte mit großen Augen zu.

„Meine Theorie über dich war falsch. In der salzarmen Ostsee geboren zu sein, hat dich überhaupt nicht schwach gemacht. In dem Moment, in dem du in salzigeres Wasser kamst und dein System gesättigt hast, haben deine Kräfte sich vollständig manifestiert. Wie Sonnenschein, der eine Rose öffnet." Sie schüttelte den Kopf. „Was echte Liebe bewirken kann ..."

„Und jetzt erzähl, was mit dir los war."

„Mit mir?“ Sie schaute aufrichtig überrascht. „Mit mir war nichts.“

„Du sahst aus wie ein Monster aus einem Horrorfilm! Sieht es so aus, wenn man ans Salz verloren geht? Denn wenn ja, dann bist du ab jetzt auf einer natriumfreien Diät.“

Sie lachte. „Nein, Schatz. Ich war nicht verloren ans Salz. Ich war einfach nur richtig, richtig sauer.“

„Alles klar. Ich werde nie wieder mit dir streiten. Was war mit den unheimlichen ...“ Ich zeigte auf meine Zähne. „Und die Augenschlitze!“ Ich zeigte auf meine Augen, zog meine Lippen knurrend zurück und rollte mit den Augen. „Bist du deshalb so unbeliebt bei deinen Kollegen? Kommst du so montags ins Büro?“

Sie schob sich spielerisch an meine Schulter. „Und dann hast du mich gerettet, ganz ohne Reißzähne und Krallen. Ich bin so stolz auf dich.“

Mein Herz fühlte sich plötzlich so voll an, dass ich dachte, es könnte zerspringen. Sie sah aus, als wollte sie etwas sagen, aber sie hielt inne.

„Was?“

„Nein, nichts.“ Sie schüttelte den Kopf. „Macht nichts.“

„Mach das nicht. Spuck es einfach aus.“

„Also ...“ Sie wirkte verlegen. Es sah seltsam an ihr aus. „Ändert das, was gestern passiert ist, deine Haltung zu … irgendetwas?“

Ich war ruhig. Es hatte meine Haltung geändert. Diese Wahrheit konnte ich mir eingestehen. Ich war nur nicht bereit, darauf zu reagieren, dass es alles verändert hatte. Schließlich antwortete ich leise: „Ja.“

Hut ab vor meiner Mutter, dass sie nicht auf dem Bett

auf und ab hüpfte und ‚Halleluja' rief. Ihre Augen leuchteten, aber sie war auch klug genug, um zu wissen, dass die Dinge nicht einfacher waren, nur weil sie sich verändert hatten. Es gab immer noch Menschen, die mir wichtig waren, die ich nicht verlassen wollte.

„Ich bin mir nicht sicher, wie bereit ich bin, alles, was ich jemals kannte, hinter mir zu lassen und ein neues Leben zu beginnen. Aber ich weiß auch, dass ich die Fähigkeiten, die mir gegeben wurden, nicht einfach ignorieren kann", sagte ich.

„Nun, ich dachte, der Tag würde niemals kommen. Wir müssen das nicht alles sofort herausfinden. Es ist aber eine Erleichterung, zu hören, dass du offen dafür bist."

Es klopfte an der Haustür.

„Erwartest du jemanden?" Ich stand auf und kämmte mir mit den Fingern durchs Haar.

„Nein, erwartest du jemanden?" Sie zog ihren Bademantel über ihren Pyjama.

Ich schüttelte den Kopf und folgte ihr zur Haustür. Sie schloss auf und öffnete und da stand im strahlenden Morgenlicht Antoni.

Kapitel 40

„Antoni!“, stießen Mom und ich gleichzeitig aus.

„Hallo“, sagte er und schien angesichts unserer Pyjamas leicht zu erröten. „Ich hoffe, ich habe euch nicht geweckt.“

„Nein, nein. Komm doch rein.“ Mom trat zur Seite und er kam die Betonstufen herauf in unseren Wohnwagen. „Was machst du denn hier? Wie hast du uns gefunden?“

Er duckte sich durch die Tür und unser Zuhause wirkte mit ihm darin drei Nummern zu klein. Sein Geruch kam mir entgegen wie ein Sonnenstrahl, und Sehnsucht nach ihm überwältigte mich.

Er nahm seine Sonnenbrille ab und steckte sie in die Aktentasche unter seinem Arm. „Simon war so freundlich, mir zu sagen, wo ich euch finde.“ Er sah mich an. „Ich habe versucht, dich anzurufen. Hast du meine Nachricht bekommen?“

Ich zog eine Grimasse. Ich musste im Meer gewesen sein, als er angerufen hatte, und auf mein Handy hatte ich seit ungefähr vierundzwanzig Stunden keinen Blick mehr geworfen. „Tut mir leid, ich hatte mein Handy nicht dabei.“

„Das ist schon in Ordnung. Ich bin jetzt hier und wir können persönlich sprechen.“

Ich drehte mich um. „Okay, ich ziehe mich nur schnell an, ich beeile mich.“ Plötzlich erinnerte ich mich an das Kleid und fügte hinzu: „Danke für das Kleid, Antoni. Es war ... ein unerwartetes Geschenk. Wirklich.“

„Es war mir ein Vergnügen.“ Er sah mich mit Wärme an, aber er lächelte nicht. Mir fiel auf, dass etwas mit ihm nicht stimmte. War mein Dankeschön zu flapsig gewesen für das, was er mit dem Geschenk beabsichtigt hatte?

Ich ging auf ihn zu und gab ihm eine Umarmung. Zuerst fühlte ich seine Überraschung, dann schlang er seine Arme um mich und wir verschmolzen miteinander. Ich versank in der Wärme und dem Trost seiner Berührung. Ich atmete seinen Duft ein, war aber erfreut zu bemerken, dass mein Verstand mich nicht wie üblich verließ. Das Verlangen war da, aber es ließ mich nicht die Kontrolle verlieren.

Was vielleicht auch daran lag, dass meine Mutter mit uns im Zimmer war. Ihre Anwesenheit brachte mich nicht in Verlegenheit, aber ich war mir sicher, dass es ihm peinlich war. Ich ließ ihn los und lief in mein Zimmer, um mich anzuziehen.

Hinter mir hörte ich Mom sagen: „Nun, wenn sie sich anständig benehmen und sich anziehen will, dann sollte ich das wohl auch tun. Würdest du uns für einen Moment entschuldigen?"

„Soll ich uns Kaffee machen?", fragte er.

„Gute Idee", antwortete sie. „Kaffeekanister ist im Kühlschrank."

Mom lief in ihr Zimmer, das gegenüber von meinem war, und wir sahen uns durch die offenen Türen ratlos an. Sie zischte: „Was ist hier los?"

„Ich habe keine Ahnung", sagte ich zurück.

Wir schlossen beide gleichzeitig unsere Türen. Ich hatte keine Wäsche gewaschen, seit wir nach Hause gekommen waren, und ich musste eine Weile suchen, bis ich saubere Hosen und ein kurzärmliges Frotteeshirt mit Kapuze fand. Dann zerrte ich ein paar Mal eine Bürste durch meine Mähne und kniff mir in die Wangen. Das funktionierte bei Mädchen in Jane-Austen-Geschichten, warum also nicht auch bei mir? Im selben Atemzug verfluchte ich mich innerlich dafür, so dumm zu sein. Ich sollte ihn nicht anziehen, ich sollte ihn abstoßen. Irgendwie hatte ich die Logik hinter all dem vergessen. Ich seufzte und fühlte mich lächerlich.

Ich ging zurück in die Küche und nahm an der Kücheninsel Platz. Ich beobachtete, wie Antoni Espresso in unsere nicht zusammenpassenden Kaffeetassen goss. Mom kam wenig später dazu, verpackt in eine Jeans und ein T-Shirt der Blue Jackets. Ihr Handy klingelte.

Sie schaute auf den Bildschirm und sagte: „Bin gleich wieder da, tut mir leid."

Sie hob ab, während sie wieder in ihr Zimmer ging, und ich hörte, wie sie Simon grüßte.

„Ich hätte anrufen sollen", murmelte Antoni und reichte mir einen Kaffee.

Ich lächelte schüchtern. Eigentlich war ich es, die immer an ihrem Handy klebte. Mir wurde klar, wie sehr sich die Manieren meiner Mutter seit der Reise nach Gdańsk verbessert hatten. Sie hätte sich nicht die Mühe gemacht, sich bei irgendjemandem dafür zu entschuldigen, dass sie einen Telefonanruf annehmen musste, bevor wir nach Polen gefahren waren. Ich fragte mich, wie viele Schwimmausflüge im Atlantik es wohl noch dauern würde, bis sie wieder meine freche Mutter wurde.

„Oh, wirklich?", hörte ich sie gedämpft aus ihrem Zimmer sagen. Ich war mir sicher, dass der Anruf wegen Eric war, und versuchte zu lauschen. „Wow, das ist ein Schock", sagte sie, aber ihr Schauspiel war schrecklich.

Sie klang überhaupt nicht schockiert. „Ok, gut, ich verstehe." Sie machte eine Pause. Dann: „Ich werde nicht so tun, als ob, nein."

„Wie ist es dir ergangen?", fragte Antoni mich.

„Ganz gut. Und dir?" Ich schlang meine Hände um meine warme Tasse.

Er räusperte sich und wirkte ein wenig nervös, was ihm nicht ähnlich sah. „Ehrlich gesagt, es ging mir schon besser."

Er hatte eine Art, mich völlig zu entwaffnen, wenn er so ehrlich und verletzlich war. Ich dachte darüber nach, wie ich reagieren sollte, als meine Mutter sich verabschiedete und zurückkam.

„Alles in Ordnung?", fragte ich.

Sie nickte. „Simon hat Eric wegen Wilderei entlassen. Er rief nur an, um mich wissen zu lassen, dass ich ihn nicht bei der Arbeit erwarten soll. Er ist wütend. Er ruft heute das ganze Team an, einen nach dem anderen."

Antoni zog die Augenbrauen hoch. „Überrascht mich nicht wirklich, dass er entlassen wurde, wenn ich so frei sprechen darf. Aber der Grund ist unerwartet gewesen."

„Ja, man denkt, man kennt jemanden ..." Mom zuckte die Achseln. „Aber noch überraschender ist, dass Eric Simon gesagt hat, dass er sich bei Sea Shepherd bewerben wird, sobald er seine Strafe abgebüßt hat."

„Ist das nicht eine Schutzorganisation, die gegen Wilderei kämpft?"

„Richtig", bestätigte meine Mutter.

Antoni schüttelte den Kopf: „Das kriege ich nicht ganz zusammen."

„Ziemlich seltsam", sagte ich und biss mir in die Wangen, um mein Lächeln zu verbergen. „Also, was ist so wichtig, dass es dich den ganzen Weg über den Atlantik bis vor unsere Haustür gebracht hat?“

Er deutete zu dem Stuhl neben mir und sagte zu meiner Mutter: „Du solltest dich vielleicht auch hinsetzen.“

Sie tat es und legte ihren Arm über die Lehne meines Stuhls.

„Ich habe eine traurige Nachricht.“ Er faltete seine Hände. „Am Abend, nachdem ihr abgereist seid, hatte Martinius einen Schlaganfall. Genauer gesagt erlitt er drei Schlaganfälle, alle innerhalb eines Zeitraums von neun Stunden.“

„Was?“ Ein großer, kalter Stein materialisierte sich in meinem Magen. „Wird er genesen?“

Er atmete tief durch. „Nein, er … verstarb nach dem dritten Schlaganfall. Niemand hat damit gerechnet.“

Ich konnte nicht denken. Ich fühlte mich taub. Wie auf der Flucht vor meinen eigenen Gefühlen betrachtete ich Antoni und mir fiel auf, dass er dunkle Schatten unter den Augen hatte und etwas hager aussah. Er hatte Martinius nahegestanden, vielleicht sogar so nahe wie ein Sohn.

Mom erholte sich immer schnell von einem Schock, so auch jetzt. „Es tut mir leid, Antoni. Er war ein guter Mann.“

„Das war er.“ Er schluckte hörbar. „Die Beerdigung wird in zwei Wochen stattfinden. Natürlich wäre es schön, euch dabei zu haben, aber ich weiß, dass das mit einem erheblichen Aufwand für euch verbunden wäre, also fühlt euch bitte auf keinen Fall verpflichtet.“

„Du bist den ganzen Weg gekommen, um uns das persönlich zu sagen?“, fragte Mom zweifelnd.

Er nickte: „Das bin ich, aber nicht nur deswegen.

Bevor er starb, stand Martinius unter enormem Druck, einen Erben zu benennen. Wie ihr wisst, hatte er Novak-Führungskräfte als seine Nachfolger eingesetzt, aber damit war er nie ganz zufrieden. Nachdem er den ersten Schlaganfall hatte, dachten wir noch, dass er durchkommen würde. Er konnte noch sprechen. Zur Sicherheit rief er seine Anwälte an und änderte sein Testament. Das verursachte ziemlichen Aufruhr, das kann ich euch sagen. Es gibt einige, die jetzt behaupten, dass der erste Schlaganfall sein Urteilsvermögen getrübt hat. Aber wir haben Martinius von einem Psychologen testen lassen, um zu bestätigen, dass er im Besitz all seiner geistigen Fähigkeiten war."

Meine Hände waren kalt geworden. Der Gedanke, dass Martinius nach einem Schlaganfall seine Zurechnungsfähigkeit beweisen musste, machte mich krank. Ich hoffte, dass es sich schlimmer anhörte, als es tatsächlich gewesen war.

Mom bedeckte ihren Mund mit einer Hand, als hätte sie eine plötzliche Erkenntnis gehabt. „Ach du meine Güte, Antoni! Er hat dich zu seinem Erben ernannt?"

„Nein", sagte Antoni. „Nicht mich. Targa."

Kapitel 41

Die Stille war ohrenbetäubend. Die Uhr über unserem Küchenfenster klang wie ein Hammer auf Metall. Und dann verstummte selbst das Ticken und die Ränder meiner Sicht verschwammen. Ich griff mit beiden Händen nach dem Tresen. Moms Hand berührte meinen Rücken, und das half, mich zu erden.

„Was meinst du damit?“, brachte ich hervor.

Antoni runzelte die Stirn. „Ich verstehe es selbst nicht, aber ich weiß, dass Martinius bei klarem Verstand war, als er die Änderung vornahm. Ich war dabei. Ich kenne ihn, wahrscheinlich besser als jeder andere. Er sagte, dass du zur Familie gehörst und dass das Unternehmen an niemanden sonst gehen könnte, da du die jüngste lebende Novak bist.“ Sein Blick durchbohrte mich, als er diese letzten drei Worte sagte, und sie hallten in meinem Schädel wider.

Jüngste lebende Novak.

Martinius hatte Mom nie geglaubt, dass sie nicht Sybella war. Tief in seinem Herzen hatte er daran festgehalten, dass sie seine lange verloren geglaubte Vorfahrin war – und ich dadurch seine nächste Verwandte. Er musste gedacht haben, dass sie es einfach vergessen hatte, denn sie hatte ihm ja selbst erklärt, dass Jahre im Salzwasser das Gedächtnis einer Meerjungfrau löschen konnten. Oder vielleicht hatte er ihr unterstellt, aus Angst zu lügen.

Doch selbst wenn nicht. Mom hatte zugegeben, dass sie und damit ich vermutlich von Sybella abstammte.

„Bist du es?“ Antonis Stimme brachte mich zurück.

„Wie sollte das möglich sein?“, konterte Mom. Sie wollte offenbar testen, ob Antoni von unserer wahren Natur oder unserer Verbindung zu Martinius wusste.

„Ich hatte gehofft, dass ihr mir das erklären könnt. Weder Martinius noch ihr habt mir je gesagt, dass ihr verwandt seid.“ Antoni hatte einen Anflug von Vorwurf in seiner Stimme – verletzt von dem Gedanken, dass wir alle ein Geheimnis vor ihm gehabt hatten.

„Wir sind nicht verwandt“, sagte meine Mutter. „Martinius war überzeugt, dass wir entfernte Verwandte sind, aber es ist nicht wahr. Davon habe ich ihn versucht zu überzeugen, offenbar vergeblich.“

„Warum sollte er es dann glauben?“, fragte Antoni. „Ohne Grund?“

Mom spannte sich neben mir an. „Er fand, dass wir der Beschreibung entsprachen, mit der sein Großvater ihm Sybella immer geschildert hat. Blasse Haut, schwarze Haare, blaue Augen.“

Es war eine lahme Erklärung, aber eine bessere fiel auch mir nicht ein.

Antoni sah unzufrieden aus. „Mehr nicht? Ein Stammbaum oder ein entfernter Verwandter mit demselben Namen? Irgendwas in der Art?“

Mom schüttelte den Kopf. „Nein.“

„Du musst das Testament ändern lassen“, sagte ich. „Ich kann das Erbe nicht antreten. Es wäre nicht rechtens.“

„Das ist unmöglich. Das Testament wurde legalisiert und unterschrieben. Es kann nichts mehr geändert werden.“ Er öffnete den Aktenkoffer und entnahm ihm einen Stapel Papier. „In der Tat ist alles, was zu tun bleibt, dass ihr beide unterschreibt.“

Er legte eine Auswahl von Dokumenten vor meine Mutter und eines vor mich. „Auch das ist ein bisschen kompliziert, aber da Targa minderjährig ist, kann sie ihr Erbe nicht vollständig antreten, bevor sie achtzehn wird. Das überträgt die Verantwortung fürs Erste auf dich, Mira.“ Er nahm zwei Stifte aus seiner Aktentasche und legte jedem von uns einen vor. Ich betrachtete alles, ohne es richtig fassen zu können.

„Was, wenn wir uns weigern zu unterschreiben?“, fragte ich.

„Bitte tut das nicht. Sein ganzer Besitz würde an die Regierung gehen. Die Firma würde wahrscheinlich aufgelöst und alle Vermögenswerte liquidiert werden. Das wäre das Letzte, was Martinius gewollt hätte – dass das Familienunternehmen nach 168 Jahren so endet.“

Mom und ich sahen uns mit Bestürzung an.

„Wir wissen nicht, wie man ein Unternehmen führt und ich habe auch nicht den Wunsch, es zu lernen“, sagte sie matt. „Du, Targa?“

Ich hätte fast aufgelacht. Es war so absurd. Ein Schiffahrtsimperium zu leiten, passte wirklich nicht in mein ohnehin schon vertracktes Lebenskonzept.

„Du brauchst es nicht zu leiten“, antwortete Antoni. „Du kannst jemanden beauftragen, der es für dich leitet. Du kannst so involviert sein, wie du willst.“

„Können wir nicht einfach alles an dich überschreiben?“, fragte ich.

Antonis Mund zuckte. „Ich weiß das Angebot zu schätzen, aber nein, das kannst du nicht. Das Testament sieht vor, dass das Erbe für einen Zeitraum von fünfzehn Jahren nicht übertragen werden kann, es sei denn im Falle von Tod oder schwerer Krankheit.“ Er schluckte.

„Ich bin sicher, dass Martinius gehofft hat, dass du irgendwann eine Familie haben und die Novak-Linie weiterführen würdest, damit die Firma auch in Zukunft in den Händen seiner Nachkommen bleibt."

„Aber wir sind nicht einmal Novaks!", stieß ich aus.

„Vielleicht solltest du Stammbaumforschung betreiben. Vielleicht gibt es eine Verbindung, die du nicht kennst und Martinus schon."

„Fang du nicht auch noch damit an", sagte ich. Offensichtlich vertraute Antoni seinem Chef bedingungslos.

„Er war sich sicher", beharrte er. „Und Martinius hat nie leichtfertig Schlussfolgerungen gezogen. Ich verstehe, dass dies eine lebensverändernde Nachricht ist, und vielleicht habe ich sie nicht auf die beste Weise überbracht, aber Martinius vertraute und glaubte eindeutig an euch beide. Mein Rat ist, die Dokumente zu unterschreiben, denn im Moment liegt das Schicksal der Firma in euren Händen. Sobald ihr unterschrieben habt, könnt ihr immer noch bestimmen, wie sehr euer Leben sich dadurch ändern wird oder nicht. Nur bitte, erfüllt einem Toten seinen letzten Willen."

Mom und ich starrten ihn an, bis ich seinen Blick nicht mehr aushielt. Ich sah auf das Dokument vor mir. Ein gelber Klebestreifen mit Pfeil zeigte auf die leere Zeile unter dem Text. Da waren noch viel mehr Pfeile, die aus dem Papierstapel vor Mom herausragten.

Ich brachte den Stift zu Papier und unterschrieb.

Kapitel 42

„Wann ist dein Rückflug?“, fragte ich Antoni, als wir am Strand entlang schlenderten. Diesmal war es ein richtiger Strand, nicht das zerklüftete Durcheinander von Felsen und Algen, das ich letztes Mal angesteuert hatte. Dieser war wunderschön, mit kilometerlangen goldenen Sandufern.

„Ich habe Ivan gesagt, dass wir um zwei Uhr dreißig aufbrechen werden.“ Er schaute auf seine Uhr. „Wir sollten nach dem Mittagessen zum Flugplatz zurückkehren.“

Wir schlenderten schweigend dahin, der Wind wehte uns sanft entgegen. Mehrmals nahm ich seinen Duft auf und er wärmte mich innerlich, aber ich hatte mich unter Kontrolle. Ich freute mich über diese Veränderung und vermutete, dass es damit zu tun hatte, dass ich in vollen Besitz meiner Kräfte kam. Jemand hätte wirklich eine wissenschaftliche Zeitschrift über die Biologie der Meerjungfrau schreiben sollen. Und wenn es wirklich stimmte, was Mom gesagt hatte – dass ich ein Element war –, dann am besten eine Sonderausgabe zu dieser Sonderform von Meerjungfrau.

Ein paar Familien genossen ebenso wie wir den Strand, machten Picknicks, warfen Frisbees. Der eine oder andere Jogger lief barfuß vorbei.

„Schön habt ihr es hier“, sagte er.

„Ich schätze, das ist dein erster Besuch in Kanada?“

Er nickte. „Ja, es ist schade, dass ich keinen Urlaub nehmen kann, aber ich muss zurück. Ich habe morgen ein Meeting mit den Führungskräften und man hat mich gebeten, alle unterschriebenen Dokumente den Anwälten vorzulegen. Ich habe die Firma noch nie in einem solchen Aufruhr erlebt."

Wir hielten an und stellten uns dem Meer entgegen und vergruben unsere Zehen im Sand. Die Brandung spülte über unsere Füße und ein wohliges Kribbeln erfüllte mich, als ich das Salz spürte.

„Was wirst du ihnen sagen?"

„Genau das, was passiert ist. Dass du unterschrieben hast, wenn auch widerwillig, und so wenig mit der Firma zu tun haben willst wie möglich."

„Und der Teil, dass ich nicht mit Martinius verwandt bin? Wirst du ihnen das auch sagen?"

„Ich denke, es wäre das Beste, darüber erst einmal nicht zu reden, schließlich besteht die Möglichkeit, dass du dich irrst. Das Fehlen einer Ahnentafel hilft dir nicht dabei, zu beweisen, dass ihr nicht verwandt seid, also ... Lass mich dich fragen, Targa ..."

„Wäre es nicht besser, wenn du meine Mutter fragst, ob sie sich irrt?", unterbrach ich.

„Ich habe sie gefragt", antwortete er. „Jetzt muss ich dich fragen. Kannst du mit hundertprozentiger Sicherheit sagen, dass du nicht mit Martinius verwandt bist?"

Mein Instinkt riet mir, weiterhin alles zu leugnen, aber das hätte nicht der Wahrheit entsprochen. Ich zögerte auch, weil es wichtig war, dass meine Antwort mit der meiner Mutter übereinstimmte. Ich dachte an das Gesicht der Galionsfigur, das so unverkennbar Miras war. Sybella war ohne Zweifel eine Sirene gewesen. Wie viele Meerjungfrauen gab es auf der Welt? Mussten sie nicht alle verwandt sein, sich vielleicht auch ähnlich sehen?

„Natürlich kann ich mir nicht hundertprozentig sicher sein“, antwortete ich schließlich. „Aber so oder so finde ich, dass ich die Firma nicht erben sollte. Was weiß ich schon darüber, wie man eine Firma führt? Oder meine Mutter? Ganz zu schweigen von einem Unternehmen in Europa, das in einer anderen Sprache und in einer Branche operiert, von der wir nichts verstehen.“

Wir setzten uns wieder in Bewegung.

„Für Martinius hatte es höchste Priorität, dass die Firma in den Händen eines Blutsverwandten bleibt, auch wenn dieser keine Geschäftserfahrung hat. Dafür gibt es ja dann Helfer wie mich.“ Er fügte hinzu: „Es muss sich nichts ändern. Martinius ist tot, aber wir haben uns seit Jahren auf diese Eventualität vorbereitet. Frau Krulikoski wird vorerst als CEO einspringen.“

Ich erinnerte mich an die Frau mit der tiefen Stimme. „Ist das die Frau, die die Ansprache auf der Gala gehalten hat?“

„Ja, genau.“ Er steckte seine Hände in die Taschen und kickte mit seinen nackten Zehen winzige Sandbrocken auf, während wir liefen.

„Glaubst du, dass sie gute Arbeit leisten wird?“

„Das wird sie. Sie ist schon seit Jahren in der Firma und hat sich mehrfach bewiesen. Ich würde mich freuen, dir regelmäßig Bericht zu erstatten, wenn du auf dem Laufenden gehalten werden möchtest.“

„Ich weiß nicht, was das bringen würde“, sagte ich.

„Würdest du es nicht lieber wissen als nicht?“

„Ich schätze schon“, antwortete ich zweifelnd.

Warum ich dann tat, was ich tat, konnte ich nicht recht erklären. Vielleicht war es die Kontrolle, die ich endlich über mich selbst hatte, die mir Selbstvertrauen einflößte.

Vielleicht war es die plötzliche Veränderung in meinem Leben, von der ich wusste, dass sie mich schließlich zurück nach Polen und an die Ostsee bringen würde. Vielleicht hatte ich einfach keine Lust mehr, mir selbst das zu verweigern, was ich den ganzen Sommer lang gewollt hatte.

Ich kletterte auf eine Ansammlung von Felsbrocken im Sand am Rande der Brandung und stellte mich Antoni gegenüber. Wir waren jetzt auf Augenhöhe. Ich holte tief Luft. „Ich habe eine Frage an dich, und ich brauche eine ehrliche Antwort."

„Ich war nie etwas anderes als ehrlich zu dir."

„Bei unserem Abschied in Polen habe ich dich gehört", sagte ich. Ich hielt seinen Blick aus. „Als du sagtest, dass du mich liebst."

Das kleinste Lächeln spielte um seine Lippen. „Tatsächlich?"

„Leugnest du es?" Mein Herz begann zu pochen, aber es war stetig und langsam.

„Auf keinen Fall." Er reckte das Kinn.

Wir waren weniger als einen Fuß voneinander entfernt und berührten uns nicht. Der Raum zwischen uns war nichts und alles.

„Was ich wissen muss, ist wann. Wann hast du dich verliebt?" Meine Stimme war sanft, aber mein Herz war auf das Schlimmste vorbereitet.

„Ist es das, was du so dringend wissen musst?"

Ich nickte. „Mehr als alles andere."

„In Ordnung", sagte er, schwankend zwischen Ernst und seinem Lächeln. „Wenn man überhaupt den Moment bestimmen kann, in dem man merkt, dass man jemanden liebt, müsste ich sagen, dass es der Tag war, an dem wir zusammen die Burg Malbork besucht haben. Der Tag, an dem du ein Foto von mir geschossen hast, als du dachtest, ich würde nicht hinsehen."

Mir fiel die Kinnlade runter und ich begann zu lachen, ich konnte nicht anders. Die alte Targa wäre entsetzt gewesen, dabei ertappt worden zu sein. Aber der neuen Targa war das völlig egal.

Sanft zog ich ihn näher heran. Er nahm seine Hände aus den Taschen und legte sie auf meine Hüften. Ich ließ meine Stirn gegen seine sinken. „Es tut mir leid, Antoni."

„Was?" Seine Hände drückten mich, zogen mein Becken gegen seinen warmen Bauch.

„Dass ich gelogen habe. Dass ich dir wehgetan habe. Es gab nie eine Wette mit meinen Freundinnen."

Er zog sich zurück und sah mich mit einem Grinsen an. „Das weiß ich, Targa. Du bist nicht die Sorte Mädchen, die so etwas tun würde. Du hast dich erschreckt und eine Notlüge erfunden, das war ziemlich offensichtlich."

Mein Blick fiel auf seine Lippen. „Ich habe keine Angst mehr." Ich küsste seine Wangenknochen, dann die Bartstoppeln neben seinem Mund.

Seine Hände glitten von meinen Hüften auf meinen unteren Rücken und fanden die Haut unter meinem Hemd. „Nein?" flüsterte er.

Ich schloss meine Augen vor Freude über das Gefühl, seine Haut auf meiner zu spüren.

„Nein", flüsterte ich zurück und meine Lippen fanden seine. Der Kuss begann sanft, unendlich sanft, aber als wir miteinander verschmolzen, zerbröckelten die Barrieren, die ich aufgebaut hatte, um ihn in sicherer Entfernung zu halten. Der Kuss vertiefte sich und seine

Hände bewegten sich unter meinem Hemd zu meinem Brustkorb, seine Finger spreizten sich über meine Rippen. Plötzlich waren seine Arme um mich herum und hoben mich von dem Felsen herunter, sein Körper so sicher und fest wie das Wissen, dass ich ihn auch liebte. Mein Herz weinte die Wahrheit mit jedem langsamen und kraftvollen Schlag. Die Hingabe meines ganzen Körpers an ihn ließ meine Nerven singen. Er hatte mich vollkommen. Ich klemmte meine Beine um seine Taille, meine Arme um seinen Hals und küsste ihn mit all der Leidenschaft, die ich den ganzen Sommer lang verleugnet hatte. Als seine Lippen meine teilten, erwachte mein Körper auf eine Weise zu Leben wie nie zuvor, und ich ließ es zu, ertrank im Geruch und Geschmack von ihm. Der Kuss war nicht nur ein Kuss, er war ein Versprechen, das so deutlich gemacht wurde, als wäre es gesprochen worden.

Das Lachen eines Kindes irgendwo unten am Strand unterbrach uns und wir lächelten atemlos. Dann streute er hundert kleine Küsse über meine Wangen, Lippen und meinen Nacken, während ich meinen Kopf zurück neigte und lachte. Ich fand den Felsen unter meinen Füßen wieder und nahm sein Gesicht in meine Hände, schloss die Augen und versank in dem Moment. Seine Hände an meinen Ohren. Seine Daumen, die die Rundung meiner Wangen nachfuhren.

„Targa."

Ich öffnete die Augen und nahm sein Gesicht in mich auf, als würde ich ihn zum ersten Mal sehen. „Antoni."

„Was jetzt?", flüsterte er und streichelte mein Haar.

„Ich glaube, du musst in ein Flugzeug steigen." Ich zitterte innerlich ein wenig bei dem Gedanken, mich zu verabschieden.

Er nickte. „Du und deine Mutter haben eine Menge zu besprechen. Aber du weißt, du kannst jederzeit kommen. Wann immer du bereit bist, wie auch immer du dich entscheidest.“

Ich zog ihn in eine Umarmung und genoss unsere letzten Momente allein zusammen. Ich trat von dem Felsen herunter und nahm seine Hand, als wir den Weg zurückgingen, den wir gekommen waren.

Wir erreichten den Parkplatz, als Mom mit ihrem Arbeitswagen ankam, um uns abzuholen. Wir brachten Antoni zum Mittagessen an unseren kleinen mexikanischen Lieblingsstand an der Strandpromenade. Mom und ich wollten über die Firma sprechen und was wir als nächstes tun sollten, aber Antoni schlug vor, dass wir uns so lange wie nötig Zeit lassen und Gdansk einen Besuch abstatteten sollten, wenn wir bereit wären. Ich war erstaunt über seine Reife und wie gefasst er hinnahm, dass wir noch nicht zusammen sein konnten. Ich hatte das Gefühl, ihn nicht noch mehr lieben zu können.

Mom wusste nichts von unserem Kuss. Aber ich vermutete, dass sie die Veränderung zwischen Antoni und mir wahrnahm. Ich versuchte mir vorzustellen, was sie dachte. Wie konnte ihre Tochter mit ihr ins tiefblaue Meer hinausschwimmen, wenn wir für eine große Reederei verantwortlich waren? Sie war jetzt der Vormund einer Erbin, also was bedeutete das für sie? Würde sie Martinius’ letztem Wunsch den Vorrang geben und ihren eigenen hintanstellen? Sie war so glücklich darüber gewesen, dass wir uns von unserem jetzigen Leben verabschieden konnten. Sie war gerade aus einer Falle entkommen, nur um in eine größere Falle zu tappen.

Aber dann erinnerte ich mich an den Mann in Polen, den sie zum Abschied umarmt hatte. Bei allem, was geschehen war, hatte ich ganz vergessen, sie auf ihn anzusprechen. Ich nahm mir vor, das nachzuholen, sobald wir allein waren.

Ich wusste, dass ich mit Antoni zusammen sein wollte, aber wann? Nachdem ich mein letztes Jahr an der High School beendet hatte? Mom hatte gesagt, sobald eine Sirene ihren Erwählten gefunden hatte, war ihr nichts mehr wichtig außer ihm. Doch das traf auf mich nicht zu, und wenn ich irgendwann Kinder wollte, musste ich laut Mom zuerst ein paar Jahre im Meer verbracht haben, um überhaupt fruchtbar zu werden. Wie sollte ich Antoni erklären, dass ich ein paar Jahre verschwinden musste? Bei der Vorstellung, ihn zu belügen oder noch schlimmer, ihn völlig ratlos ohne irgendeine Erklärung sitzen zu lassen, drehte sich mir der Magen um. Ich wollte so sehr, dass er alles über mich wusste. Nur konnte es durchaus sein, dass er mich dann nicht mehr wollte … Wer mit einer Meerjungfrau zusammen war, hatte nun wirklich nicht das große Los gezogen. Ich schluckte all diese Sorgen hinunter. Wenn es so weit war, würde ich Entscheidungen treffen müssen, aber nicht heute.

Plötzlich vermisste ich meine Freundinnen. Ich musste mit jemand anderem als meiner Mutter reden. Ich brauchte Leute, die mich kannten und sich um mich kümmerten, aber objektiv sein konnten. Natürlich kannten sie mich nur als Targa, den Menschen. Und sie waren auch nicht älter oder erfahrener als ich, aber sie waren klug und wollten mein Bestes.

Ich dachte an den Anfang des Sommers zurück und wie anders mein Leben gewesen war. In einer Zeitspanne von weniger als drei Monaten war ich auf einem anderen Kontinent gewesen, eine Meerjungfrau geworden und darüber hinaus sogar ein Element, hatte mich verliebt und ganz nebenbei ein Schifffahrtsimperium geerbt. Vor dem Sommer hatte ich keine Ahnung gehabt, was ich mit meinem Leben anfangen wollte, und jetzt bekam ich all die Leben, die ich führen sollte, nicht unter einen Hut.

Ich hoffte, dass meine Freundinnen mich verstehen würden … Ich war nicht sicher, ob das möglich war.

Aber ich vertraute darauf.

Epilog

Georjayna: Wie geht es euch, Leute? Seid ihr schon zu Hause? Es waren lange Wochen ohne euch! Ich habe euch so viel zu erzählen! Im Ernst.

Akiko: Ich werde bald zurück sein. Bist du dieses Wochenende überall dabei? Tut mir leid, dass ich so komplett vom Radar verschwunden bin. Es war ... unerwartet.

Saxony: Hier bin ich! Ich bin auch hier. Der verrückteste. Sommer. Aller. Zeiten. Targa, bist du auch noch am Leben?

Ich: Fühlt sich fast so an. Kann es kaum erwarten, euch zu sehen. Ich habe eure Gesichter vermisst. Der Sommer war umwerfend. Ich kann immer noch nicht glauben, was alles passiert ist. Ich habe definitiv Neuigkeiten.

Saxony: Schläfst du hier? Georjie, ist deine Mutter immer noch weg?

Georjayna: Ja, kommt rüber. Samstagnachmittag? Ich besorge Sachen zum Grillen. Bringt eure Badeanzüge mit.

Akiko: Klingt gut.

Ich: Ich werde da sein.

Ich lächelte und rollte mich in meinem Bett auf den Rücken. Georjie. Akiko. Saxony. Ich mochte eine Meerjungfrau sein, doch diese drei Mädchen waren meine Familie, meine Schwestern. Sie wiederzusehen, würde sich anfühlen, wie nach Hause zu kommen. Und auch, wenn ich ihnen nicht alles würde sagen können – sie kannten mich. Egal, was passieren würde, wir vier gehörten zusammen. Das spürte ich mit solcher

Gewissheit und Wärme, dass all meine Sorgen dahinschmolzen.

Ich stand auf und suchte meinen Bikini.

Ausnahmsweise hatte ich nichts dagegen, als Mensch schwimmen zu gehen.

Nachwort des Verlags

Liebe Leser,

Abby L. Knorr hat mit *Die Töchter der Elemente* ein gewaltiges Universum mit unglaublich viel Witz, Detailreichtum und Tiefgang erschaffen, und es ist uns eine große Ehre dieses Universum nach Deutschland zu bringen.

Der erste Band der Saga beginnt relativ langsam. In *Tochter des Meeres* geht es vor allem um die Mutter – Tochter Beziehung zwischen Mira und Targa und um die Schönheit des Meeres an sich. Ein langsamer Einstieg, der unserer Ansicht nach genau richtig für eine große Serie wie *Die Töchter der Elemente* ist.

Im zweiten Buch erhöht sich das Tempo allerdings deutlich. In *Tochter der Flammen* folgen wir Saxony auf ein dramatisches Abenteuer in Italien.

Band 2 und 3 werden beide noch im Jahr 2020 erscheinen. Unsere Bücher sind normalerweise am ersten Veröffentlichungstag zum halben Preis erhältlich. Wenn ihr am Erscheinungstag über die Veröffentlichungen informiert werden wollt, dann schreibt uns einfach eine E-Mail mit „Töchter der Elemente“ an verlagvonmorgen@gmail.com

Abby L. Knorrs Serie umfasst neben den sechs Hauptromanen auch zahlreiche Kurzgeschichten. Eine davon ist das Tagebuch, das Sybellas Vorgeschichte erzählt. Wir werden diese Geschichte im nächsten Jahr veröffentlichen, doch wenn ihr sie früher lesen wollt, dann schreibt uns einfach eine E-Mail und wir schicken sie euch kostenlos zu.

Wenn ihr der Autorin direkt schreiben wollt, dann übersetzen wir auch gerne eure Nachrichten an sie und leiten sie an Abby weiter.

Wir hoffen, *Tochter des Meeres* hat euch gefallen, und freuen uns auf ein baldiges Wiederlesen.

VVM - *Wir lieben Bücher*

Printed in Poland
by Amazon Fulfillment
Poland Sp. z o.o., Wrocław

81645808R00190